Pocho

EN ESPAÑOL

TRADUCCIÓN DE ROBERTO CANTÚ

Anchor Books

Doubleday

New York London Toronto

Sydney Auckland

Pocho

EN ESPAÑOL

José Antonio Villarreal

UN LIBRO DEL ANCHOR
PUBLICADO POR DOUBLEDAY
una división de Bantam Doubleday Dell Publishing Group, Inc
1540 Broadway, New York, New York 10036

ANCHOR BOOKS, DOUBLEDAY, y la representación de un ancla son
marcas registradas de Doubleday, una división de Bantam Doubleday Dell
Publishing Group, Inc

Pocho fue publicado originalmente en tapa dura por Doubleday en 1959 La
edición de Anchor es publicada en cooperación con Doubleday

Diseñado por F J Levine

Library of Congress Cataloging-in-Publication Data

Villarreal, José Antonio
    [Pocho Spanish]
    Pocho : en español / José Antonio Villarreal : traducción de Roberto
Cantú — 1 ed de Anchor Books
        p   cm
    1 Children of immigrants—California—Fiction   2 Mexican
Americans—California—Fiction   3 Young men—California—Fiction
I Title
PS3572 137P618   1994
813' 54—dc20   93-42041
                                                          CIP

ISBN 0-385-47407-5

Copyright © 1959 por José Antonio Villarreal
Traducción española copyright © 1994 por Doubleday, una división de
Bantam Doubleday Dell Publishing Group, Inc

Todos los Derechos Reservados

DEDICO ESTE LIBRO A LA MEMORIA DE MIS PADRES,

José Heladio Villarreal

Felícitaz Ramírez de Villarreal.

introducción

$José$ Antonio Villarreal vive en una cabaña escondida entre las brumas boscosas de Mount Shasta, de donde baja al cercano pueblo de Weed únicamente para comprar víveres o a dar clases de literatura en el College of the Siskiyous Su forma de vivir concuerda con la temática de su narrativa y con la manera en que sus novelas se han mantenido hasta el presente en la literatura chicana de las últimas dos décadas: en el silencio creador o en los linderos de la interpretación errada No es un volcán apagado, como lo es esa altiva montaña en que vive, majestuosa mole de granito colmada perpetuamente de nieve Es un escritor activo que nos ha dado, hasta la fecha, tres novelas —*Pocho* (1959), *The Fifth Horseman*(1974), y *Clemente Chacón* (1984)—, y que está por concluir la cuarta —*The Center Ring*—, con la que retoma el hilo narrativo interrumpido al final de *Pocho* Próximo a las cumbres, a la nieve, y al recinto universitario, Villarreal vive precisamente en el terreno simbólico que mejor ilustra el sentido conflictivo de toda su obra, a saber: entre la naturaleza y la cultura, términos alegorizados por medio de conceptos tales como campo/ciudad, dogma/razón, el mal/el bien, barbarie/civilización y, entre otras permutaciones de la misma oposición fundamental, aquélla que se libera entre la colectividad y el individuo, es decir, entre el pasado histórico y el futuro personal Otra forma de examinar su obra narrativa es por medio del estudio de la iconografía con que se dibuja el paisaje de sus novelas: la nieve, el árbol, rostros de iluminación fugaz, la soledad, el exilio y, en forma implícita, el anhelo de comunión

José Antonio Villarreal nació en Los Angeles, California, el 30 de julio de 1924 Su padre figuró entre los Dorados de Francisco Villa durante la Revolución Mexicana y aparece en *Pocho*, con fuertes tintes biográficos, como Juan Rubio José Antonio Villarreal aún no cumplía los dieciocho años cuando se alistó en la fuerza naval norteamericana durante la Segunda Guerra Mundial, luchando en el Pacífico contra el Japón A su regreso, siguió la carrera de letras en la University of California, Berkeley, de donde se recibió en 1950 con una licenciatura en literatura inglesa Pronto reconoció su vocación por la literatura y, abandonando sus estudios académicos, se dedicó a viajar por México y los Estados Unidos mientras escribía su primera novela (autobiográfica en muchos aspectos), la cual Doubleday publicó en 1959

Desde el principio de su vida como escritor, José Antonio Villarreal se impuso como designio artístico el de incorporar en una tetralogía novelística —de la cual se excluye *Clemente Chacón* — un extenso relato que planteara la historia de una familia mexicana que emigra a los Estados Unidos y que se dispersa en vidas individuales a lo largo de tres generaciones, cada una representando una forma diferente de adaptación y afrontamiento a la historia colectiva y a la subjetividad personal Su tarea, por lo tanto, ha sido la del escritor que se pregunta por los móviles ocultos de todo cambio histórico, escogiendo, para mejor dramatizar el despliegue histórico de sus personajes novelísticos, la pugna vital entre el pasado y el presente, lucha que se proyecta por medio de guerras nacionales o globales, o individuales, como es el caso en personajes tales como Ricardo Rubio (*Pocho*), Heraclio Inés (*The Fifth Horseman*), o incluso Clemente Chacón, en la novela que lleva su nombre por título

De lo anterior podrá inferirse la importancia que adquiere la decisión que ha tomado la casa editorial Doubleday de verter al español la primera novela de Villarreal en el trigésimo quinto aniversario de su primera edición en inglés Esta importancia se debe a que, en primer lugar, *Pocho* ha sido considerada como la novela que sirve de piedra angular a la literatura chicana; por otra parte, varios de los temas planteados en *Pocho*—tales como la inmigración, la transculturación, el choque con la modernización y la identidad cultural— son problemas que en la actualidad se debaten en países alrededor del mundo

I. La modernidad contra la tradición

José Antonio Villarreal inicia su labor de novelista contraponiendo dos mundos muy distintos —el viejo y el nuevo—, dentro del seno de una familia mexicana inmigrante que se arraiga en los Estados Unidos La novela es una extensa reflexión sobre y respuesta crítica a todo lo que significa su título: ser *pocho* ya no significará ser tránsfuga de sí mismo, sino que significará el carácter mismo de la condición humana, la cual se manifiesta expresamente en Ricardo Rubio, joven protagonista a quien le toca cuestionar el mito de una cultura única y hermética, que se abre ahora en un entrecruce de culturas, lugar donde se forja la civilización Esta dimensión cognoscitiva, de obvio impacto en cuestiones de identidad personal, distinguirá a Ricardo Rubio de la generación chicana que emerge a fines de la década de los sesenta El movimiento chicano encontró su dinámica interna en la búsqueda de lo que se había perdido en la metrópoli (mayormente en las escuelas públicas): tradiciones, identidad cultural, unidad comunitaria De su parte, Ricardo Rubio se resuelve a encontrar su identidad personal en la ciudad, libre del peso cultural del pasado Las dos son actitudes vitales de opuesto signo que concuerdan con dos épocas radicalmente distintas La disyuntiva es analizada por Octavio Paz en el siguiente pasaje:

Hay una palabra rival de cultura: civilización Civil significa perteneciente a la ciudad y civilidad significa cortesía, trato con los otros En la palabra cultura encontramos un elemento productivo; lo esencial es la
producción, dar frutos En la palabra civilización encontramos un elemento de relación: lo que cuenta es que los
hombres se entiendan entre ellos   No son dos maneras distintas de llamar al mismo fenómeno. Cultura es
una palabra ligada a la tierra, al suelo; civilización im-
plica la idea de construcción social, histórica [1]

Por principio hay que aclarar que en *Pocho* los dos mundos
en que se plantea esta encrucijada cultural —el viejo y el nuevo
mundo— no equivalen a México y a los Estados Unidos, respec-
tivamente, sino a la transición de un complejo cultural de sello
rústico, religioso y colectivizado a otro de carácter moderno, es
decir: urbanizado, secular y diversificado en cuanto a su eco-
nomía y sociedad En *Pocho* se presenta esta transición histórico-
cultural a través del conflicto entre padre e hijo, dándonos a
entender que la creación jamás surge de la nada, sino que man-
tiene raíces en el subsuelo del pasado histórico Y en efecto, a lo
largo de la novela las vidas de padre e hijo, tan distintas entre sí,
correrán en ocasiones por líneas paralelas: ambos superan, a su
manera, un modo de vivir truncado (hacienda/pueblo), a los dos
les es difícil entender la vida personal sin dignidad (Juan Rubio)
o desprovista de algún fundamento moral (Ricardo), y a ambos
los sorprende la guerra (la Revolución Mexicana y la Segunda
Guerra Mundial) a la edad de dieciocho años
    Juan Rubio, por lo tanto, podrá entenderse como la alegoría
de un mundo que ha llegado a su fin, mientras que su hijo,
Ricardo, representará un extremo de la cultura mexicana debido
a que, expuesto a varias otras culturas (e g , la angloamericana, la
portuguesa, la italiana y, entre otras, la japonesa), recreará el
sentido del ser del mexicano que radica en los Estados Unidos
Este sentido se acentúa en la novela por medio de dos modalida-

[1] *Octavio Paz*, Hombres en su siglo (*Barcelona: Editorial Seix Barral, S A , 1983*), p 68

des: la discriminación y el contorno social policultural Ricardo Rubio se verá bajo la influencia de ambas desde su más temprana juventud Estas dos modalidades tienen algo en común: por una parte se segrega al mexicano como tal, aunque tenga varias generaciones viviendo en los Estados Unidos; por otra parte, la presencia de culturas extrañas o exóticas sugiere la inevitable pregunta sobre el ser propio Ricardo Rubio se enfrentará con ambas situaciones y su respuesta será transcendente, puesto que cuestionará la idea que se tiene del mexicano en los Estados Unidos (que es apto sólo para labores manuales), y rehusará limitarse a una supuesta cultura que se le presenta como si fuera su único patrimonio nacional

La liberación de Ricardo Rubio seguirá una ruta de progresiva secularización e iluminación, empezando con interrogaciones en cuanto al origen del universo y de la vida terrenal, seguidas de un pavor relacionado con la muerte, el infierno, y las tinieblas Este pavor siempre estará asociado con una transgresión (por ejemplo, una sexualidad incipiente, el conocimiento como fruto de las facultades críticas, la rebelión), y se irá disipando a lo largo de un relato moteado de huertos, árboles e intermitentes momentos de lucidez en que Ricardo Rubio —el Adán moderno— se sentirá cada vez más seguro de sí mismo, hasta que se desprenda de la Iglesia, de la familia, y de una mentalidad regida por la tradición. Villarreal une sus lecturas de Milton y Balzac, recreando la figura de un Adán que celebra la pérdida de su inocencia, su exilio, su soledad y, encaminado hacia la ciudad, deja a sus espaldas el paraíso, es decir, el campo, la provincia Al final de la novela, Ricardo viaja en tren rumbo a un campo de entrenamiento que lo llevará a una guerra Lo que distingue a padre e hijo es el hecho de que Ricardo condena toda forma de violencia, a pesar de haberse alistado por decisión propia; en el mismo acto cobra conciencia plena de que para él jamás habrá motivo para regresar a la vida pueblerina, ya que de ahí en adelante su vida estará ligada a la ciudad y a lo que ella representa para el Villarreal que escribe a principios de los cincuenta: la tolerancia, la diversidad, y la libertad personal A una distancia de treinta y cinco años, la ciudad no nos parecerá tan ilustrada y su aire tampoco nos dará la libertad tan prometida desde el siglo XIX, sin embargo es obvio que para Villarreal, como para Jonathan Raban en su libro *Soft City*, la ciudad continúa siendo el espacio humano donde se siguen forjando destinos personales, ya sea para bien o para mal

Esta novela de José Antonio Villarreal no le será extraña al lector latinoamericano, puesto que le traerá recuerdos de la decimonónica idea del destino de un continente basado en una oposición: civilización contra barbarie. A diferencia de tal idea, sin embargo, Villarreal propone como agente civilizador a un protagonista cuya fisionomía es indígena, a pesar de provenir de padre criollo Ricardo Rubio, por lo tanto, adquiere desde el principio de la narración perfiles de un ideal nacional: el mestizo La ironía del apellido aumenta al descubrir que Villarreal se aparta de cualquier forma de nacionalismo

De apariencia indígena, Ricardo Rubio será ante la mirada ajena y xenófoba la cifra humana de una limitación marcada por su mismo origen; por consiguiente, será hombre de quien se espera que viva del esfuerzo de sus manos: jardinero, mecánico, o pugilista Juzgado por la misma mirada, Ricardo se verá presionado por fuerzas sociales que lo reducen a un mundo natural, dudando de su juicio y de su inteligencia Su rebelión ante tales expectativas le llevarán, por consiguiente, hacia actividades marcadas por el raciocinio, la transgresión intelectual y el desafío a prejuicios sociales En este acto liberador es donde los lectores chicanos de hoy día continúan identificándose con el protagonista de *Pocho*

Ricardo Rubio se convierte en heredero de una tradición crítica con hondas raíces en la Ilustración: su camino será marcado por la búsqueda de la luz y el entendimiento; su lucha será en contra de todo obscurantismo No obstante, es en su mismo origen campesino donde Ricardo Rubio se verá fortalecido por las imágenes labriegas que se asocian con el cultivo y la educación personal, o sea, con la cultura y la vida Ricardo se desenvuelve como un *self-made man* que, a diferencia de otros que siguen el camino del encumbramiento económico-social, lo será por la forma en que enriquece su vida a través del conocimiento.

Para Ricardo la cultura nunca se manifiesta por medio del estilo de un atuendo o de la cocina que nos distingue de otros pueblos: la cultura es lo que nos permite vivir conscientemente, es decir, lúcida y más humanamente

José Antonio Villarreal pone en entredicho muchos de los valores que regían la sociedad norteamericana durante la década de los cincuenta, tales como las limitaciones socioeconómicas impuestas en personas de origen mexicano, el prejuicio racial y la ambición meramente de riqueza Ante todo, construye la presencia de un protagonista inteligente cuya meta en la vida es convertirse en un escritor o, lo que viene a ser lo mismo, en una reflexión crítica y en transmisor de una nueva cultura

II. Pocho y la literatura chicana

Se ha observado en varias ocasiones el hecho de que *Pocho* contenga, casi en forma íntegra, toda la temática que se trabajará años después en la literatura chicana; por ejemplo: la modernización en la cultura, la industrialización de la fuerza laboral, la desintegración de la familia patriarcal (y la crítica feminista), y la diversificación en los estilos de vida Creo que lo anterior se señala no tanto para subrayar la influencia que Villarreal haya tenido sobre la literatura chicana (un hecho indudable, aunque no siempre reconocido), sino para confirmar la autenticidad con que esta literatura se ha escrito, puesto que responde a patrones culturales en que muchos mexicano-americanos se reconocen aún hoy día No obstante, y como indiqué anteriormente, las diferencias son notables entre *Pocho* y la literatura chicana Me limitaré a comentar dos de ellas: la idea de la historia que las fundamenta (comprendiendo tanto el pasado como el futuro) y la correspondiente idea del hombre (es decir, de su formación) que las distingue

En *Pocho*, Villarreal escribe desde la pespectiva de la gran urbe según la conceptuó en la década de los años cincuenta, con plena conciencia de una transición histórica vista como una verdadera revolución cultural El cambio de una vida rural a una moderna se plantea como una liberación espiritual en que, por necesidad, interviene la rebeldía y la transgresión como premisas fundamentales en la liberación de Ricardo Rubio Se cuestiona el pasado colectivo y se pone énfasis en el futuro personal En Ricardo Rubio nace el sentido de la individualidad Recordemos, de paso, que Villarreal se rebela en contra de la idea vulgar del *self-made man*, considerado únicamente en su dimensión socioeconómica

La idea que Villarreal tiene del hombre es muy de su época; el hombre emerge en su obra como un ser incompleto, por lo tanto como conciencia de un proyecto: el hombre se hace y deshace a sí mismo con cada una de sus decisiones cotidianas El fin de la cultura, para Villarreal, es el de vivir con más plenitud, tanto al nivel personal como al social Parecería que Villarreal propone, por medio de Ricardo Rubio, que la verdadera democracia se basa en un pensamiento ilustrado que sirva de fundamento a la crítica de todo dogma y de toda intolerancia hacia lo múltiple y diverso Su liberalismo, no obstante, no es ingenuo: el hombre no es una abstracción; los prejuicios sí existen y los reconoce Villarreal en su narrativa Ricardo Rubio será muy inteligente y cultivado, pero los que lo rodean jamás olvidan (ni le permiten olvidar) que es *Mexican*, aunque Ricardo insista en que es americano por nacimiento

En la literatura chicana prepondera el pasado histórico como una extensa reflexión sobre un desarrollo truncado; se verán ejemplos en las novelas desde la época de Rudolfo A Anaya hasta en las escritas por Arturo Islas, Eliud Martínez, Ana Castillo, y Alma Luz Villanueva, para mencionar a escritores que han descollado o que empiezan a surgir en la novelística chicana de los últimos veinte años El único futuro que hay para los personajes que deambulan por las novelas de estos escritores es el de relatar o escribir sobre el pasado: se emprende una reconstrucción. En cuanto a la formación personal, se aboga por un estilo de vida que poco o nada tiene que ver con la idea de la civilización que encontramos en *Pocho* (con la ciudad como símbolo y foco de influencia) Ya no se cree en una civilización que una a culturas dispares, puesto que el término *civilización* se entiende como sinónimo de etnocentrismo o imperialismo, o por lo menos como todo aquello que se considera superior a la cultura de un grupo minoritario Por esta razón el chicano ha fijado su mirada al sur de la frontera: en la historia y cultura de la América Latina encuentra una encrucijada de culturas en donde reconoce gran parte de su ser Sospecho que la traducción de *Pocho* abrirá posibilidades de revelación al lector latinoamericano o español, llevándole a reflexionar sobre el nivel de "americanización" en que se encuentran los países de habla hispana A una civilización que está atravesando una etapa de *pochificación*, la novela de José Antonio Villarreal indudablemente servirá de espejo y alternativa

III. Sobre la traducción

Al verter *Pocho* al español opté por seguir los modelos establecidos por escritores mexicanos, tales como Agustín Yáñez y Juan Rulfo, los cuales nunca permiten que el lenguaje popular caiga en la caricatura Ante todo, me inspiré en la obra de Martín Luis Guzmán, y en particular en su libro *Memorias de Pancho Villa*, donde encontré un lenguaje que me pareció digno de Juan Rubio En su introducción a *Memorias*, Guzmán señala que Villa hablaba un "castellano excelente, popular, nada vulgar, arcaizante con grande intuición de la belleza de la palabra, cargado de repeticiones, de frases pleonásticas ricamente expresivas, de paralelismos recurrentes y de otras peculiaridades "[2] En vez de pintarlo como un campesino iletrado y torpe (lo cual Juan Rubio dista mucho de ser), le di el lenguaje norteño de Villa, quien —como se verá en la novela— fue objeto de la admiración y lealtad del zacatecano Juan Rubio

A lo largo de la traducción tuve en cuenta el horizonte de la trama (la emancipación mental del joven héroe) y la estructuración simbólica de la novela (por ejemplo, el huerto, el árbol, la

---

[2] *Martín Luis Guzmán*, Obras Completas, *volumen II (México: Fondo de Cultura Económica, 1985), 11*

noche, y el amanecer como el itinerario iconográfico de la emancipación de Ricardo Rubio), por lo tanto no descuidé las dimensiones semánticas en que Villarreal deposita su voluntad de significación narrativa

Por último, decidí incorporar o retener expresiones en inglés o en portugués, con el fin de dejar rastro del complejo mundo cultural en que actúa Ricardo Rubio Este joven héroe se desenvuelve en un mundo políglota y policultural donde se hablan el español, el inglés, el portugués, el italiano, y el japonés, sin olvidar variantes dialectales de las dos primeras lenguas Esta riqueza de idiomas y choques de culturas fundamentarán el mundo de Ricardo Rubio, prefigurando el destino o ruta que ha de seguir en su emancipación espiritual dentro de un mundo colectivizado

Roberto Cantú
Department of Chicano Studies
California State University, Los Angeles

u n o

Caía una nieve desmenuzada conforme llegaba a Ciudad
Juárez el tren procedente de la capital Un viento glacial había
dejado una capa de hielo en las aceras entarimadas y, en las
calles, sin pavimentar y cenagosas, se distinguía el hondo rodado
que carretas y automóviles habían dejado impreso en el barro
fresco Un forastero se apeó de un vagón de pasajeros, abriéndose paso entre la multitud que se agolpaba cada vez que llegaba
un tren de la ciudad de México Mientras caminaba, desfilaban
ante su memoria recuerdos de esta misma ciudad diez años antes,
contrastando ahora su figura—anónima, sin aparente dirección
alguna—con los bríos de sus dieciocho años que entonces había
manifestado, orgulloso de servir como oficial de caballería bajo
órdenes de Francisco Villa En su memoria estaba aún grabada
aquella batalla decisiva contra el ejército federal y el resultante
triunfo de Villa, quien había tomado posesión de esta ciudad por
ser de gran valor estratégico en las redes diplomáticas y en la
compra de armamentos norteamericanos Recordaba también,
con un escalofrío invernal, que a pocos meses de dicho triunfo,

él había vuelto con el renombrado general a retomar la ciudad, después de que ésta había sido entregada al enemigo por el mismo ejército que Villa había comisionado para su defensa

Mientras deambulaba por las calles aglomeradas, la nostalgia reconstruyó en su mente evocaciones de antaño y, sin remordimiento alguno, se preguntó a cuántos hombres les había quitado la vida en esta misma ciudad Vestía unas chaparreras con perniles ajustados, dándole en conjunto un porte que, a pesar de haber arribado en el tren de la capital, delataba sus orígenes campestres Traía puesto un amplio gabán de cuadros y un sombrero de proporciones algo excesivas, con el cordel largo y suelto tras la nuca Su tez, originalmente clara, ahora lucía bronceada y oscurecida por largos años de vivir a campo abierto, añadiéndole a sus ojos azulgrises un semblante de rudeza norteña y de pronta provocación A pesar de no ser un hombre de estatura desmedida, el gabán y el sombrero le permitían sobresalir entre el tipo de hombre común Su caminar por las calles parecía no tener un destino fijo, como si fuese llevado y conducido por la muchedumbre del contorno, hasta que finalmente se detuvo y entró en una cantina Optó por sentarse en una mesa próxima a un rincón y colgó su gabán en un clavo de pared que servía de percha, arrellanándose cómodamente con el fin de tener su pistola a la mano y con el brazo libre para cualquier eventualidad inesperada

Era aún pleno día y ya la cantina se hallaba apretujada de gente alegre y bulliciosa Un mariachi tocaba melodías de idilios truncados o de amores nunca correspondidos, mientras que, sobre una mesa distante a la del forastero, una joven bailarina danzaba al compás de un jarabe tapatío y de los olés de un corro de hombres cuya atención no se distraía de unos muslos morenos que, con gracia y agilidad notables, entretejían un seductor movimiento de diminutos pies en torno al ala de un ancho sombrero

Llegado el mesero, el forastero ordenó la comida corrida y una botella de mezcal Ya servida, se limitó a comer y a beber, aparentemente ensimismado e inconsciente al bullicio que le rodeaba, indiferente incluso a la solicitud de una o dos mujeres del lugar que, queriendo sentarse a su lado, él rechazó con un leve movimiento del rostro Al terminar de comer, se enjuagó la boca con medio vaso de mezcal, escupiéndolo luego ahí mismo en el piso La joven bailarina que poco antes danzaba sobre una mesa pasó cerca de él y desapareció al entrar en un cuartucho a su izquierda Pronto se dejó escuchar un sonido sibilante como de agua golpeando fuerte y sin interrupción el suelo de tierra apisonada, surgiendo en él, en forma súbita, el deseo por esa mujer que, despreocupada y en cuclillas, orinaba a unos cuantos pasos suyos Al pasar de nuevo por su mesa, el forastero le ordenó que se acercara Después de titubear, ella decidió detenerse y ver quién le hablaba en forma tan imperiosa, aunque en voz baja

—¿Qué quieres? —le contestó, tuteándose con este extraño en reconocimiento de que en una cantina, como en el lecho, la cortesía salía sobrando Fuera de la cama, el trato social se regía de acuerdo a un código muy distinto

—Te vi bailar hace rato Me gustas

—¿No me digas? No serás el único a quien le gusto —respondió ella, segura de sí misma y decidida a volver a su mesa

—Siéntate conmigo Te invito una copa —respondió él, sin ánimos de ser contrariado Sabía ella bien que su deber le imponía la necesidad de seguir su camino, pero había en este hombre algo que la atemorizó, forzándola a perder su serenidad

—Aunque quisiera sentarme a tu lado, no puedo; tengo amigos que me esperan —Al hablar no se dio cuenta que le estaba dando explicaciones a un desconocido.

—¿A poco? —Luego apuntando con el índice a la vez que se reía burlonamente, le dijo—: No me digas que aquéllos son tus amigos No, muchachita, usté es toda una mujer y merece lo mejor Siéntese conmigo —Ella, nerviosa y sumisa, se sentó al borde de la silla, hablando ahora con la cabeza inclinada

—Soy querida del hombre que está en aquella mesa A él no le importa que acompañe a otros cuando él no está aquí, pero sí cuando viene a verme Ahora mismo debo estar con él y atender a sus amigos —Al decir esto levantó la mirada, cobrando de nuevo su entereza y acariciando la mano con unas leves palmaditas mientras le decía, con el insinuante tono de su reciente profesión—: Sé bueno conmigo y haz lo que te pido; regresa mañana Según los decires, yo también soy buena

—No me iré, muchachita, y menos ahora que te tengo a mi lado Ya tengo días de no acostarme con una mujer, y, como pronto verás, te gustará más estar conmigo que con ese canijo alcahuete a quien por lo visto no le importa compartirte con otros —La sangre le encendió el rostro a la joven mujer, evaporándosele lo que quedaba de una sonrisa, como si lo dicho por el forastero le revelara el desenlace que se aproximaba Al intentar ponerse en pie, sintió que él la sujetaba del brazo, obligándola a sentarse a su lado Le acercó la copa y se la ofreció

—No me gusta el mezcal Es una bebida algo fuerte —dijo ella mientras se sobaba el brazo, como queriendo borrar las huellas de cuatro dedos que momentáneamente le habían detenido la circulación de la sangre Se preguntaba cómo es que después de seis meses en esta vida le era hoy difícil contener el rubor

—Pues te invito, si prefieres, un traguito de leche —dijo el forastero con obvia sorna

—Mira, ¡ya viene p'acá! Déjame ir, por favor; ¡él es muy corajudo! —Un hombre avanzaba hacia ellos, dejando atrás a un grupo reunido alrededor de una mesa Los hombres del grupo le veían con indiferencia, seguros que su amigo volvería acompañado de esa mujer que pertenecía a su lado Se dirigió únicamente a la joven, hablándole con un tono culto y de sobrentendida superioridad social

—Ven conmigo, te hemos estado esperando —Pero de ella no se oyó respuesta alguna El conflicto que se avecinaba ya estaba fuera de su alcance

—Esta muchachita se queda conmigo—afirmó el forastero Afectando no haber escuchado lo anterior, el otro hombre prorrumpió en tono imperioso—: ¿Que no entiendes, sorda? ¡levántate!

—No se preocupe, señor; tengo con qué pagar y usté recibirá su parte, como es debido —dijo el forastero con voz apacible

—Un caballero jamás se expresa en forma tan soez, señor Usted me está insultando

—¡Vaya! ¿Conque a un caballero cabrón no se le debe mencionar la forma en que vive para su provecho?—; las palabras salían plenas, con timbre amistoso, a pesar de un transfondo de evidente sarcasmo El otro se contuvo e intentó hablar sin que le temblara la voz, dirigiéndose de nuevo a la joven mujer:

—Ven conmigo, ya no estás en el rancho, por lo tanto no tienes por qué estar en compañía de peones

—El peón tiene tamaños güevos, mucho más grandes que los del gachupín de la ciudad —respondió el forastero con amagos de provocación—; ahora lárguese y vuelva con sus amiguitos Para decir verdá, usté ya me tiene harto

—Hijo de la gran puta —vociferó el otro con desmanes de súbita cólera, añadiendo, a tiempo que desfundaba su pistola—: ¡y yo que había decidido no matarte!—El arma aún no salía del todo de la funda cuando, inesperadamente, un balazo le atravesó la entrepierna El forastero, cuyo revólver había estado empuñado con anterioridad, miró con desprecio al hombre caído que se retorcía de dolor, y sin decir más lo remató con otro tiro Luego descolgó su gabán sin fijarse en la gente que se agolpaba en torno al cadáver y, jalando a la joven mujer consigo, salió de la cantina con aire decidido Llegando al hotel dijo,

—Ya deja de llorar y quítame las botas —Una vez dentro del lecho, observó el cuerpo desnudo de la joven mujer y le preguntó qué edad tenía

—Tengo quince años —y como el forastero empezara a besar su cuerpo sin más miramientos, le detuvo con una voz nerviosa, como si fuera su primer reproche—: aun no me preguntas cómo me llamo

—¿Y orita a mí qué me importa? —fue la respuesta que dio por concluído el breve diálogo Pocas horas después lo despertó el agitado tropiezo de suelas y tacones acompañado del sonido de alguien que forzaba la puerta El hombre alargó el brazo en busca de su arma pero el intento fue inútil, puesto que en la habitación ya había entrado un piquete de soldados

—Por favor, señor, sería imprudente de usted cualquier

forma de resistencia; tengo órdenes de arrestarlo —le dijo un joven teniente que parecía estar al mando—; haga favor de vestirse y venir con nosotros

—¿Puede ella acompañarme?

—Por supuesto —dijo el teniente, encogiéndose de hombros mientras miraba con ojos de impudicia a la joven según se vestían—; permítame felicitarlo por su buen gusto —dijo el teniente, con plena conciencia de que las circunstancias le permitían tales libertades

—Muchas gracias —respondió el prisionero—, pero me sorprende usté, amiguito; por la forma en que forzó su entrada, no pensé que usté tuviera conciencia de lo que es el amor

—No crea que soy un animal; siento mucho el haberme entremetido en algo que en otras circunstancias indudablemente no fuera de mi incumbencia, pero usted ha de saber que se le arresta por haber cometido un crimen Ese hombre falleció

—Martarlo fueron mis intenciones En su destino ya no había camino que tomar: digamos que ya estaba encajonado —dijo el prisionero con un dejo de altanería y ya plenamente vestido— Estoy a su disposición, teniente; usté dirá cómo llegaremos a la comandancia

—Caminaremos; no es mucha la distancia

Llegaron a una empalizada cuyo perímetro abarcaba toda una plaza de armas En una esquina se perfilaba la sombra de un enorme edificio administrativo; en su derredor no había ningún otro edificio, sólo unos cuantos cobertizos de madera resquebrajada que los prisioneros procuraban como techo y protección contra los elementos de la naturaleza Los hijos de los prisioneros, desperdigados en varios sitios del vallado, intentaban mantener el calor del grupo apretujándose uno a otro, acurrucados bajo la creciente sombra del atardecer, mientras sus madres, agachadas en torno de pequeñas fogatas, preparaban sus escasos alimentos

El prisionero y su joven acompañante fueron conducidos hacia una pieza donde el teniente, después de acomodarse tras de un modesto escritorio, les ordenó que tomaran asiento

—Todo esto es una mera formalidad burocrática dictada por

el comandante, quien determinará cuándo ha de ser usted pasado por las armas —dijo el teniente con una calma que se avenía con la intención formal del caso

—Si usté me permite, le pediré un favor

—A ver, dígame en qué le puedo servir

—Ordene que se le escolte a esta mujer hasta el hotel Hablándole en plata, le diré que nunca me imaginé que usté tuviera un chiquero en vez de cárcel

—Pero no faltaba más, señor —respondió el teniente, aún con la cortesía de un militar profesional, aunque con creciente irritación dirigida hacia el prisionero—; se hace lo que mejor se puede dentro de las circunstancias Muy pronto gozaremos de comodidades carcelarias más suntuosas, pero desafortunadamente para entonces a usted ya no le importará el asunto

—Es usté muy entendido, teniente ¿Dónde obtuvo su grado, si se puede saber?

—En el Colegio Militar, por supuesto —contestó el teniente, impacientándose y ya con asomos de enojo frente a la impertinencia del prisionero— Permítame recordarle que el motivo que nos une no es el de platicar amenamente Yo seré el que dirija la interrogación Su nombre, por favor

—Juan Rubio

—¿Cuánto tiempo ha estado en esta ciudad?

—Llegué hoy mismo de la ciudad de México

—Se ve a las claras que usted no es de la capital ¿Qué asuntos lo llevaron ahí?

—No veo qué relación tengan tales motivos con mi presencia ahora ante usté, pero ya que estoy bajo interrogación oficial le diré que soy militar y que estaba, como usté anteriormente, en el Colegio Militar

El teniente sonrió incrédulo, hablando ahora con una voz llena de ironía:

—Ahora sí que me hizo reír; supongo que no espera usted que lo tome en serio ¿Un hombre con semejante facha en el Colegio Militar?

Juan Rubio se mantuvo en silencio Inmediatamente, como si

algo se le hubiera develado en el pensamiento, el teniente, turbado por tal posibilidad, preguntó:

—¡Un momento! ¿Acaso es usted Juan Manuel Rubio? ¿el coronel Rubio?

—El ex-coronel Rubio, teniente, pero a sus órdenes de cualquier manera ¿Cómo es que sabe de mí?

—El coronel Rubio de Santa Rosalía, Torreón, Zacatecas, e incluso de renombre aquí en Ciudad Juárez Nadie lo elogia más que el general   ¿pero qué he hecho, Dios mío? Válgame, no sabe en qué lío me encuentro ahora que sé quien es usted

Caminaba nerviosamente dentro del angosto espacio de la oficina, hablando en voz alta como si hablara consigo mismo:

—Debo comunicarme de inmediato con el general Me degradará a soldado raso, no importa que sea el resultado de haber cumplido sus órdenes   Ha de saber usted que él lo considera como si fuese hijo suyo —Levantó la bocina de teléfono y marcó de prisa el número

—¡Bueno! Póngame con el general, por favor   Soy el teniente Ramos   sí, en efecto, pero esto es de suma importancia para el general   No, este asunto lo debo tratar con él directamente   dígale que es de índole confidencial claro, asumo plena responsabilidad —Golpeaba levemente la mesa con el costado del puño mientras esperaba que lo comunicaran— ¡Bueno! Habla el teniente Ramos   un asunto de suma importancia, mi general   ya tengo en prisión al hombre que usted ordenó que arrestáramos   no, mi general, ¡permítame! El arrestado se llama Juan Manuel Rubio   de acuerdo   en efecto, totalmente su prerrogativa, mi general Cómo no, señor Muchas gracias, señor —Colgó el teléfono pensativo y se dirigió a Juan Rubio:

—Juró que personalmente me azotará por haberlo traído a este lugar No tardará en llegar

Juan soltó la carcajada. —No se preocupe —le dijo, con intención de tranquilizarlo—, si su general es el que yo conozco, nada semejante le pasará a usté debido a su proceder

—Es el general Fuentes —dijo el teniente algo alicaído

—El viejo Hermilio Ya me lo imaginaba Pero no se me

achicopale, amiguito, puesto que el ruido que hace este viejo se mide según sus amenazas, no según los hechos

—De acuerdo, mi coronel, pero usted ha de saber que con esta vieja jauría de la revolución uno nunca puede estar seguro por qué flanco van a dar la mordida —Su rostro adquirió un rubor repentino al darse cuenta que estaba ante un amigo del general —Mis disculpas, mi coronel Por un momento olvidé que usted también ha tomado parte en nuestra revolución

—No se preocupe —contestó Juan—, no lo tomé como un insulto personal

Se escucharon ruidos en el pasillo y luego se vio que el general, escoltado por dos oficiales, entraba como reconociendo a Juan y, con los brazos en cruz, disponiéndose para darle un fuerte abrazo Era de corta estatura y algo obeso, distinguiéndose a la vez por su bigote, desaliñado y colgante como un jirón de nieve sobre un rostro requemado Se abrazaron fuertemente como buenos amigos y, aún sonriente, el general le dijo:

—¡Ah, qué Juan Manuel! ¡Felices los ojos que te ven!

—¡Quihúbole, Hermilio, quihúbole! —le saludó Juan Manuel, anudando aun más los lazos de la amistad mediante un lenguaje popular que los remontaba a sus orígenes en la provincia

—Ya hablaremos bien, Juan Manuel, pero por ahora acompáñame; tengo un automóvil a nuestra disposición; y tú, cabrón, de ti me encargo luego —le dijo al teniente antes de partir En breves minutos ya estaban en la casa del general, quien se dirigió a su amigo mientras le alargaba una copa de aguardiente:

—Fue un acto de imprudencia lo que cometiste esta mañana, Juan Manuel

—Tratándose de españoles

—¡Pero no serás tan ingenuo en creer que tú solo puedes liberar al mundo de los españoles!

—A mí me tiene sin cuidado el mundo, Hermilio Algún día deberán ser expulsados a patadas de México

—Opino lo mismo, Juan Manuel, pero resulta que el que hoy mataste pertenecía a familia de ricos

—¿Que acaso no lo son todos?

—De acuerdo, pero es que el difunto era del otro lado, y tú reconocerás sus implicaciones ahora que tenemos lazos de amistad con los gringos

—¡Ah, qué Hermilio! ¿Entonces de qué sirvió tanta lucha en contra del privilegio? ¡La leche del español aun fluye del vientre de nuestras mujeres!

—¿Crees que no lo sé? Nuestra situación de antes no ha mejorado, pero, escúchame bien, ahora debemos pensar en cómo sacarte de este atolladero. Las cosas han cambiado en Ciudad Juárez, Juan Manuel, y ya no puede uno salir impune después de cometer actos de violencia Nuestra cercanía a los norteamericanos nos obliga a que mantengamos una ciudad donde impere la tranquilidad y seguridad de los ciudadanos que radican en ambos lados de la frontera Imagínate qué ocurriría en nuestras relaciones diplomáticas si una bala perdida hiriera a un ciudadano del otro lado.

—Tienes razón, estamos pegaditos a la frontera —asintió Juan— ¿recuerdas que cada vez que tomábamos posesión de la ciudad no podíamos disponer de nuestra artillería ya que cualquier desacierto hubiera ocasionado una lluvia de proyectiles sobre el Paso del Norte? También te has de acordar de cómo los gringos se sentaban a sus anchas para mejor mirar, desde el otro lado del Río Bravo, la fiesta que armábamos en cada lucha a favor de la Revolución En esos tiempos hasta parecíamos toreros, con nuestros aficionados haciéndonos bulla desde el otro lado

—Como que fue ayer, ¿verdad, Juan Manuel? —dijo el general, oscilando entre la melancolía y la nostalgia—. Pero volvamos al asunto que tenemos pendiente; la orden de tu arresto vino de la capital, telegrafiada en menos de cuatro horas después del incidente ¡Y tamaño problema sólo porque no pudiste aguantar el antojo por una mujerzuela!

—Esa mujer no la han visto tus ojos, Hermilio No estés tan seguro de lo que dices pues, incluso a tu edad, de verla la desearías también

—Estás loco si crees que estoy tan viejo como me pintas —dijo sonriente el general—. Pero, en fin, ¿por qué no acudiste a mí personalmente si tantas ganas traías de meterte entre enaguas? Debieras poner el ojo en las mujeres que pasan por estos rincones Bellísimas y de refinados modales, hasta gringas cruzan por estos rumbos, por si te gustan güeras

—¡De refinados modales! —repitió Juan, como parodiando lo dicho por el general— Hablas como si fueras uno de esos mequetrefes que medraron bajo la tiranía de Porfirio Díaz ¿Que ya se te olvidaron los pantalones de manta y los huaraches que traías puestos cuando recibiste esta comisión militar? ¿Que no recuerdas que nuestro pueblo tiene mejores modales que tu mentada aristocracia, que incluso nuestros antepasados eran príncipes en una civilización que indudablemente estaba mucho más avanzada que ésta que tanto te impresiona? Ya estoy harto del tipo mujeril de la alta alcurnia mexicana Y en cuanto a las güeras que tanto alabas, no me gustan tampoco, por desabridas, ¿sabes? No, mi general de refinados modales, nuestras indias son las mujeres más hermosas del mundo

—Discúlpame, Juan Manuel —contestó el general— Merezco tus reproches; lo que ocurre es que el vivir entre esta gente me hace hablar como si perteneciera a su mundo No creas que me he olvidado del todo de mis tradiciones; tanto tú como yo somos de la provincia, hasta que nos sorprenda y lleve la muerte a mejor mundo Pero dime, ¿por qué saliste de la capital?

—Me cansé de jugar a los soldaditos con pendejos Cuando ese manco hijo de la tiznada que es Obregón propuso que los viejos oficiales ingresaran en el Colegio Militar, nunca anticipé que todo fuera a resultar como en efecto ocurrió Créemelo, Hermilio, ahí andábamos todos, Grijalva, Orozco, López —el bizco— y otros revolucionarios, todos astillas del mismo palo Tú los conoces bien, todos ellos con tamañas agallas en cuanto a valentía militar En lo que a mí me toca, yo mismo anduve casi diez años en campañas con mi general Villa Para que un cadete mocoso —actuando como si fuera un sargento, pero con el contoneo de un maricón— se nos acercara gritándonos, "¡Firmes! ¡Abróchense bien la camisa! ¡Lústrense bien las botas!", y luego, diariamente dos horas por la mañana, y dos horas más antes de la merienda, todo se nos iba en marchar, marchar y más marchar —yo, Hermilio, todo un oficial de caballería— y el canijo afeminado con su música, "¡Flanco a la derecha! ¡Flanco a la izquierda! ¡Atención! Ahora que forman parte del Ejército Nacional de México, por lo menos traten de parecer soldados de verdad!" ¿Puedes imaginarte, Hermilio, a ese pelmazo hablándonos de esa manera? ¡Con diez años de vida militar, este capón ordena que me comporte como todo un soldado!

Juan notó el interés que el general ponía al relato, por lo tanto se remontó de nuevo al incidente y, con nuevos arrestos para la plática, prosiguió:

—Pero deja contarte de los cursos militares, Hermilio No te imaginas el número de libros que se nos pedía que leyéramos, libros de estrategia escritos por los mismos generales que habíamos derrotado Los maestros eran todos del ejército del antiguo régimen A algunos los reconocí por las posaderas; ya los había visto varias veces corriendo de los campos de batalla como coyones descarados, con el trasero a puro galope. Y nos querían dar ahora lecciones de táctica, ¡y yo que me había hecho hombre al lado de uno de los mejores estrategas del mundo! Les pedimos que nos ejercitaran con la caballería y se nos informó que sólo les era permitido a soldados de tercer grado. Yo rehusé tener que esperar tres años para por fin montar a caballo, por lo tanto una tarde, estando los hombres en sus ejercicios, me colé a los establos y como que tomé de prestado un caballo y una reata. No tuve tiempo de robarme una montura, así que me amarré parte del mecate a la cintura y cabalgué hacia el campo de ejercicios, gritando y haciendo tanto relajo que los hombres rompieron filas y corrieron. Yo alcancé al sargento cadete con mi reata y, bien sujeto de una pierna, lo arrastré a mi gusto hasta que el hijo de la tiznada paró de gritar ¡Ah, qué bochinche se armó, Hermilio! Los alumnos bisoños estaban espantados, seguros de que me había vuelto loco, pero los soldados de mi cabaña mantuvieron su integridad de grupo, carcajeándose tanto que era una maravilla de ver pues todos me vitorearon al verme partir del lugar Ninguno intentó detenerme Regresé esa misma noche con unas botellas de tequila y estuvimos de

fiesta en el cuartel Amarramos al nuevo sargento y lo embo-
rrachamos para que luego no intentara llamar al guardia Entre varios nos escabullimos del cuartel y ya de regreso meti-
mos a varias mujeres contra reglamento; de su parte, y como
para completar el plan de parranda, el loco de Grijalva con-
trató a todo un mariachi ¡Arrastró con siete músicos, persua-
didos por el cañón de una pistola! Luego nos hizo saber que
el arma se la había quitado a un gendarme ¡Híjola, ese loco
de Grijalva! Los bisoños del cuartel se unieron al relajo y
cuando el guardia se acercó para averiguar qué pasaba, lo
agarraron y amarraron del camastro Todo esto que te cuento
fue de verse, Hermilio; en fin, luego llegó una escuadra de
hombres armados que habían sido enviados para investigar el
incidente; no te cuento con qué mañas pude al fin salir de esa
fiestecita

Los dos hombres se doblaban de risa al concluir Juan su
relato

—Hombre, qué daría yo por tener tu juventud, Juan Manuel
—dijo el general, aún con la risa en los labios— ¿Y qué pasó por
fin con el sargento?

—Despertó con una pierna y un brazo fracturados

—¿Qué hiciste después?

—Decidí ver al general Paz al siguiente día Me asinceré
con él y le dije que mis intenciones eran retirarme del ejército, pero él me dio licencia para que, lejos del Colegio Militar por un determinado tiempo, llegara yo a una decisión pru-
dente en lo que toca a mi futuro El es todo un hombre y
muy valiente, lo que sea de cada quien, pero ya sus días están
contados— Su voz adquirió de repente un matiz nuevo, de
una gravedad inesperada— Empieza nuestro purgatorio, mi
general Nuestro general Villa se ha retirado del ejercicio de
las armas, pero Obregón sabe bien que no podrá dormir tranquilo mientras no se quite de encima a otros de más valor

—Tienes razón —admitió el general—; lo sé Ya he pedido
mi retiro y pronto podré volver a mi pueblo Creo que me
dejarán vivir ahí tranquilo y en sana paz Obregón no confía en

la facción villista, pero ahora que ha muerto Felipe Angeles sólo le teme a Villa. Cada amanecer despierto creyendo que recibiré noticias de que a Villa lo han asesinado

—Aún no ha nacido el hombre que pueda madrugarle a mi general Villa

—No creas; tú sabes bien cómo vive: al descubierto y no en las montañas, como cuando joven y con los rurales rastreándolo sin poder dar con él Ya sólo tiene un puñado de hombres a su lado No —dijo entristecido—, ya me he resignado a que su muerte es inevitable

—Pero como son las cosas —dijo Juan con un dejo de amargura—; Villa, un hombre como nosotros y casi analfabeto, fue llevado a grandes triunfos gracias a una noble ilusión En cuanto a Obregón, por lo contrario, la alucinación del peculio propio ha sido su ambición personal. Y resulta que el que ha alcanzado momentos de grandeza, ahora espera sin protección alguna que lo transpase la bala de un asesino, mientras que la nación que hizo suya a lo largo de tantas batallas, termina en las manos oportunistas de un orejón hijo de tal.

—Son cosas del destino —dijo el general— y ni quién pueda cambiar su rumbo, ¿no te parece? —Juan se mantuvo callado De súbito le atacó una desesperación que le hizo enmudecer Su general, que tanto era de su estimación, moriría —¡y quizás ya había muerto! Y todos aquellos hombres que habrían perecido en los campos de batalla habían sido muertes inútiles, y los que aún gozando de su vida le habían seguido los pasos, vivirían a su vez una vida inútil ¡Pero, cómo! ¡El no se permitiría creer en tal monstruosidad, ni que tal idea le pasara por la mente! Habló por fin en voz alta y con toda la fuerza de su convicción:

—¡No lo matarán! ¡No se dejará quebrar, lo juro! Tú lo conoces tan bien como yo, Hermilio; has presenciado sus actos de valentía, los riesgos que arrolla con su astucia personal Aún llevo su recuerdo vivo en mi memoria: sentada tranquila su gran figura sobre el caballo, penetrando fríamente con el ojo las filas desbaratadas del enemigo en el campo de batalla y, a lo lejos, veinte mil máuseres apuntándole sin tino alguno mientras que, a su alrededor, caen hombres muertos, hacinados como hojas de

árbol Aquel día todo fue morir, morir y más muerte; recuerdo que me le acerqué, de pura chiripada puesto que yo pertenecía en el flanco opuesto al de él, pero ya para ese entonces no había orden en los flancos En fin, al fijarse en mí, recuerdo que me puso el brazo sobre el cuello y me habló como si fuera un hermano mayor, diciéndome: "Juan Manuelito, me están matando a muchos valientes; si así ha de ser, es preferible que mueran en el lado del enemigo que aquí entre nosotros " Por la forma de hablarme se supondría que estábamos solos en aquella pradera Luego me dijo: "Hace falta un ejemplo, amiguito, y usté me hará el favor Escabúllase y de alguna manera apepénese aquel cañoncito jijo de tal que tantas muertes me está causando " Lo que me pedía era que le ayudara a consumar el triunfo en aquella lucha, aunque en esos trances perdiera yo la vida; ahora que recuerdo, te juro por ésta que nada le hubiera negado al general; si él me hubiera pedido en ese mismo momento que me bajara los pantalones, ahí mismo lo hubiera hecho, tal era el tamaño de mi apego y admiración por él No siendo tardo de entendederas, para luego es tarde, me dije y dándome yo mismo alientos me dirigí al lado enemigo con la reata pronta para lazar el cañón, pero antes de cumplir mi propósito, ¡que me quiebran mi caballo! Pero con eso bastó, puesto que, con nuevos bríos que ennoblecieron las armas villistas, en menos que canta un gallo desbaratamos al enemigo Ahora dime, cómo crees que se le puede dar un albazo a un hombre con suficientes tamaños
—Juan decía esto último como si sopesara con ambas manos unos grandes frutos imaginarios—; sus espuelas siguen una ruta marcada por Dios, masque los curas lo nieguen ¡Con la sola fuerza de su deseo Villa bien pudiera vivir para siempre!

Llegado su turno, el general, obviamente conmovido, respondió con una voz llena de sentimiento y con el rostro bañado en lágrimas al igual que Juan Rubio

—Creo que tú mismo has dado con la razón que motiva a nuestro general, Juan Manuel; vive seguro que si a Villa le ha llegado la hora de morir, es porque él mismo lo quiere así

—Jamás creeré en tal disparate, pues va en contra de toda ley —contestó Juan con el semblante ofuscado

Se quedaron callados por breves minutos y luego Juan decidió tomar la palabra, dirigiéndose al general con el tono conciliatorio que imponía tanto la amistad como la autoridad misma del viejo general, adquirida a través de largos años de vida militar

—Aunque dejé dicho en la capital que mi licencia era por sólo un año, yo sé muy bien que nunca volveré al ejército nacional Me es imposible servir bajo órdenes de Alvaro Obregón; mientras lo hice por varias semanas, me sentí inconforme, como si trajera el alma arrastrada y sin honra por alguna falta militar hecha contra mi voluntad Mi razonamiento fue de este modo: al principio algo me adormiló con la creencia que sólo dentro del Colegio Militar podría servir al pueblo, pero con el tiempo me quité de sueños y abrí los ojos. Sé que pudiera haber llegado a general en sólo cinco años, pero de paso me hubiera convertido en hombre de la misma calaña que aquéllos que están en el poder, ¡como si fuera yo un vil chaquetero sin dignidad! Ya me veo, bien ocupado robándole lo poco que tiene el pueblo en vez de ayudarlo, según los ideales que me llevaron a la Revolución primero y, posteriormente, al Colegio Militar. Decidí venir a esta ciudad porque algo me dice que es aquí donde Villa asestará el primer golpe cuando salga de su retiro. El es la única esperanza que le queda hoy a México. Ya verás, él va a volver, y el pueblo, escuchando su llamado, le seguirá otra vez, y todo ese río de gente desembocará en su propia libertad, liberando así a México por tercera vez Pienso esperar aquí hasta recibir órdenes suyas

Al oír lo anterior, el general, sintiéndose de repente viejo y entristecido, hizo un leve movimiento de cabeza, como si buscara la manera de organizar una respuesta; por fin dijo:

—Esta creencia tuya es en verdad otro gran sueño, Juan Manuel, y tu mismo entender permitirá llegar a un acuerdo conmigo: no podemos salir de un sueño para entrar en otro Ya estamos cansados de tanta guerra inútil y empequeñecidos por el derrame de tanta sangre inocente ¡Otro alzamiento de armas degollaría de plano a la nación! Pero quiero que sepas que, aunque sostengo lo anterior, ojalá compartiera tu sentir Pero ya estoy harto de ver tanto derrame de sangre en nuestra tierra, y la gente también ya está cansada. Ahora mismo un asunto de suma importancia es el hecho de que el gobierno de Obregón ha recibido el reconocimiento de los Estados Unidos Además, él tiene a su disposición un mayor número de elementos militares, sin tomar en cuenta el hecho de que él es todo un soldado; esto lo admitirás, no importa cuánto sea el encono que sientas en tus adentros hacia Obregón

—Sólo un tarugo no entendería tal verdad después de Celaya —contestó Juan, aunque sin menoscabo de su propósito— Yo conozco a fondo a mi general Villa y lo aguardo hasta que a él se le ocurra llamarme a su servicio Si me llamara esta misma noche, acudiría listo para lo que se le ofreciera

—Palabra que lamento verte en condiciones tales, Juan Manuel, pero date cuenta que no puedes permanecer aquí después de lo ocurrido esta mañana

—¿Qué has pensado hacer conmigo? —preguntó Juan, como si de momento se acordara que pocas horas antes le había quitado la vida a un hombre

—Pudieras volver a Zacatecas

—Ahí me he hecho de muchas enemistades; de regresar, una muerte llevaría a otra, hasta que un mal día me tocara a mí la de perder

—Consuelo y tus hijas, ¿están en Zacatecas?

—No, las dejé en Torreón con la familia de mi esposa antes de irme a la capital

—¿Las has abandonado? —preguntó el general.

—Todavía no lo sé —contestó Juan, como si pensara en voz alta

El general estaba a punto de decir algo pero, sopesando consecuencias, decidió callar Pensó que asuntos de familia eran cuestiones privadas, por lo tanto volvió a la situación presente y dijo, después de un breve lapso de tiempo:

—Creo que el lugar más seguro para ti, por lo menos por ahora, es al otro lado del puente ¿Nunca has cruzado la frontera?

—He estado solamente en Columbus —respondió Juan

Al general se le iluminó el rostro de satisfacción Volvió de nuevo a fijarse en Juan, aunque esta vez con orgullo y respeto Con una actitud que oscilaba entre el amistoso reproche y la intimidad suspicaz, le dijo: —Como tú y aquellos hombres que estuvieron en Columbus ya no quedan muchos ¡Qué calladito te lo tenías! No me lo habías dicho hasta hoy

—Nunca te relaté lo tocante a Columbus simplemente porque nunca se te ocurrió preguntarme

Enfocándose aun más en la situación en que estaban, el general, modificando de nuevo el rumbo de la conversación, le dijo:

—Al otro lado de la frontera se están mobilizando planes que seguramente no te van a interesar, pero siento la necesidad de referírtelos de todos modos; todo ello quizá lo veas como una gran pérdida de tiempo, y por eso mismo estaré de acuerdo contigo si a última hora decides no inmiscuirte en planes ajenos En fin, resulta que en El Paso hay un buen número de descontentos que están ahora mismo recaudando los fondos necesarios para iniciar otra ofensiva en contra del gobierno Tienen pensado comunicarse con Villa en cuanto hayan concluido con su confabulación y su propaganda Mientras tanto, nuestro general Villa está en Canutillo, completamente ajeno a estas intrigas

—Conozco bien a hombres de esa calaña: políticos exilados en busca de puestos cómodos Nunca faltan dondequiera que voy: gente intrigosa que se arremolina en jacales nomás para tramar y conspirar No confío ni en sus buenos días

El general soltó la carcajada como seña de que estaba de acuerdo con Juan y, como para confirmarlo, le dijo:

—Eres impetuoso, Juan Manuel, y me alegra reconocer tu arrojo; no debí preocuparme pensando que caerías en sus intrigas. Aunque debemos admitir que en todo este embrollo habrá un rincón para los políticos, ¿no crees? En cuanto a los catrines encargados de tramar, pasándose todo el santo día dizque pensando, pues también habrá lugar para ellos en este carajo mundo Ya ves, el mismo Madero fue el maestro de la conspiración y de la política del pensamiento revolucionario En sus espaldas cae la responsabilidad de todo lo que ha pasado desde entonces; ultimadamente quizás sea él a quien se le deba juzgar cuando se haga un balance de todos los disturbios que ha padecido la nación

Entendiendo a fondo el pensamiento que se entreleía en estas palabras del general, Juan hizo un ademán de asentimiento a la vez que intentaba reprimir su enojo: —Pero no olvides que Madero siguió la causa del mexicano, que es la del pueblo Podrás culparlo de todo el sufrimiento y de las muchas matanzas, pero todas las penas y padecimientos nacionales fueron necesarios: la patria ha sido liberada y volverá a ser liberada muy pronto Obregón no es ni santo ni eterno, por lo tanto es tan vulnerable a la muerte como tú y yo

Al decir esto, Juan se contuvo, concentrándose en algo que se le había ocurrido. Movió la cabeza como queriendo borrar la idea que le había cruzado el pensamiento y, volviendo al tema, añadió:

—Lo que me enyerba de estos catrincitos es la seguridad de que, ahora mismo en alguna parte, habrá un rebaño de estos animales urdiendo la forma en que caerá Villa en su trampa Obregón es un militar, y de los buenos —hasta eso, no lo niego —, pero la vileza de estos planes nos indica que los que habrán de ejecutarlos son gente civil Conociendo este tipo de gente, sin duda que habrán de conchabarse a algún íntimo de Villa con dinero y falsas promesas para luego traicionarlo

—¡Tienes tanta razón! —replicó Hermilio—; lo que has dicho es la puritita verdad Pero, dime, ¿acaso te pasó por la mente la ocurrencia de asesinar al Presidente?

Ahora fue Juan Manuel quien rió a carcajadas

—No se te quita lo ladino, Hermilio; para serte franco, muchas veces rogué al cielo que alguien lo despachara de este mundo, pero no fue hasta hace momentos que sentí las ganas de ser yo mismo el responsable de tal encargo

—No debes ser tan alebrestado, Juan Manuel; hablas de cosas mayores y muy serias

—Le tengo mucho cariño a la vida, Hermilio, aunque a ti te parezca lo contrario. Yo me aprontaría a cometer tal acto sólo si se me asegurara que inmediatamente después de consumado el hecho todo cambiaría Pero bien sé que la muerte de Obregón no produciría la solución que buscamos para los problemas nacionales A nadie se le oculta que hay otros hombres como él que, aunque sin su don de mando y poder militares, podrían reemplazarlo y tomar su lugar sin temor a la oposición Conociendo la situación, entenderás por qué me parece inútil dar la vida nomás por nomás Aunque te diré que si mi general Villa me lo pidiera como un favor personal

El general se puso en pie repentinamente, como dándole a entender a Juan que por fin había llegado a una decisión.

—Ven conmigo para darte una remuda de ropa; esta misma noche dispondré que cruces la frontera desapercibido Tengo un acuerdo con un ganadero gringo —negocios que traen consigo el pago puntual de una mordida—, y pienso enviarle una carta por conducto tuyo

—¿De qué tipo de mordida hablas?

—Verás, yo me hago el desentendido cuando el mentado gringo cruza ganado de contrabando al otro lado del Bravo

—Ora sí que me llevó la tiznada —replicó Juan, con el ánimo bastante conturbado—; ¿ya andas tú también metido en chanchullos de abigeato? Parece que cada día me topo con hombres sin integridad, como si el honor y la palabra de hombre valieran un puño de estiércol

—Tengo las manos amarradas, Juan Manuel; haz de cuenta que la mordida forma parte íntegra del puesto que tengo aquí en Ciudad Juárez De parte de los gringos la mordida es un gesto, digamos, de cortesía Por otra parte, ojalá se te llene el cuerpo de satisfacción si te cuento que las reses se las roba a ganaderos españoles

—Concedo que tal punto no me disgusta del todo, pero de todas maneras no creo que justifique tu forma de proceder Sabes, se me ocurre ahora mismo que a lo mejor la ayuda que me propones no me conviene del todo, pues empiezo a columbrar que quizá estemos en bandos opuestos Andas bien errado en tu camino, viejo, pues desde que estás aquí andas con los ojos vendados y con el corazón hecho trizas de tantas mordidas que recibes

—Siempre te he visto como un hijo mío y ahora me apena que me injuries —contestó el general con el rostro entristecido—; tienes razón, he envejecido

Juan miró detenidamente al viejo militar sin poder ocultar un gesto de desprecio, un sentir que de repente hallaba expresión en un repudio inesperado

—¿Dónde pues está tu valor? En tus mejores días eras alguien con suficientes tamaños, y ahora ya no queda ni la sombra de lo que fuiste Ya no hay necesidad de que te jubiles, pues hace tiempo que te recogiste en tu hoyo y desde entonces ahí estás bien adormilado Quédate ahí enterrado, feliz de que nadie intentará madrugarte Sólo recuerda que para estar de lleno en el trajín de la vida se necesita, ante todo, ser un hombre cabal

—No me hables con tanto encono, Juan Manuel; por la memoria de aquello que, según dices, fui alguna vez —por lo que fuimos todos   En fin, permíteme que te hable tocante al valor Puesto que me hablas en plata, te contestaré con la misma moneda: empecé a perder los güevos en Torreón, dejando luego buena parte de ellos en Zacatecas —claro, no me di cuenta entonces, pero cada campaña hizo jirones de mi hombría, hasta que quedé mutilado en Celaya. Como te lo digo, en Celaya por fin reconocí que había perdido las agallas que tanto adornaron mi juventud Eso de envejecer cuando se está en el mero centro de las desgracias es como para ponerse a llorar Pero fue mi destino llegar a viejo cuando empezaba el torbellino Uno como hombre debería crecer como el roble, fuerte y con muchos años por delante; en otras palabras, la vejez debería ser noble e inspiradora de hondos afectos, todo lo contrario a lo que es en verdad Aunque, créeme Juan Manuel, tú también perderás poco a poco tus ramas y se te secarán las raíces según envejezcas, pues de esta suerte tampoco te escaparás Esto que te digo quizás nos obligue, a fin de cuentas, a resignarnos Las cosas siempre buscan la forma de emparejarse Fíjate bien: cuando me metí en la bola, era tres veces mayor que tú, y ahora sólo llevo a cuestas el doble de tus años Medítalo bien, Juan Manuel, pues ya me estás alcanzando En tu reflejo estaré algún día y te sorprenderás de cuán verdaderas fueron las palabras que te dije hoy

Juan Rubio —arrepentido y apenado— se acercó al general con ánimos de reconciliarse:

—Discúlpame, Hermilio; lo que pasa es que vienen a mi memoria recuerdos de tiempos pasados, que para decir verdad no son tan viejos Te pido de nuevo que me perdones; siempre te tuve cariño, el mismo que siento hoy por ti Debo decirte que no creo que seas tan débil, viejo, o tan matalote como te pintas Quien es hombre en la vida, siempre lo será; te aseguro que yo siempre lo seré Nunca olvidaré todo aquello que constituye mi idea de lo que es justo o que está basado en principios Todo hombre debe tener muy inculcado el sentido de la honra, pues de otra forma no será un hombre con dignidad, y tú bien sabes que sin ella el hombre lo es a medias Yo siempre seré un hombre cabal

—Ojalá —contestó el general

—Por ahora haré lo que propones: me encargaré del arreo del ganado de tu gringo, pero conste que lo hago sólo porque prefiero seguir por ese rumbo en vez de trabajar como campesino Yo me crié con la montura entre las piernas, y nunca anduve empinado como un peón cualquiera A estas alturas, no quiero cambiar de costumbre o hábitos personales

—Pero por supuesto —contestó el general—; ahora vayamos a donde nos esperan mi esposa y unas amistades; nos harás compañía hasta que sea tiempo de que te vayas Por cierto, a mi esposa le dará mucho gusto verte de nuevo Mientras tanto, redactaré un oficio dando todos los pormenores de tu fuga, bautizándote de nuevo y cambiando tu identidad; pienso darte un nombre falso y una descripción totalmente fabulada

—El teniente que se encargó de mi arresto ya sabe mis señas —dijo Juan—; ¿crees que me vaya a delatar?

—Para el mediodía de mañana, el teniente Ramos será el capitán más joven en este nuevo Ejército Nacional de México

I I

Y así fue como Juan Rubio unió su destino a ese gran éxodo que tuvo origen en la Revolución Mexicana Al principio fueron centenares de hombres los que cruzaron el Río Bravo, pero después las olas migratorias acarrearon miles de almas, llegando todos primero a Ciudad Juárez antes de cruzar la frontera en un tranvía que, en sólo tres minutos, los transportaba a El Paso del Norte: si cruzaban a pie encontraban su versión del Paraíso a unos cuantos pasos de tierra mexicana Mientras la frontera mantuvo sus puertas abiertas, un creciente número de personas inundaron con su presencia el lado norteamericano, dejando atrás miseria e infortunios En su fuga, no obstante, difícilmente podían huir de la realidad, mientras los texanos —quienes les daban la bienvenida debido a los muchos campos de algodón que se tenían que cosechar— tampoco podían olvidar lo ocurrido en el Alamo Había mexicanos que, por razones de amor propio, daban la media vuelta y regresaban al infierno del que poco antes huían Otros más se apretujaban próximos al puente internacional, amontonados en una colonia mexicana en la ciudad de El Paso, con el consuelo de que al menos podían, desde la parte norte del río, vislumbrar a su patria cada vez que la nostalgia lo hiciera necesario. En su mayoría, esta gente llegaba al otro lado turbada, sin darse cuenta de que aunque no encontraban puerta cerrada, en verdad no eran bien recibidos El ideal que les servía de faro era la antigua búsqueda de El Dorado, o era un imán inconsciente que atraía la voluntad migratoria con imágenes de ciudades perdidas, construidas todas de plata o de oro En fin, la marcha hacia el norte no cesaba, abriéndose en numerosos senderos según se optaba por Nuevo México, Arizona, o California; en su peregrinaje, de paso sembraban su propia semilla humana

Sobre el lecho arenoso de un arroyo seco se había improvisado un tejado de madera y ramas secas; debido a la oscuridad de la noche, un joven adolescente sostenía una linterna mientras cuatro hombres jugaban a la baraja sobre una manta sucia y desgastada

—Me llamo René —dijo uno de los hombres—; René a secas No nos metamos en pormenores, ya que es en el detalle donde a veces nos sorprende la muerte

Juan Rubio se limitó a barajar los naipes, guardando absoluto silencio Otro hombre, el más joven, habló luego: —Sé quién eres; te he visto en varias ocasiones

—¿Me conoces? —preguntó René, con el semblante ensombrecido por un inesperado temor

—Fue en mi pueblo donde te vi por primera vez —allá por Guanajuato—, cuando apenas era un niño, como este chamaco que nos acompaña; pero nunca supe cómo te llamabas

El último hombre intervino: —El no se llama René y tú estás más joven de lo que me imaginaba para haber sido soldado en aquel entonces, puesto que este hijo mío ya cumplió doce años y ya había nacido cuando empezó la bola

René se puso en acecho, listo para fugarse en caso de haber ocasión para ello Luego dijo: —¿En qué te basas para afirmar que no me llamo René?

—Porque te he columbrado en varios lugares, aunque tú jamás te diste cuenta de que yo te miraba Te puse el ojo en varios estados, pero en Aguascalientes fue donde nuestros caminos se cruzaron las más de las veces Tú siempre ibas de civil aparejado al ejército, y te recuerdo porque en varias ocasiones me acerqué para hacerte un par de preguntas, por ejemplo: en qué lado o facción andábamos en equis campaña, ya que, para hablarte con la verdá, nunca pude entender a las claras por quién peleaba yo Cuando primero me levanté en armas, yo me decía que peleaba por el pueblo; luego luché por el gobierno, según órdenes de mi general Carrillo; más adelante volví a quebrar cristianos, otra vez dizque en defensa del pueblo; o sea que todo era un cuento de nunca acabar En esos tiempos tú siempre andabas como dedo y uña con el general, y pos yo pensé que tú llevabas en tu morral las respuestas que se ayuntaban con mis preguntas Nunca presté oído al runrún de que te acostabas con el general; yo solamente veía a las claras que eras influyente; a lo lejos se daba uno cuenta de que eras persona de civilización

—Pues estás muy equivocado —contestó René—; me confundes con otra persona —Habló con enojo, como si se afrentara de ser confundido con tal hombre

—Puesto que así lo quieres, a nadie le diré tu nombre; así que ya puedes desalojar todo temor que te incomode Pero no me equivoco: hemos andado por los mismos rumbos, aunque yo de soldado raso y tú junto a la caballería que seguía al general

—No siento temor alguno —respondió René— puesto que no hay nada que ocultar Mis razones son muy distintas y están relacionadas con gente con quien me comprometí políticamente en el pasado, pero que hoy ha caído en desgracia Los azares de la Revolución bien pudieran haberme llevado al triunfo y esta misma noche pudiera estar bastante a mis anchas en la capital, en vez de estar metido en este miserable muladar

Juan Rubio rompió su silencio y dijo:

—Si te parece esto un muladar, nadie te obliga a que te quedes —y sonreía al concluir la frase, a pesar de que jamás le simpatizaron hombres como René Luego añadió:—Si gustas, puedes irte a Nueva York, o incluso a París, o a Londres Te damos permiso

En los labios de René no había el menor gesto de una sonrisa

—Se burla usted, señor Rubio —dijo luego en tono amonestador— Pero el punto que tratamos no es para tomarlo a la ligera Ahora nos conocemos sólo por nombre, y todo debido a que nos ha reunido la experiencia común del exilio Pero repito que es mejor que no entremos en detalles o pormenores en la vida de cada quien Yo sí sé de la vida personal de ustedes puesto que el saberlo formaba parte de mis responsabilidades Este hombre en verdad me conoce porque, como él lo ha asegurado, me ha visto en varias ocasiones Yo era periodista, o, mejor dicho, era un perito en asuntos políticos Por otra parte, siempre fui un ferviente estudioso de la psicología de los hombres

—Mira nomás, has sido esto y esto otro—comentó Juan Rubio—en una vida de tan cortos años

—En efecto, he vivido plenamente —respondió René—, y también me las he arreglado para viajar por Nueva York, París y Londres, allá en mis tiempos de estudiante

—Me haces reír otra vez, gachupín —dijo Juan Rubio— viendo la importancia que les das a esos detalles

La voz de René cambió de tono, hablando ahora jactancioso:

—También he sido hombre bajo cuya dirección nacen y se orientan generales, y los he tenido sobre la palma de la mano Uno en particular —Juan Carrillo— fue un cacique de poca monta nacido en un pueblo obscuro; y no obstante, lo convertí en todo un dirigente de hombres Conocí a Carrillo una vez que andaba de largo en una de sus muchas parrandas, gastándose el dinero que le habían pagado por una res —no me pregunten cómo se había hecho ganadero—, pero recuerdo que ese día le hacían ruido los muchos reales que traía bien metidos en los pantalones Pues bien, derrochó el dinero en bebidas y en mujeres, y así fue que lo reconocí como el tipo de hombre que andaba yo buscando Carrillo era un dirigente de hombres nato, aunque sin mucha inteligencia o sentido de dirección: valiente, fiel, crédulo y cruel Era vanidoso como un adolescente, y le encantaba mucho la bebida y andar entre faldas Yo lo tomé bajo mi tutela y lo convertí en un hombre poderoso que inspiraba temor, aunque siempre siguió mis instrucciones   claro, en esto último tuve que tener mucho cuidado, puesto que, de haber sospechado que yo era el cerebro detrás de todos sus actos, me habría mandado fusilar inmediatamente En las columnas que escribí para periódicos y revistas, siempre procuré darle a Juan Carrillo un perfil positivo, detalle imprescindible para la leyenda en embrión de todo héroe nacido del pueblo Pero a última hora la fortuna giró sobre nosotros y Juan Carrillo murió De no habérsenos mudado la suerte a Juan Carrillo y a mí, ahora mismo estuviéramos muy felices en la capital ya que para entonces yo había decidido que él apoyara a Obregón

—El hombre que dizque convertiste en general fue un pendejo, y tú bien que lo sabes —dijo Juan Rubio con desdén— ¡Lo mató una mujer! Conque todo un hombre y a última hora lo madrugan con un balazo en donde se creía muy hombre, dejándole un vacío como si fuera una vieja en su luna Viéndolo bien, creo que fue una muerte muy apropiada, ¿no crees?

—Mi único error —dijo René— fue el permitir que mujeres acompañaran al ejército Las mujeres siempre traen consigo sus rachas de problemas; yo en lo personal nunca he tenido la necesidad de tener una mujer, no obstante Juan se obstinó en enseñarles a usar armas de fuego, y todos sabemos que una pistola en manos de mujer es tan mortal como la que porta un hombre

—El nunca llegó a nada y por lo visto tú tampoco —replicó Juan Rubio

René desvió la mirada para no ver la cara de Juan Rubio Había intentado impresionarlo, pero había fracasado sin saber por qué Sin embargo, entreveía su fracaso en la forma en que Juan Rubio lo había descrito Levantó la baraja y empezó a repartir los naipes; ensimismado en sus meditaciones sobre los tumbos de la fortuna, de repente se dio cuenta que el monte había crecido considerablemente y que en un minuto él sería el ganador de este juego

El muchacho que sostenía la linterna la apagó de súbito mientras Juan Rubio se abalanzaba sobre las manos de un hombre cuyo interés parecía enfocarse en el mismo monte Un balazo se abrió camino entre la obscuridad de la noche y, segundos después, a Juan Rubio ya no le fue necesario sujetar las manos de un hombre cuyo rostro yacía ahora inmóvil sobre varias monedas de oro Cuando se encendió de nuevo la linterna, el muchacho estaba arrinconado contra uno de los muros del puente mientras que el rostro de su padre, con la cara sobre el codiciado monte, tenía la mirada como perdida en el infinito René enfundó su pistola mientras dirigía la atención hacia Juan Rubio, quien, después de ver el cadáver, comentó:

—No había razón para matarlo

—Era un ladrón —contestó René

—Lo fue, y también fue un imbécil, pero esos detalles no justifican su muerte ¿O es que son tan hondos tus temores que te es necesario matar a todos los que te reconocen por nombre? Llévate tu dinero y lárgate; yo me encargaré de entregar el cuerpo de este miserable a su esposa

Fijó su mirada en el hombre que había estado alistado en el ejército de Juan Carrillo y pensó en la falta de grandeza que hay en cada muerte inútil

El hombre que murió esa noche bajo el puente carecía de nombre propio Sus señas, su lugar de origen, su modo de vivir —en fin, todo su conjunto vital carecía de importancia ya que había miles de hombres como él En lo particular, este hombre había luchado en el ejército del general Carrillo quien, a su vez, fue uno de los muchos generales que surgieron con la Revolución Y al igual que miles de soldados desconocidos antes y después de él, este hombre no logró entender, ni jamás alcanzó a saber, por qué luchaba en la guerra En cuanto hubo un momento de paz brindado por una breve suspensión de hostilidades, se fue al norte con su esposa e hijos y cruzó la frontera Luego llevó su familia a Pecos, bastante dentro del nuevo país y, ya radicado ahí, compartió un cultivo en el rancho de Míster Henderson, convirtiéndose en agricultor algodonero Gozaba de un modesto hogar; nunca le faltó maíz o frijol a la hora de la merienda, incluso la ocasional porción de carne de res Su algodón creció lo suficiente como para llenarle el corazón de remozadas ilusiones, y un día la cosecha semejaba un largo tramo de nieve, gruesa y blanquísima como la sonrisa de este hombre que no cabía en sí de tanta alegría Ese mismo día, acompañado de un amigo, pasó Míster Henderson a caballo; de lejos se distinguía una estrella reluciente prendida al pecho de la camisa

—Quién lo viera, señor Jéndeson —le gritó jovialmente el aparcero, quien ya acostumbraba el trato festivo y alegre con su patrón—; ¿a poco ya andamos de lado de la ley?

El ranchero sonrió levemente y, en forma de respuesta, dijo:

—Sí, Mario; todos los hombres influyentes de la región somos diputados extraordinarios

Después Míster Henderson habló con su amigo, luego sacó el rifle de la funda en que lo llevaba, y lo dejó caer en el suelo Hecho esto último, ambos partieron a caballo sin despedirse.

El hombre a quien le habían llamado Mario se fijó con detenimiento en la polvareda que los caballos habían dejado en su galope de retirada Levantó el rifle y lo examinó con curiosidad, no logrando descifrar el comportamiento de su patrón Luego lo puso sobre la pared, inclinado y a la vista, para cuando Míster Henderson regresara preguntando por su rifle

Ya se había ocultado el sol cuando volvió Míster Henderson, pero ahora lo acompañaban varios hombres, todos armados Uno de ellos vio el rifle sobre la pared de la casa y, tomándolo desde su caballo, se lo entregó a un hombre fornido que parecía ser el *sheriff* de la zona Este habló en buen castellano, sorprendiéndose Mario que un gringo dominara tan bien el idioma del país vecino

—Oye, peón —le dijo en tono golpeado—; ¿por qué le quitaste este rifle a tu patrón a la fuerza?

—Yo no hice tal cosa —replicó Mario, quien ya empezaba a entender muchas cosas—; el señor Jéndeson lo tiró en el suelo y luego se fue; yo lo guardé a la mano, lejos de los niños, pues supuse que volvería luego por su rifle

—Este hombre me insulta insinuando que miento —dijo Míster Henderson

—Mira, hijo, nunca te atrevas a decirle a un americano que miente —dijo el *sheriff*

—Usté no es mi padre para decirme hijo —replicó Mario—; como quiera que sea, no creo que usté me lleve muchos años por delante

—Tú te me largas esta misma noche —le dijo el *sheriff*, dándole a entender que el breve intercambio había llegado a su punto final— Recoge a tu familia y las pocas cosas que te pertenecen El señor Henderson pagará el costo del tren hasta El Paso Dale gracias a Dios que saliste ganando

A Mario se le revolvió toda la cólera que tenía guardada en el cuerpo y por un minuto pensó que debería haber ocultado el rifle No se requería de mucha inteligencia para entender la injusticia que le habían hecho y, de tener el rifle a la mano, defendería su derecho hasta morir Reconoció que si se rehusara a abandonar su cultivo, de seguro lo matarían De todas maneras, y respirando muy hondo como para contenerse, preguntó:

—¿Y mi algodón? He trabajado casi un año para Míster Jéndeson Cuando plantamos el algodón, él me aseguró que la mitad de la cosecha sería para mí Ahora ya está grande y bien blanco, listo para cosechar

—Injuriaste a Míster Henderson al robarle su rifle, por lo tanto has perdido todo derecho a tu parte del cultivo Debiste haber medido las consecuencias antes de transgredir al patrón que protegía tus intereses Ahora es tarde para alegatos tuyos; recoge tus cosas y lárgate

Este hombre a quien le llamaban Mario tenía unas monedas de oro, pequeño botín que le traía ahora recuerdos de un pueblo en la parte central de México que habían asaltado durante la Revolución Con estas mismas monedas se había jugado su suerte en Isleta una noche sin estrellas, cubierto bajo un tejado que habían improvisado junto a un puente que cruzaba sobre el lecho arenoso de un arroyo seco Este hombre conocido por el nombre de Mario tenía un plan cuyo fin era hacerse de más dinero, para luego volver a su región natal para hacerse de un terrenito Regresaría a México —de eso no cabía la menor duda— pero con suficiente dinero, y si no lo ganaba a las buenas, pues ahí estaba el plan que cambiaría su suerte Le dio al mayor de sus hijos instrucciones respecto a lo que debía hacer en caso de que la suerte no lo acompañara durante el juego, y luego partió en busca de un tejado bajo un puente donde se rumoreaba que se ganaban grandes fortunas de oro en ocasiones en que hombres se reunían a jugar a los naipes

III

El primer trabajo de Juan Rubio fue el de llevar ganado al otro lado de la frontera, conviviendo con los partidos más variados de hombres malos que hasta entonces había conocido, siempre durmiendo con una mano en la pistola y la otra en su cuchillo Cuando le tocaban varios días libres, visitaba a una joven mujer en Ciudad Juárez, mujer cuyo nombre —Dolores— ahora lo tenía bien grabado en la memoria A instancias de Juan Rubio, ella se había alejado de la vida nocturna y ahora vivía en una casa muy blanca, pequeña y junto al río Ella tenía planes de cruzar también la frontera, pero sus planes cambiaron: un buen día llegó la esposa de Juan con tres niñas, haciendo imposible que cruzara la línea para vivir con su amante Juan se mudó a Isleta acompañado de su familia y se dedicó a pizcar algodón, a jugar a los naipes y a emborracharse Pendenciero que era, con frecuencia se agarraba a golpes con cualquiera que le sirviera de pretexto para continuar la Revolución que aún llevaba muy dentro del alma Y cada fin de semana le hacía visitas nocturnas a su joven Dolores, a quien amaba hasta el día en que ella le hizo saber que estaba encinta

El tedio cotidiano empezó a roer la fuerza de este hombre que poco antes solía mantenerse activo No le había llegado a sus manos recado alguno de la hacienda de Canutillo, lugar en que vivía el general Francisco Villa; es más, ni una sola palabra del general le había sido destinada a Juan Rubio, quien se dijo al fin que ya no debía esperar más Hecha esta resolución, se le llenó la mente con la idea de que quizás una mano invisible lo había señalado a él como el instrumento que cambiaría para siempre el rumbo histórico de su país

Su imagen apenas se distinguía en la penumbra, recargado como estaba contra una pared de adobe en la parte lateral de un almacén Sostenía un cigarro entre los dedos, con la brasa tornada hacia la palma de la mano con intenciones de ocultarse aun más en la oscuridad de la noche Vestía un sombrero ancho con pantalones de manta y huaraches, aparentando ser un campesino común Traía puesto un sarape que le servía de jorongo, ocultando la pistola que, bien fajada, traía colgada sobre la entrepierna Sintió por todo el cuerpo una leve agitación nerviosa, contrastando con los meses en que había vivido como en un enorme vacío Recordaba la recién visita nocturna de un hombre desconocido, y recordó también cómo se había deshecho de él después de entender sus intenciones Y ahora estaba aquí, aguardando entrevistarse con unos políticos, dispuesto a emprender algo que jamás pensó que se atrevería a hacer La puerta del edificio estaba a unos cuantos pasos a su derecha A propósito había tardado en llegar al lugar, y ya tenía como una hora de estar reclinado contra la pared, observándose a la vez que miraba todo a su alrededor Había encendido un cigarro minutos antes y ahora aspiraba su humo honda y tranquilamente, como queriendo cerciorarse de que la serenidad del contorno fuera una extraña señal que le indicaría que no sería víctima de una emboscada dentro del almacén ¿De modo que así se confabulaban las cosas del mundo? En la profundidad de la noche se reunía gente anónima para planear y apalabrarse, y después, a mil leguas de distancia, a un hombre le era imposible adivinar que su muerte pronto lo sorprendería. ¡Qué extraña magia!

Juan Rubio no negaba creer en actos relacionados a la brujería, puesto que en varias ocasiones había visto en otros los efectos ocasionados por hechizos o por diferentes casos de magia negra Sin embargo, su sentido de la realidad le daba a entender que esta noche la confabulación política tenía poca relación con la brujería, lo que explicaba el hecho de que estuviera disfrazado de campesino Si su destino lo llevaba esta misma noche hacia el sur, lo haría en calidad de peón Resuelto ya, se dirigió hacia la puerta y tocó según la contraseña acordada Escuchó pasos en el interior del almacén y luego el girar mohoso de un cerrojo, seguido de la aparición de un rostro que sin titubear le preguntó:

—¿Es usted, coronel?

—A sus órdenes —contestó Juan Rubio Entrando escuchó de nuevo cómo cerraban la puerta

Al prender una lámpara de mesa varios hombres vieron a Juan Rubio sobre el marco de la puerta con una pistola en la mano; uno de ellos —bajo de estatura, delgado, con anteojos sin montura— se dirigió a Juan:

—No necesita la pistola estando entre nosotros, ya que aquí todos somos amigos; le alegrará saber que está en nuestra compañía el señor Soto, un hombre que lo conoce desde hace tiempo y quien lo aprecia como amigo

Juan reconoció a René al final de una mesa en la que había otros cuatro hombres sentados y, sin mostrar un gesto de alegría o de titubeo, replicó en forma tajante:

—Este señor no es mi amigo y mucho menos ustedes; no

empecemos conociéndonos como si fuéramos una partida de marrulleros A mí me gusta la franqueza, y como prueba les diré que dudo incluso que haya amistad entre los que están aquí presentes En México es difícil encontrar dos hombres que sean amigos cabales, mayormente si estos hombres son de la clase catrina

Diciendo esto Juan enfundó su pistola y luego añadió: —No les tengo una gota de confianza, en primer lugar porque no los conozco y, en segundo, porque son políticos y sólo un ingenuo creería en su palabra Por otra parte ya tengo mucho tiempo de andar por rumbos que dicta mi conciencia; he caminado solo entre el breñal, así que vivan seguros que Juan Rubio no necesita de techo ajeno para protegerse

—Yo me llamo José Luis Zamora —dijo el hombre de los anteojos, ya en plan de hacer a un lado formalidades con Juan Rubio—; si no es en verdad su amigo, por lo menos supongo que reconocerá a René Soto En cuanto al resto, yo podría darle a conocer sus nombres, pero por ahora eso no es necesario Lo que importa por el momento es nuestra causa, y ésa es la razón por la cual estamos reunidos aquí esta noche

—Yo no entiendo de causas, por lo menos de la que habla usté —replicó Juan Rubio con una actitud que daba a relucir una aspereza que confundía en forma patente a los concurrentes—; no creo que usté y yo tengamos en todo esto el mismo propósito, pero de todos modos he acudido esta noche porque, sin importar cuáles sean los ocultos fines de ustedes, seguro estoy que cuando se lleve a cabo el acto que se está planeando, el pueblo de México se beneficiará

—¿Entonces está dispuesto a hacerlo? —preguntó el hombre de los anteojos—; ¡Me alegro! Veo que le inspira un auténtico amor a la patria puesto que ha decidido cumplir con el plan antes de acordar su pago

—¡Qué! ¿No les dije? —dijo René Soto, con el rostro sonriente

Juan Rubio tomó de nuevo la palabra y habló para oídos de todos, sin embargo en forma tácita se estaba dirigiendo a René:

—Quiero que entienda cada uno de ustedes que yo soy

hombre de distinto proceder; si algo he intentado aclarar esta noche es este punto precisamente Estoy dispuesto a hacer lo requerido sencillamente porque concuerda con mi voluntad, y no porque ustedes me hayan convencido con su lúcida argumentación, ni mucho menos porque yo me haya decidido a andar de su mandadero Yo únicamente recibo órdenes de un hombre, y fuera de él a ningún otro Con ustedes no tengo contraída ninguna responsabilidad y, de salir con vida después de consumar lo planeado, no crean que me sentiré comprometido con su causa Voy a asesinar a su presidente porque resulta que yo solo con mis entendederas he encontrado suficientes razones para darle muerte Pero no olvido que soy ante todo un soldado y no un político o un fanático —difícil distinguir en nuestros días entre uno y el otro—, y no debo olvidar tampoco que yo siempre confronto a mi enemigo cara a cara

El hombre de los anteojos habló, ahora con una voz en tono con la de Juan Rubio: —Su actitud no es la que procurábamos para aquél que decidiera llevar a cabo el plan que le hemos propuesto Es usted muy altivo, compañero, y su arrogancia constituye un grave peligro para nuestro plan, que incluye la vida de otros hombres Si le asignamos esta tarea, de seguro que correrá la sangre de otros compañeros Creo que nos hemos equivocado con usted, o sea que las palabras del señor Soto nos hicieron errar en la idea de que por fin habíamos encontrado el hombre indicado.

—Me indigna, José Luis, que llegues a conclusiones sin antes haber reflexionado sobre el asunto con detenimiento y sin arrebatos personales —protestó René, levantándose en el acto—; ya te aseguré repetidamente que éste es nuestro hombre, y no he escuchado absolutamente nada esta noche que me haya hecho cambiar de parecer Yo soy buen catador de hombres, no en balde he andado metido entre adalides y huestes desde hace años ¡Sería de sumo imprudente el confiarle esta misión tan delicada a un torpe fanático! Nuestro hombre debe ser calculador y de gran capacidad de carácter; sólo de esta manera podría tal hombre proceder de acuerdo a su voluntad e inteligencia personales, sin olvidar, claro, la necesidad de que todo lo anterior sea inspirado en el más profundo amor a la patria Yo te garantizo que Juan Manuel Rubio es todo un patriota; además, no dudo por un momento que los motivos por los que está entre nosotros esta noche han de ser por razones muy personales que abonarán en provecho de nuestros propósitos revolucionarios

—Yo sólo les pido un favor —interrumpió Juan Rubio—, y es que me den el nombre de alguna persona de confianza en la capital quien me pueda conseguir alojamiento para esconderme por dos días, quien quite y por menos tiempo Yo me encargaré de cualquier otro menester En cuanto a dinero, no se preocupen puesto que no les pido ni un centavo Entre hombres hay cosas que no se hacen por dinero

La sinceridad que había en cada una de estas palabras alentó aun más a René quien ahora tomó de nuevo la palabra, volviendo la cara hacia el hombre de los anteojos:

—Creo que estarás de acuerdo, José Luis, que no tenemos hombres para escoger, aunque para decirte la verdad, debemos felicitarnos que nuestra única opción es, en este caso, la más congruente y apropiada para nuestro plan

—No sé qué decirte, René; en verdad no podría decírtelo ahora mismo —musitó el interpelado, con el rostro entre sus manos y los codos sobre la mesa

—A caballo vigoroso, suéltale el ronzal —dijo René, satisfecho de que había conseguido persuadir a una de las voces de más influencia en el grupo

José Luis Zamora levantó las manos en señal de que se rendía ante la fuerza argumentativa de René Soto; no obstante, y como para insinuar el acato a un rigor parlamentario, añadió:

—Si los demás compañeros presentes están de acuerdo con tu manera de ver las cosas, en tal caso me someto a la voluntad general

Juan Rubio intervino con una aclaración, clavando la mirada sobre los surcos que marcaban la frente de René:

—Tocante a lo del mentado caballo y su ronzal, me parece tan verdadero como un refrán, por lo tanto no le cambio una palabra; aunque, claro, sé muy bien que supone usté que a ese caballo se le puede jalar la rienda a última hora

René no parpadeó en su respuesta:

—En efecto, don Juan, ése es mi modo de pensar

—Pues para que no ande usté tan errado subido en la montura de su imaginación, yo le aseguro ahorita mismo que con tal modo de pensar no va a ir muy lejos —respondió Juan Rubio con el esbozo de una sonrisa Notando el impacto de sus palabras, remachó el efecto con la siguiente observación:

—Para domar a un caballo con bríos, hace falta un pulso firme; ahora bien, René, conmigo la suerte quizá le cambie, ya que a lo mejor me matan en cuestión de días

Hablando como si sopesara cada palabra, René contestó:

—Me alegra saber que nos vamos entendiendo

Se oyeron ruidos en la puerta como si alguien tocara nerviosamente, y en seguida disminuyó la iluminación que irradiaba de la lámpara Juan Rubio ya tenía desfundada su pistola al ver que abrían la puerta y que en el acto entraba un hombre atropelladamente

—Lo inesperado ha ocurrido, señores —dijo el hombre con obvia desesperación, viéndosele el rostro según aumentaba de nuevo la luz de la lámpara—; ¡el general ha dejado de existir! ¡Pancho Villa ha muerto!

Juan tenía los brazos como si fueran de trapo, con la pistola pendiendo de su mano como algo inútil; el rostro, pálido, como si la muerte del general cortara de tajo un invisible cordón vital que nutría el corazón de Juan Rubio

—¡Mientes, hijo de la tiznada! ¡No sé cuáles serán tus razones para mentir, pero seguro estoy que no hay verdad en lo que dices! —vociferó Juan Rubio, moviendo la cabeza e insistiendo en que no había verdad en las noticias del extraño, aunque para sus adentros la verdad de dicha muerte aumentaba según reflexionaba en sus implicaciones

—Los detalles, amigo —dijo Zamora—, ¡démelos en seguida!

—Ocurrió en su automóvil, mientras cruzaba una barranca Lo madrugaron con varias ametralladoras, como si temieran que una bala mortal no fuera suficiente para acabar con la vida de un hombre como el general Villa Fueron tantos los balazos que es un milagro que los hombres que lo acompañaban resultaran ilesos Se ha comisionado que su cuerpo se translade inmediatamente a la capital, puesto que habrá un velorio abierto al público en el Zócalo Las noticias tardaron en llegar por estos rumbos, y por supuesto que la tardanza fue hecha en forma deliberada Tamaña atrocidad fue consumada esta misma mañana, y varios de nosotros escuchamos rumores al respecto esta tarde al otro lado, pero decidimos esperar hasta no tener información de fuentes fidedignas

—¿Entonces, es verdad? —preguntó René, aún resistiéndose a admitir que todos sus proyectos volvían de nuevo a desmoronarse por tierra—; no parece ser propaganda anti-villista; he sido periodista por mucho tiempo y conozco a fondo el poder e impacto que puede tener una propaganda bien planeada

—No, no es propaganda; desafortunadamente, estamos ante una grave verdad Yo mismo vi el marconigrama de Chihuahua hace minutos —concluyó el hombre que había traído tan funestas noticias

—En ese caso nuestras labores han concluido poco antes de empezar—dijo René—; la razón que nos reunió esta noche ya no existe, señores, pues parece que hemos perdido al hombre que pudo haber dirigido a una nueva insurrección al verdadero pueblo de México, y hablo, claro, de la gente hambrienta de pan y de justicia que, arrastrándose con sus harapos, ciega y tullida, necesitaba un libertador como Villa para levantarse de nuevo con dignidad humana, con plenas facultades para vislumbrar un mejor futuro para la nación Vivan seguros, señores, que el pueblo hubiera hecho por ese hombre lo que nunca osaría hacer por ningún otro Ahora que, viéndolo bien, este gran hombre fue el arquetipo de una humanidad bruta —por supuesto, bruto en el sentido en que se entiende la fuerza indómita y arrolladora de la naturaleza—; en tal sentido, ¡qué bruto tan magnífico fue el general Villa, sí señores! La historia está poblada de hombres como él —aunque nos toca a la humanidad solamente uno en cada generación; claro que comparado con hombres de su valor, nadie supera a nuestro fallecido general

Zamora se limitaba a ir y venir dentro de una jaula imaginaria, reflexionando en el paso a seguir Se detuvo a medio camino al darse cuenta que la arenga de René Soto había concluido y, poniéndose los anteojos como si en ellos tuviera escondida la lengua, dijo, en actitud polémica:

—Señores, no hagan caso alguno a este hombre quien exhibe toda la cursilería que hay en la retórica del poeta romántico Un hombre como Francisco Villa nos era necesario, no cabe duda, pero rehuso creer que era el único que pudiera cumplir con nuestros propósitos Su muerte de seguro nos va a atrasar en nuestros planes, pero él no era indispensable —quizás más que otros hombres, sin duda alguna, pero eso de ser indispensable en el sentido absoluto de la palabra, no señores Nuestra obligación política a la patria es como un llamamiento que nos mueve a emprender de nuevo la búsqueda de otro hombre como el que habíamos hallado en nuestro difunto héroe, a saber: un hombre vanidoso, torpe, dócil; que sea inculto y vulgar para que cumpla con su papel de dirigente de las masas Señores, tenemos entre nosotros a un hombre que satisface la mayor parte de estos requisitos —aunque claro que no podríamos enviarlo a México, según planes originales

Mientras tanto, Juan Rubio se mecía en su propio abatimiento, hundido en un profundo luto e inconsciente a cuanto lo rodeaba Estaba de rodillas, como si estuviera en el templo de su olvidada niñez, sólo que ahora sí había razón para la súplica y el rezo íntimo; cubriéndose la cara con las manos, Juan Rubio lamentaba su pérdida, llorando su aflicción con un sentimiento que le sorprendió, ya que de repente tuvo la sensación de que había vuelto a su temprana infancia Y según le corrían las lágrimas por las mejillas, crecía dentro de él un temor desconocido, un temor incomparable a los anteriores, algo como pavor momentáneo que lo invadía con su propia inteligencia, forzándolo a reconocer algo que siempre había evadido: su propia muerte, que era una representación simbólica del fin de la humanidad, aunque siendo personal la muerte propia —vislumbrada en momentos como éste— inspiraba un pavor irreprimible La muerte de alguien a quien se le consideraba inmortal mostraba a las claras el hecho inevitable de que todo desemboca en la muerte,

y de esta fatalidad Juan Rubio jamás podría evadirse Aunque
siempre lo había sabido —es decir, que él moriría—, jamás había
reflexionado en su propia muerte como lo había hecho esta
noche Pero su dolor —de una intensidad marcada por el luto
sentido— fue breve, y ahora mismo estaba resuelto a superar su
sentido de pérdida, a liberarse de la aflicción que paralizaba todo
ánimo o intento de vida; no obstante, a partir de hoy habría en
él, y para el resto de su vida, la melancolía de un vacío continuo,
la noción de traer consigo un anhelo nunca satisfecho, como el
inconsciente gemir por un dolor olvidado Se puso de pie, de
nuevo reintegrado en su propia dignidad de hombre, como si le
hubieran lavado el alma sus propias lágrimas, o simulando resuci-
tar después de una catalepsia pasajera

—Discúlpenme, señores —habló Juan Rubio con la misma
voz de antes—, no estuve pendiente a lo que ustedes decían
Pero no importa, pues para mí lo que ustedes discuten carece de
todo interés Es hora de que me vaya pues, viéndolo bien, entrar
en arreglos con ustedes es como meterme en un nido de víboras

—¡Un momento, por favor! —dijo Zamora en tono apresu-
rado—; por supuesto que su viaje a México debe ahora considerarse como descartado; sin embargo, si dicho plan ha sido modi-
ficado, eso no quiere decir que no podamos tener planes para
usted

—Olvídese de sus mentados planes —respondió Juan Rubio
con el entrecejo fruncido por la arrolladora impaciencia e ira que
brillaban en sus ojos—; no quiero tomar parte en ellos

René Soto fue hacia donde estaba Juan Rubio con actitud de
mutuo entendimiento, diciendo:

—Créame que siento mucho lo ocurrido, don Juan; sé perfectamente bien cuánto significaba para usted el general Villa y
lo que él representaba para el pueblo que concordaba con sus
principios revolucionarios Créame también cuando le aseguro a
usted que yo tampoco quiero desempeñar ningún papel en los
planes que estos hombres tracen

—Le creo todo lo que me pide que le crea; ahora hágame el
favor de hacerse a un lado pues ya es hora de que me despida de
ustedes

Zamora lo esperaba reclinado contra la puerta, sonriéndole a medias mientras se dirigía a Juan Rubio con voz complaciente:

—Coronel, usted sostiene que es, ante todo, un soldado y que sus deberes están con el pueblo, razón por la cual usted ha tomado parte en nuestra revolución No cabe duda de que su apego al general Villa va más allá de la admiración; eso ni quien lo dude Ahora bien, el general Villa ha sido asesinado, y resulta que sus mismos asesinos están ya encumbrados en la silla del poder que decidirá el destino del pueblo ¿Ve usted la contradicción en que se encuentra? Por un lado daría usted la vida por la liberación de México, pero es precisamente cuando se le necesita que usted decide olvidarse de su compromiso con el pueblo y se retira del campo de batalla No sé si me explico

—¿Que me olvido de mi compromiso con el pueblo, me dice este hijo de la rejija? ¿Es que está loco este capón o qué? —preguntó Juan Rubio, hablando con vehemencia según avanzaba hacia donde estaba Zamora—; sostienes, cabrón, que yo caigo en contradicciones al hacerme el olvidadizo No, no es que me olvide de mis propios compromisos, sino que por ahora lo único que puedo hacer es esperar otra ocasión que me sea favorable Soy paciente y sé que algún día tendré de nuevo la oportunidad de llevar a cabo lo que tanto tú como yo queríamos para México esta noche; cuando llegue el momento, cumpliré con mis propósitos y si es que salgo con vida, abandonaré para siempre el uso de las armas Mi plan lo llevaré a cabo cuando tu presidente se encuentre en la cumbre de su poder, gozando a las anchas una vida de molicie e inflado con su propia importancia Quizá me tome cinco o diez años, pero aunque me tome veinte, no se me escapará En cuanto a la veintena de años, no creas que exagero, pues vive seguro que, siendo gallito, los estará pisando a todos ustedes por todo ese tiempo; creyéndose otro Porfirio Díaz, vive en la ilusión de que es dueño del país Pero no viviré en paz hasta que le llegue su día Ya tengo mis años portando pistola —para mí que muchos años—, y debo muchas muertes Empecé a los quince años y, desde entonces hasta ahora que tengo veintisiete, ya llevo tantos sepultados que fá-

cilmente te llenaría un cementerio Hablando con la verdad,
ya estoy harto de tantas muertes

Hablando se le había disipado a Juan Rubio el apasionado
enojo, manifestándose ahora su cambio de actitud en su habitual
tendencia al sarcasmo:

—¿Conque me olvido? Pero ¿cómo crees que puedo olvidarme de mis compromisos cuando tengo ante mí gente como
tú? ¿Cómo podría olvidarme al ver que me hablas como si fuera
un chamaco inocente? Te aconsejo que no lo vuelvas a hacer,
Zamora, pues te puede salir muy caro tu error Para mostrarte
hasta donde llegan mis luces, te diré que sé muy bien que no me
has hablado con la verdá, y créeme que no me importa puesto
que yo tampoco te la he dicho; como te dije desde el principio,
no te tengo confianza Y ahora un poco de luz sobre lo del
mentado olvido: yo había decidido asesinar a Obregón motivado por la esperanza de que, una vez en el poder, Villa se
encargaría de que políticos como tú, junto con toda la bola de
cómplices, cavaran su propia fosa antes de que Villa ordenara la
muerte que tanto merecen Sabes que eso ocurrió en Torreón:
aprehendimos a los chinos y a los españoles y los fusilamos a
montones, y luego corrió el rumor de que los habíamos ejecu-
tado por razones dizque de nacionalidad, pero la mera verdá fue
que no les teníamos confianza; eran hombres de negocio o con
aspiraciones a serlo, por lo tanto no les convenía ningún cambio
político en el país Con la máscara de que, siendo hombres de
negocio no les incumbía el mundo de la política, a toda hora
alababan la paz de don Porfirio, y ésa misma es la que les dimos
en el camposanto De vivir en plena facultad de sus intereses,
cualquier día se hubieran hecho amos y señores de la ciudad que
habíamos liberado, y claro que nos hubiéramos visto bajo la
necesidad de luchar de nuevo, esta vez contra ellos No, señor,
el único modo que hay para salvar a México es, ante todo,
quitarle del lomo a todos los parásitos como tú que hasta hoy
han vivido de su sangre En fin, cuando hables de olvido no abras
la boca a la ligera, pues ya de por sí poca gente te tiene confianza El destino me ha cerrado hoy día una puerta, así que
déjame salir de aquí para que yo aguarde una mejor ocasión

A pesar de tener los ánimos algo abatidos, Zamora hizo otro intento, como si al escuchar a Juan Rubio lo viera por primera vez, contrastando con sus previas ideas en relación a personas que vestían la humilde indumentaria del peón mexicano Mientras tomaba medidas para persuadir a Juan Rubio a que no partiera, le dijo:

—Piénselo bien: usted puede tener poder, incluso una gran fortuna

A este punto René Soto cogió a Zamora de las solapas y, jalándolo hacia él, le dijo:

—¿Es que no te has dado cuenta, José Luis, que estás ante un verdadero idealista? ¡Sin duda alguna él es el único que yo he conocido en toda mi vida, y te aseguro que este tipo de hombre es peligroso! ¿Quieres que haya una matanza dentro de este miserable lugar? Si esto es lo que quieres, se te concederá tu deseo si sigues insistiendo —Volteando ahora hacia Juan Rubio, le habló a sovoz—: vámonos, coronel; permítame acompañarlo

—¡Carajo! No tienes por qué ser condescendiente conmigo; quítate de pendejadas y olvídate del coronel esto y coronel esto otro; háblame por mi nombre y sanseacabó

Iban caminando a lo largo de una profunda oscuridad cuando René interrumpió el silencio con una pregunta:

—Supongo que nos dirigimos rumbo a México

Juan Rubio se le acercó para ver de cerca si bromeaba, diciéndole:

—¡Por lo visto a ti también te falla el juicio! Para estas horas Ciudad Juárez está que revienta con espías del gobierno De ir al otro lado, yo no podría caminar dos cuadras sin causar un incidente. Tampoco estoy seguro en El Paso, por eso mismo pienso irme también de aquí

—Siempre he tenido ganas de ir a California, pero hasta hoy no se me ha hecho visitar ese estado —dijo René con voz insinuante

—Yo nunca he pensado en California —contestó Juan Rubio —, pero en las circunstancias en que me encuentro, California o cualquier otro estado me da lo mismo, con tal de que no me quede en este lugar.

—Bien, pero ya que de viajar hablamos, quisiera volver a un punto que quedó pendiente: en verdad he estado en París y en Londres —dijo René, afectando de repente cierta gravedad en el modo de hablar

Al escuchar esto, Juan Rubio soltó la carcajada, riéndose como no había reído en días

I V

Estando en Los Angeles, Juan continuó lamentando la muerte de su dios personal —Pancho Villa—, pero, siendo por naturaleza un hombre activo, con el tiempo salió de su marasmo y, pasado ya el largo luto, sintió de nuevo correr por todo su cuerpo la fuerza de la vida y las premuras de las responsabilidades contraídas con su familia Pronto se vio de albañil, construyendo rascacielos; un día quedó sepultado bajo un montículo de arena, pero salió ileso del accidente Poco después llegó su esposa e hijas y se vio otra vez dentro de una vida familiar Estimó a su esposa desde un nuevo punto de vista, y fue entonces que sintió un profundo respeto hacia ella, apreciando su tenacidad y devoción al seguirlo a lo largo de sus muchos contratiempos y altibajos Reconoció el enorme valor que su familia había adquirido en su vida, y fue entonces que, por primera vez en la vida, sintió amor por su esposa Cambió: dejó de beber, se apartó del juego y, aunque no cesaron los episodios amorosos con otras mujeres, por lo menos aprendió a ser discreto A los dos meses de estar reunido con su familia nació su primer hijo varón, Ricardo, y la felicidad de Juan Rubio fue tanta que la esposa llegó a pensar que este primer hijo fue la razón por la que su esposo se hizo por fin hogareño, dejando atrás una vida de pendencias y faldas ajenas

Ricardo nació cerca de Brawley, en el Valle Imperial, donde se forma el entrecruce de un arroyo seco y un afluente del Canal del Alamo La familia Rubio vivía en una casa blanca hecha de tablilla, ubicada al margen de un sembradío de melón y en tierra que recientemente era sólo un hostil desierto Por un lado de la casa corría el arroyo, adornado de una larga fila de mesquites tristes y moteado, de vez en cuando, de un sauzal Por el otro lado se abría el horizonte donde la mirada se perdía en la distancia, marcada por infinitos surcos de melones. En reducidos trechos se veían pequeñas arboledas, exhibiéndose con un brillo tornasolado en sus frondas enhiestas, como si danzaran los árboles en medio de un ondulante campo de intenso ardor Esta era una tierra que anteriormente había sido la viva imagen de un paisaje arenoso y que ahora, con la emprendedora reclamación hecha por medio de nuevos métodos de irrigación, se había convertido en un vergel artificial donde imperaban la espesura vegetal y la fertilidad de la tierra Este paisaje arquetípico compartía otra afinidad con el paraíso terrenal, pues había en él una característica asociada con la perdición y lo infernal: la gente que trabajaba en el cultivo del melón provenía mayormente de la zona central de México, por lo tanto aclimatada a temperaturas frías; de aquí que sufriera terriblemente bajo un opresivo calor estival Todos los días había casos en que dos o tres trabajadores caían en los campos —deshidratados y comatosos— y puestos bajo la sombra de un árbol; ahí se les enjugaba la cara con agua fría hasta que, de nuevo conscientes aunque nauseabundos, retornaban a los surcos a trabajar, difícilmente intentando recuperar el tiempo perdido. De hecho, ese año murieron varios de insolación antes de que se les pudiera administrar los primeros auxilios; sus cuerpos fueron acarreados a El Centro, donde terminaron en una fosa común o sobre una plancha en alguna escuela de medicina en Los Angeles o en San Francisco De su paradero, nadie sabía nada; si el muerto tenía seres queridos, a éstos se les prohibía darle al cuerpo el velorio consagrado por la tradición, ya que aquél, dadas las circunstancias indigentes del difunto, pertenecía al estado; asimismo, aunque la gente por lo regular observaba los rituales religiosos que dictaba la costumbre, su pobreza los obligaba a ser prácticos: el poco dinero que tenían lo dedicaban enteramente para el sustento de los vivos. El resultado era con frecuencia el mismo; durante las dos o tres horas que tardaban las autoridades en llegar al camposanto en una carroza —gris o negra, siempre siniestra—, los parientes y amigos del finado daban pública expresión a su duelo y rendían los últimos tributos que dicta la ceremonia luctuosa para el santo reposo de las almas; se le rezaba al cuerpo hasta que llegaba —siempre puntual— la carroza, en medio de un llanto angustioso y un calor fulgurante cuyas ondulaciones surgían de la tierra como si fueran emanaciones de almas en pena

Obedeciendo una antigua tradición mortuoria, no tardó la gente en hacerse cargo de sepultar a sus muertos Entre este pueblo se encontraba una persona que había sido seminarista en Guadalajara y que, conociendo los sacramentos de la iglesia, se hacía cargo de las oraciones que acompañaban los ritos funerarios El era el único que conocía la fosa en que se había sepultado a un ser querido bajo una lápida anónima Este pueblo migratorio se hallaba disperso a lo largo del valle; aunque les era difícil visitarse con frecuencia, lograron, no obstante, anudar fuertes lazos comunitarios, protegiéndose mutuamente mediante acuerdos y compromisos que mantenían entre ellos con celo hermético El distanciamiento sociocultural que esta comunidad estableció en relación a la población angloparlante dio ocasión a que, por ejemplo, cuando una mujer —supuestamente una bruja— murió asesinada, su cuerpo fuera sepultado de acuerdo al rito protocolario del pueblo Y ellos fueron los únicos que supieron de la vida y muerte de esta mujer, a quien se le consideraba una hechicera

Fue en este tipo de mundo y sociedad, ubicado próximo a Brawley, donde una noche, después de haberse encargado de la cena familiar, Consuelo Rubio sintió con apremio la necesidad de orinar El rústico retrete se encontraba bajo el follaje de un sauce cuyas múltiples ramas caían como brazos plañideros sobre la ribera de un arroyo No siendo una noche de viento, Consuelo llevó consigo una lámpara de aceite que bastara para iluminar el sendero Esa era una noche fresca y tranquila, como suelen ser las noches de estío en el desierto; se había puesto un rebozo sobre la espalda antes de salir Después de caminar unos cuantos pasos, perdió súbitamente el sentido de dirección, sin poderse explicar por qué razón se hallaba fuera de casa Observó larga y detenidamente la lámpara que sostenía en la mano izquierda, como si se preguntara por el sentido de la luz ahora que tenía el entendimiento suspendido; después plantó la lámpara en el suelo y prosiguió su camino, aunque ahora distraída y sin rumbo fijo Caminaba sobre el lecho de un arroyo seco y, mientras sus sandalias pisaban la grava arcillosa, cada paso sobre el empedrado —hecho de cantos alisados por antiguas aguas— era un breve chasquido que penetraba cada uno de sus sentidos Consuelo se figuraba estar en una hacienda de Zacatecas y que caminaba sobre un arroyo seco idéntico a éste, aunque en verdad no estaba consciente de estar sobre el lecho seco de un arroyo, sino que se imaginaba estar en camino hacia un manantial de agua dulce Llegó a un tramo arenoso y no se detuvo, a pesar de estar peligrosamente cerca a la orilla del canal La necesidad de orinar hacía rato que había disminuido pero ahora retornaba con una intensidad intolerable; desató el delicado nudo que afianzaba el calzoncillo de algodón y se puso en el acto en cuclillas, sujetando los pliegues de su enagua bajo las axilas Y así fue cómo aconteció que, en la arenilla fresca de este arroyo seco, Consuelo dio a luz a su primer hijo

Se mantuvo en cuclillas mientras escurría o caía de lleno —entre sus muslos o sobre el cordón umbilical del recién nacido— el desagüe del líquido materno En su distracción mental no escuchó los llamados de su marido quien, dándose cuenta que a su esposa le faltaba poco para aliviarse, salió de la casa buscándola, temiendo que Consuelo tropezara o de alguna forma se lesionara Al ver la lámpara en el suelo, la levantó y llamó a su esposa, y le hubiera sido difícil encontrarla si no fuera porque escuchó en la tranquilidad de la noche el llanto de un niño La encontró aún en cuclillas y sumida como en un profundo trance hipnótico, con parte de su rebozo sobre el cuerpo desnudo de su hijo. Juan Rubio, maravillado, puso la lámpara sobre la arena; levantó con ternura a su esposa e hijo y los llevó en brazos a casa.

—Tu madre ha dado a luz —le anunció a su hija primogénita —; ve pronto al arroyo y tráete la lámpara; de paso encárgate de cubrir la sangre que encuentres y lo demás con arena

Juan Rubio sintió sucumbir a una fuerte emoción, pero no se preguntó por la extrañeza de lo ocurrido mientras depositaba el cuerpo de su esposa sobre el lecho conyugal Le limpió las piernas a Consuelo con el rebozo, quitándole delicadamente la placenta que traía enredada en los tobillos y los pies; mientras tanto, otra de sus hijas le arrimó un balde de agua tibia para lavar el cuerpo del niño Jamás había estado tan próximo al nacimiento de una criatura ya que a los hombres les era vedada la posibilidad de estar presentes en estos asuntos, considerados de mujeres Había visto parir a animales, y eso había sido hasta esa noche el monto de su conocimiento sobre la natalidad A pesar de todo, lo poco que sabía le dio la idea de sacar su navaja para cortar el cordón umbilical, separando orgánicamente a madre e hijo No tardó en llegar una vecina pero antes de permitirle tomar al niño en sus brazos, se dio cuenta de que aún no sabía si la criatura era hombre o mujer, y así fue que a Juan Rubio se le inundaron los ojos de lágrimas; no, no fue porque descubrió que Consuelo al fin le había dado un varón; tampoco porque se complació al reconocer la falta de proporción entre el cuerpecito del recién nacido y la enormidad de sus órganos genitales No, Juan Rubio lloraba porque se sentía suspendido del cielo, colgado de un hilillo de sangre muy vetusta, y porque había alcanzado a vislumbrar lúcidamente y no entre penumbras el ciclo de la vida De repente su entendimiento se iluminó con la idea de que el amor y el bien eran lo que regulaba el riguroso ritmo de todo ciclo vital

Buscó una pala y caminó hacia el arroyo con el propósito de cavar un hoyo hondo y ahí enterrar restos de sangre o de cualquier fragmento de membrana fetal que, por descuido, hubiera dejado su hija casi a ras del suelo Sintió un repentino pavor al cruzarle la idea de que algún perro pudiera rastrear el olor de su sangre coagulada y luego tragársela

El compás del nomadismo regional aceleró su ritmo Salinas, con su cosecha de lechuga; Brawley y sus melones; Parlier y la uva; las naranjas de Ontario y el algodón de Firebaugh; y, finalmente, Santa Clara, reconocida en la redonda por sus ciruelas

Ya sea porque este último lugar le llenaba el ojo a cualquiera debido a su pastoral señorío, ya porque estaban agotados del eterno peregrinaje entre una pizca y la próxima cosecha, Juan Rubio y su esposa decidieron radicar en Santa Clara para criar tranquilamente a su prole Juan se acordaba de su país y de lo mucho que abonaba en memoria de su primo segundo o tercero —el gran general Emiliano Zapata— cuando éste le pronosticó al general Villa que su primo Juan llegaría muy lejos

Y ahora este hombre, cuyo destino había sido avanzar según la ruta fugaz que marcan las balas, ahora se le hallaba plantado sobre el piso, en cuclillas y bajo los ciruelos, frotándose las rodillas como si así se curara del dolor y del cansancio; este hombre no cesaba de pensar, "para el próximo año tendremos suficiente dinero y para entonces volveremos a nuestra patria" Pero en lo más hondo de su ser, Juan Rubio se sabía perdido, como la mayoría de sus paisanos Y con el transcurso de los años, y según la prole se multiplicó y creció, y conforme él se vio envuelto por el vacío de la vida cotidiana, muy dentro de Juan Rubio se escuchaba una voz que, empezando casi en silencio, ahora se escuchaba sonoramente, ¡EL PROXIMO AÑO! ¡EL PROXIMO AÑO!

Y con el tiempo aumentó el peso de su angustia debido a las cadenas que oprimían cada vez más su corazón

d o s

La primavera había renacido en Santa Clara y los terrenos
baldíos lucían un nuevo verdor En las orillas del pueblo los
huertos daban principio a un imperceptible desliz que los aca-
rreaba hasta apartados valles, o se encumbraban soberbios hasta
llegar a las faldas de la Cordillera del Diablo Todo el campo se
engalanaba con un mantón hecho de cerezos en flor; en su
paulatino descenso a la tierra caían como copos de nieve, acarreados por la brisa matutina Un niño cruzaba un solar baldío
con la cara humillada, temeroso de girar la mirada ya que le
entristecía ver sus huellas en el pasto apisonado que dejaba a sus
espaldas Corría una brisa vivaz que le acariciaba el rostro y el
cabello, purificándolo con sus manos elementales como si fueran
mimos de madre, y enjugándole el cuerpo antes de henderse y
desaparecer en el confín del valle Según caminaba, brincó una
liebre —patilarga, orejona—, sorprendiéndole con su acompa-
sado saltar en dirección a la calle; más adelante, se maravilló de
ver cómo unos pájaros de vistoso plumaje armonizaban, con sus
tintes y gorjeo bullicioso, dentro de este festín botánico Todos

sus sentidos se abrían plenos a la vida que lo circundaba Se detuvo a admirar un pájaro con el pecho encarnado y pensó que sin duda alguna, tanto el pájaro como la liebre eran los favoritos de Dios por estar dotados con la gracia de hacer de la vida un perpetuo jugueteo Antes de proseguir en su camino, primero reflexionó y luego admitió cuán complejo era el mundo para un niño de su edad

Este niño iba rumbo a casa después de haber estado en la iglesia con el motivo de su primera confesión Llevaba en una mano una gorrita nueva; en la otra, una pequeña imagen de la Virgen María con los bordes de oropel En su opinión, este último, por ser un objeto, no era de gran valor; sin embargo lo había envuelto con extremo cuidado en un pañuelito, pues lo había ganado en reconocimiento de su inteligencia, habiendo sido el primero en su grupo en aprenderse de memoria el catecismo Siendo un símbolo de este primer reconocimiento, se sintió estimulado y orgulloso Caminaba en dirección diagonal a lo largo de un terreno baldío, deteniéndose aquí y allá para percibir mejor un sonido, o para examinar de cerca un insecto verde Ultimamente todo bicho que cruzaba su camino saltaba, volaba o posaba extático con toda la gallardía de sus atavíos verdes, y el niño no hallaba cómo explicarse la preponderancia de este color

Estos detalles parecían aguijonarlo continuamente, sugiriendo un sinfín de preguntas El cielo se había convertido recientemente en su mayor problema En el principio todo estaba desordenado y en tinieblas: no había absolutamente nada —eso había aprendido en el catecismo, y no había lugar a dudas—; todo era penumbra y todo estaba vacío, antes que Dios hiciera el mundo

¿Quién hizo el mundo?

Dios hizo el mundo

¿Quién es Dios?

Dios es el Creador del Cielo y de la Tierra y de todas las cosas

Pero esto ya lo sabía Tal conocimiento no requería de su reflexión para saber: como cuando rezaba, o cuando volteaba irreflexivamente al escuchar que alguien llamaba su nombre, o la forma de cerrar los ojos cuando sentía el aleteo nervioso de una mosca En ocasiones se le había ocurrido que la respuesta a la segunda pregunta era asimismo la respuesta a la primera Con todo esto, admitía no saber aún quién era Dios Reflexionando sobre este punto, recordaba que este tipo de pregunta desembocaba en el error humano, por lo tanto se quedaba callado y satisfecho con lo aprendido en el catecismo

Pero suponiendo que no había nada en el principio, en ese caso, ¿qué sentido tenía la nada? ¿Un montonal de vacío en el cielo y nada más? Pero aunque el cielo estuviera vacío, ¡por lo menos había *algo*! ¿Qué del desorden y las tinieblas? Eso ya es hablar de *algo*, ¿o no?

Algún día formularía bien sus preguntas, cuando pudiera hacerlo sin enredarse todo en las madejas de su propio desorden, que era como el pálpito de sus íntimas tinieblas Estaba seguro que alguien en el futuro cruzaría su camino, contestando cada una de estas preguntas

Se detuvo bajo la enorme sombra de un roble que se levantaba como una gigantesca Medusa, justo en el centro de un campo abierto, con toda su mole enhiesta en culebreantes ramas y frondas Acariciando la corteza del roble, pensó cuán maravilloso era que las aves pudieran alzar su vuelo y anidar en los árboles, pavoneándose de rama en rama con su inflado pecho de cardenal; de haber sido creadas a imagen de los bichos, solamente podrían exhibir sus feas espaldillas tirando a gris o al adusto pardo

Al llegar a la plazoleta torció rumbo a casa y, poco antes de llegar, se puso apresuradamente la gorrita No le convenía ser visto por su padre con la cabeza descubierta Dos semanas antes su padre, en forma de castigo, le había ordenado que caminara cinco kilómetros debido a que había olvidado su gorra Estaban en el campo recogiendo leña cuando el padre se dio cuenta que su hijo no traía puesta su gorrita: lo regañó y luego lo mandó a casa De acuerdo a su padre, tener cubierta la cabeza —con sombrero, gorra, o incluso una boina—, era un detalle esencial en un hombre, y el niño jamás olvidaría la importancia que este asunto tenía para su padre

Estaba ya ante una construcción fea y pintada de rojo: supo que estaba en casa Hacía años que había sido una tienda de abarrotes, y aún se podían leer extrañas letras semiborradas —"CROCKERIES" y "SUNDRIES"— pintadas en su fachada superior, con el rótulo "Livery Stable", escrito en letra menuda, bajo la misma fachada, de esa manera informándole al cliente que, aparte de víveres, disponían de una cuadra para el alquiler o cuidado de caballos La palabra *sundries* le había preocupado por algún tiempo hasta que un día, estando en el salón de clases, se atrevió a preguntarle a su maestra el significado de la palabra y se confundió cuando supo que ella no le entendía Pensando que no había pronunciado bien la palabra, la deletreó cuidadosamente, acto que le causó bastante gracia a la maestra pues soltó la risa y luego le informó que significaba "una gran diversidad de cosas" Acto seguido le enseñó cómo pronunciar la palabra Y aunque estimaba a su maestra, nunca le perdonó el haberse reído de él y, a partir de ese día, se sentiría avergonzado siempre que alguien corregía su inglés Con frecuencia se sumía en un letargo de ensoñaciones mientras estaba en clase, y cuando la maestra, exasperada al ver el vacío en su mirada, le preguntaba "Ricardo, ¿en qué estás pensando?", el respondía tranquilamente, en *sundries* Siempre anticipó con paciencia el día en que esta palabrita apareciera mientras la maestra le asignase que leyera en voz alta y, cuando en efecto aconteció, fue con otra maestra y se sorprendió que en vez de sentir la satisfacción siempre anticipada, por lo contrario le quedó en su lugar una insatisfacción que no se supo explicar Ahora, estando a punto de entrar en su casa, pronunció la palabra en silencio Temía que lo descubrieran hablando consigo mismo

Entró a la casa y de inmediato lo envolvió la voz de su madre, a quien se le oía cantar en la cocina Cantaba corridos con un timbre claro y placentero, corridos que trataban de épocas y costumbres remotas y, sin embargo, tan actuales El niño caía siempre en la magia que había en esos corridos que fluían de la garganta de su madre dulces y frescos, como el arroyo en que nació; no obstante, nunca pudo saber que lo sugerido por esos corridos —invitándole a imaginar un sinnúmero de transgresiones, tragedias, y dolorosas soledades—, resultaba de mayor belleza en comparación a la convencional anécdota que se hallaba en la canción materna

—¿Ya llegó, m'hijo? —preguntó Consuelo con alegría

—Sí, mamá —y le besó la mano, dándole orgulloso la imagen que traía en el pañuelo—; mire lo que me gané: es un premio

—¡Ah, qué buen hijo tengo, Dios mío! Tu papá va a estar rete orgulloso, vas a ver —y luego lo besó en la frente, diciéndole—: ahora vete a cambiar de ropa; ya sabes que la que traes puesta es para la escuela

—Sí, pero primero quiero preguntarle algo

Consuelo se detuvo en el acto pues sentía un creciente temor —inexplicable, instintivo— a las preguntas que constantemente le hacía su hijo, presintiendo que, a razón de sus precoces nueve años de edad, pronto tocaría temas que ni con su esposo se atrevía a hablar Detuvo la mirada en él: ahí estaba una carita morena enmarcada dentro de dos manitas, con sus codos —tiernos, como dos frágiles ramitas— posados sobre la mesa Se reconoció en ese rostro que era una copia exacta, aunque en miniatura, de su propia cara: los mismos pómulos, la delicada barbilla, idénticos ojos negros; y la nariz aguileña, larga y corva como la suya Pero había una diferencia en esa cara: los lóbulos de las orejas Los de su hijo eran excepcionalmente grandes, como los de su esposo Otra diferencia más: sus dedos eran largos y nerviosos

Y pensó al verlo: este hijo mío es puro indio, pero sólo en su apariencia; dentro de él fluye y se bate bien hondo la sangre española

Consuelo se preocupaba por este hijo cuyo ser tenía hondas raíces en su corazón Había traído al mundo a ocho hijas en sus treinta y cuatro años, y Ricardo era su único hijo El había sido la causa de que su esposo se sintiera más unido a ella, y por esta razón jamás sabría cómo darle las gracias a su hijo ¿Pero por qué razón lo habrá hecho Dios tan extraño? Viéndole la cara se enterneció y le dijo:

—Bien, m'hijito, ¿qué me quieres preguntar?

El marco de la cara cayó a la mesa convertido ahora en dos manitas y el niño —confundido, intrigado— decidió preparar el territorio antes de hacer su pregunta:

—El buen padre me hizo preguntas muy extrañas durante la confesión, mamá

—Ah, así que de eso quieres hablar con tu madre —le dijo, como amonestándolo suavemente— Bien sabes que es un pecado hablar públicamente sobre las confesiones que hace uno en privado con el padre —Y se dispuso a dar por terminada la plática, sintiéndose algo agradecida de no haberse encontrado en temas de difícil salida

Pero el hijo tomó de nuevo la palabra, antes de que su madre pudiera evadírsele:

—Me preguntó que si me gustaba jugar conmigo estando a solas, y cuando le dije que sí, se enojó

Debido al limitado conocimiento que su hijo tenía del inglés, la traducción al español había sido según el sentido literal de las palabras, por lo tanto Consuelo no entendió completamente lo que su hijo decía; pero quiso comprender, y puso mayor atención

—Ni modo de decirle que no; prefiero jugar a solas y no con los portugueses o con los españoles, pues ellos me pegan y se ríen siempre de mí A ver, ¿por qué he de jugar con otros niños si a ellos no les caigo bien?

No le era posible a Consuelo explicarle a su hijo lo necesario que eran las amistades y lo importante que era en la vida el sentirse parte de un grupo, puesto que a veces ella misma se sentía sola en este país, alejada como estaba de los suyos Dándole unas palmaditas en el hombro izquierdo, le dijo:

—Habla con tu papá cuando llegue de trabajar; él te sabrá contestar todas tus preguntas Por ahora, haz lo que te dije

—Pero no le he contado todo, mamá También me preguntó si juego con Luz; pensé que usté a veces me dice que juegue con ella, así que le volví a contestar que sí Luego me miró muy cerquita y me preguntó si la tocaba, y le dije que sí otra vez, y es cuando se puso bien corajudo Pero después parece que se calmó pues le cambió la voz y entonces me dijo que era un pecado mortal tocarle el cuerpo a una niña, y más cuando andaba uno de pecador tentando a su propia hermanita Yo nunca me imaginé que un pecado mortal pudiera ser más mortal que otro, pero parece que estaba equivocado, pues el buen padre me dio de penitencia cincuenta padrenuestros y cincuenta avemarías

Consuelo sintió que un nubarrón le obscurecía la vista justo en el momento en que había logrado entender, en su sentido pleno, la horrible y penosa situación en que había caído, muy a pesar suyo Se arremolinó como una serpiente lista a asestar el golpe, pero inmediatamente se tranquilizó pues, no sabiendo qué constestar, o cómo abordar el tema con su hijo, pensó en posponer todo hasta que llegara su esposo; y estaba a punto de sugerirle al hijo que esperara la llegada de su padre, cuando, cerrándole esa opción a su madre, el hijo añadió:

—Ahora sé qué me quiso decir cuando me preguntó si tocaba a Luz. No me acordé entonces, pero ahora sé de lo que me estaba hablando

El golpe de la sorpresa fue tal que Consuelo se afianzó de la mesa ¡Por Dios!, pensó, ¡ya sabe todo en cuanto a estar con una mujer! Su cara se había tornado color ceniza y de su cabellera serpenteaban fulgores negrísimos; con sus manos aún en la mesa de pino, le habló con la voz baja y ronca, entrecortada por la rabia:

—¡Dime cómo es que sabes lo que el buen padre te quiso decir! ¡Dímelo ahora mismo!

—No es nada importante —dijo el confundido catecúmeno en voz baja, asustado por la reacción violenta de su madre— Pasó hace tanto tiempo que hasta se me había olvidado, y no sé todavía por qué es un pecado mortal

—¿Dices que pasó hace tanto tiempo? ¿Dime, qué es lo que pasó? ¿Qué es lo que hiciste? ¡Contéstame!

Consuelo se sentía ya muy lejos de la impresión que recibiera hace minutos; sentía dentro de sí que se le revolvía una gran rabia en todo el cuerpo, y ahora sólo buscaba, en vez de la evasión discreta, la manera de contenerse

Su hijo no lograba entender qué había causado tan drástico cambio en su madre Pensó que si se daba a entender él mismo, que su madre comprendería y volvería de nuevo a su felicidad y a cantar sus corridos Se dispuso, pues, a decirle todo

—¿Se acuerda de las hermanas Mangini, de cuando yo estaba chiquito, y de cuando vivíamos en la otra casa? A usté le caían muy bien porque eran buenas conmigo; ¿se acuerda? Siempre me invitaban a que fuera con ellas a algún lote vacío a recoger algodoncillo, esa planta que les gustaba tanto a sus conejos. Me acuerdo que cuando estábamos entre los matorrales, ellas me bajaban los pantalones y se ponían a jugar con mis palomas, y mientras jugaban conmigo se la pasaban ríete que ríe y yo les seguía la corriente, pues me hacían cosquillas Luego ellas se encueraban también y me agarraban y me apretaban todito, y luego se revolcaban, y como me tenían bien abrazado, hasta me mareaba de tanta vuelta Y luego, ya sentadas en la yerba y todas encueradas, me decían que ojalá yo fuera más grande, claro que de ser así, me decían que no podrían jugar conmigo, y pensé que se referían a la revolcada que nos dábamos y las cosquillas que, como le dije, me hacían por todo el cuerpo ¿Y sabe de qué me acuerdo también? Dos de ellas, las más grandes, tenían mucho pelo, pero la más chica no, sólo poquito, ¡casi ni se le veía!

—¡Cochino! ¡Marrano! Ah, ¿qué me ha dado Dios por hijo? ¡Sinvergüenza!

Metido aún en la delectación de sus recuerdos, Ricardo continuó su relato, hablando tranquilamente y sin darse cuenta de los cambios que estaban ocurriendo en su madre, quien lo escuchaba espantada

—Y luego un día cuando las tres se estaban poniendo el vestido, la más grande que se me echa encima y que empieza como a gruñir y luego a quejarse como si estuviera llorando, y ¡pácatelas! que me muerde en el hombro —aquí, mire— y es cuando yo me puse a llorar, pero no como ella sino de a de veras Después de ese día ya no quise ir con ellas a buscar algodoncillo, ¡ni que estuviera loco!

—¿Por qué nunca me hablaste de esto? —le gritó a su hijo casi en la cara

—Ellas me decían que eso era un secreto entre nosotros, y

luego me compraban un barquillo de nieve cada vez que les prometía no decirle a nadie sobre nuestro secreto —Se quedó en silencio por un segundo mientras reflexionó sobre algo que parecía entender por primera vez Luego añadió, como para acabar de contestar las preguntas de su madre:

—Ahora que me pongo a pensar, creo que eso es lo que el buen padre quería decir con eso de que si jugaba conmigo a solas, o que si había tocado a una niña Pero, ¿sabe qué? Creo que ahora tendré que volverme a confesar, porque nunca he jugado así con mi hermana Luz, y le dije que sí También creo que no hice toda la penitencia que me dio, pues perdí la cuenta cuando iba como a medias

—¡Eres malo y cochino! —le dijo Consuelo, empujándolo a empellones hasta llegar a la recámara que servía de dormitorio a toda la familia— Mañana mismo, muy tempranito, te me vas a confesar otra vez y le dices todo al padre, ¿me oyes? ¡Todo! ¡Ahorita es mejor que te pongas a rezarle a Dios y le pidas que esta noche no te mueras cuando te arrastren los demonios al infierno, castigo que tienes bien merecido!

Volvió a la mesa, se sentó aún temblando de la ofuscación y, con el rostro sobre los brazos en cruz, soltó el llanto de una madre por un hijo pecador

El niño, temeroso y desconcertado, se sentó en la cama donde dormían cuatro de sus hermanas Se quitó la ropa, llorando en silencio Cuando cesaron sus sollozos, se preguntó cómo es que sus padres, cuyo amor hacia él era innegable, se podían convertir inesperadamente en ogros atroces La misma cama en que estaba sentado era vivo ejemplo de su bondad y cariño, ¿pues acaso no preferían dormir en el suelo, dejando la cama libre para que su hijo e hijas durmieran cómodamente? Pensó que en esto había algo que no sabía: quizás un misterio tan grande que no había modo de hablar sobre él, como cuando se tiene un secreto; o quizás se podía mencionar, pero sólo en forma indirecta ¿Por qué sus padres no le decían la verdad? *Dios hizo el mundo ¿Quién es Dios?* Pero si El era bueno y comprensivo, ¿por qué hizo las tinieblas? La noche era la parte del día que le infundía más temor, porque un día contiene veinticuatro horas,

pero una noche es todo un día Pero no todo un día en el sentido
de durante el día La noche le causaba pavor porque en la penumbra no podía ver, y ahora mismo tenía miedo porque había
algo que no alcanzaba su conocimiento a entender plenamente,
y de alguna manera Dios estaba en medio de todo este embrollo
Porque eso de hacer dizque "malas cosas" tenía que estar relacionado con el hecho de estar uno con vida; por otra parte, ¿qué
quería decir eso de hacer "malas cosas"? Al pensar en esto quedó
asombrado, pues en cada ocasión en que se sentía desconcertado
y temeroso, casi siempre todo se vinculaba de alguna forma con
el misterio

Su pensamiento tomó este rumbo y recordó algo que parecía haber ocurrido en tiempos remotos, a saber: esa vez que
estaba sentado en una caja, cerca de una mesa que rechinaba
toda, y él se encontraba debajo de un árbol que, según le dijeron después, era un ciruelo Enfrentito de él estaba su padre
sentado, comiendo A ambos lados estaban sus hermanas,
también comiendo, excepto él El estaba absorto, mirando
fíjamente el plato de frijoles que le habían dado, sintiendo
grandes molestias en el estómago, como cuando le daban de
tomar aceite de ricino, extraído, según recordaba, de una
planta que le llamaban la higuera del infierno o, también, pal-
macristi Recordó haber sentido un temblorcillo en la boca,
algo como un tirón de nervios, pero no quería llorar Aún no
Escuchaba el gorjeo y los variados ruidos que hacían los animales dentro de la oscuridad de la noche, muy dentro de esas
tinieblas que lo rodeaban Se acordaba que los niños de otras
familias estaban jugando a las escondidas en el huerto, sin
duda alguna pisoteando, en su nervioso correr, la fruta que
estaba en el suelo A veces caía una ciruela de una rama que
se erguía sobre él con sus frutos maduros, produciendo un
ruido, ¡plas!, al reventarse o rebotar sobre la mesa Esto de las
ciruelas le encantaba, pues un buen día cayó una sobre el
plato de su padre —quien se enojó mucho—, pero recordaba
que esa noche no se sentía él bien, así que no le traía gracia
el recuerdo Le vino a mente que esa noche levantó la mirada
cuando escuchó la fuerte voz de su padre:

—¡Come! ¿que acaso somos tan ricos que podemos tirar la comida?

—No, papá, es que no me siento bien Estoy preocupado por mi mamá

—No te preocupes, hijo; tu mamá va a estar bien Ve adentro, para que veas que no le pasa nada Dame tu plato; yo me comeré tu cena—la voz de Juan Rubio había cambiado de tono, y el niño, sintiéndose de repente algo aliviado, saltó de la cajita en que estaba sentado y contestó:

—Sí, señor —Fue luego al pabellón de lona en que estaba su madre, levantó el faldón que hacía de puerta, y entró; al escucharla se asustó: detrás de una manta su madre era toda gemidos y gritos de dolor ¡Qué raro!, pensó; estando afuera no había escuchado los lamentos de su madre y ahora su hondo dolor lo atemorizaba Pensó salir y correr lejos de esa angustiosa escena, pero una voz interior se lo prohibió: quedó plantado en el acto, con los sentidos muy despiertos pero sin saber qué hacer Dentro del pabellón su padre había establecido una división, colgando una vieja manta —sucia y raída— para que no molestaran a Consuelo Todos dormían en ese reducido recinto —incluso sus seis hermanas—, y su papá había ordenado que no le dieran lata a su mamá Se agazapó y gateó por debajo de la manta hasta llegar, en silencio y obsequioso, al camastro donde estaba acostada Consuelo Ahí se arrodilló junto a ella, como si implorara con devoción por la salud de su madre Consuelo dejó de gemir brevemente, y es cuando el párvulo levantó la mirada y vio a su madre bañada en sudor En sus manos tenía un rosario, el que tanto valor tenía para Consuelo por ser un regalo de bodas: el niño recordaba que su tío Juan se lo había regalado a su mamá cuando ella se casó con su papá Se acordaba de su tío Juan, aquél que había caminado casi ocho leguas —no, no había caminado, mejor dicho, había gateado haciendo una manda, como si se arrastrara humillado, suplicando muy dentro—; había gateado, pues, durante esa peregrinación que hizo hasta la capilla de la Virgen Morena; al regresar había dicho que se sentía aliviado por dentro Y es cuando le dio su rosario a Consuelo Recordaba que todos habían dicho que eso de regalar su propio rosario de seguro que era un signo de mal agüero Al escuchar los decires de la gente, su tío casi se moría de la risa, y entre carcajada y sonrisa no dejaba de beber tequila Murió al día siguiente Que dizque le dio un dolor y petateó De todo esto se acordaba (¡cuántas veces su padre le había contado y vuelto a contar la historia del tío Juan!), según miraba a su madre, postrado de rodillas ante ella y con los ojos fijos en el rosario y en unas manos perladas por el sudor

Se acercó a su madre y la besó levemente en los labios sudorosos; notó que el aliento tenía un mal olor

—¿Cómo está, mamá? —balbuceó, temiendo molestar a su madre Consuelo volvió el rostro: sus ojos manifestaban un enorme vacío, como si vieran a través de él; sin embargo, al contestarle, él supo que su madre se dirigía a él con plena conciencia; y le agradó saber que en ese momento le hablaba a él y a nadie más Se sintió mejor por dentro

Ella le dijo, con obvio cansancio en la voz:

—Estoy bien, m'hijito; la Virgen no aparta sus ojos de esta cama donde está tu pobre madre

El sintió ganas de gritarle al Señor y a la Virgen, dándoles a entender su enojo por permitir que su madre sufriera tanto —¿pues acaso le habían aliviado su dolor?—, pero se asustó al pensar en tamaña transgresión que había estado a punto de cometer; se santiguó al humillar la frente, con un par de deditos dibujándole una cruz sobre su oscuro rostro Luego, mintiéndole a su madre, le dijo al oído:

—Mamacita, me comí todo lo que me sirvió mi papá, pero las tortillas no estaban tan buenas como las que usté nos hace A mí me gustan más las que usté nos da

Consuelo sonrió:

—Qué bueno, hijo Mira, hazle un favor a tu madre: salte un momentito; te prometo que yo te llamaré más al rato para que me acompañes Hablaba difícilmente, resollando, como si el espíritu se le fuera a salir por la boca De pronto se le hipnotizó la mirada y soltó un grito como si la partieran en dos, y el hijo se hincó, llorando también pues no comprendía qué mal agobiaba a su madre, quien —agarrada del colchón con manos crispadas—

había roto el hilo del rosario, esparciendo por el suelo muchas esferitas de marfil, como si el rosario fuera un universo en miniatura, destrozado ahora y como abandonado por Dios Viendo el sufrimiento de su madre, sintió un soplo helado que le caló hasta los huesos, y salió corriendo, gritando—: ¡Mi mamá se está muriendo! ¡Se muere mi mamá por mi culpa! ¡Me enojé con Dios, luego se rompió el rosario! ¡Es una mala señal! Mi mamá se va a morir y todo por mi culpa —mi culpa— ¡por mi grande culpa!

Todos acudieron a los gritos y fueron a donde estaba Consuelo, sin darle mayor atención a Ricardo, quien se tiró en el suelo y pataleó, llorando y enterregándose la cara, las manos, y toda su ropa, como si al fin la tierra fuera señal de su pecado Después dejó de llorar; los alaridos de su madre ahora se escuchaban como si tuviera a su madre junto al oído Se levantó y se dirigió al huerto Entró y bajo un árbol se puso a pensar

Y pensó que quizás no fuera su culpa, después de todo, y mientras pensaba, fijaba su mirada en el lucero de la noche, como si su resplandor lo protegiera de tanta tiniebla que lo rodeaba bajo el follaje del árbol Le pasó por la mente que quizás le hubiera picado a su mamá un animalito Pero al pensar en tal posibilidad sintió un nuevo temor, acordándose que hace apenas una semana su padre lo había reprendido por haberlo encontrado jugando con un animalito que tenía el vientre encarnado, como si estuviera teñido de sangre Ricardo lo estaba punzando con una varita seca, luego su padre, viéndolo en cuclillas y absorto en su juego, se acercó y pisó al animal, y en seguida le quitó la vara, dándole a él un par de fuetazos a la vez que le decía que una mordida de ese animal podría causarle la muerte Poco después Ricardo se le había aproximado a su padre —quien parecía haber olvidado el incidente—, y le había preguntado cómo es que un animalillo con la panza colorada pudiera matarlo, y el padre le había contestado que con una mordida de ese animal bastaba para que, a raíz de su veneno, la víctima se hinchara, toda amoratada, y falleciera Ahora se acordaba que al entrar a ver a su madre, ella también estaba como hinchada por algún veneno Corrió de nuevo al pabellón donde estaba su madre y entró, sin atreverse a verla, yéndose al rincón donde unos costales de papa le servían de colchón todas las noches Se hincó sobre los costales con el rostro inclinado y totalmente ensombrecido, luego se puso a rezar con devota intensidad, orando por su madre y rogando por la salvación de su alma Dio inicio a sus oraciones con diez avemarías y otros tantos padrenuestros pero luego se confundió y, resuelto a no quedarse en silencio, en seguida retomó el hilo de sus plegarias, aunque ahora inventando rezos de su propia cosecha Le prometió a Dios tantas cosas que seguramente jamás se acordaría de cada una de ellas, y mientras él rezaba, su pobre madre seguía con sus gritos de dolor; luego su padre vino a donde él estaba hincado, y sin decirle qué tienes o déjame consolarte —es más, sin decirle absolutamente nada—, se tiró sobre los costales de papa y se puso a dormir tan campante A Ricardo también le hubiera gustado dormir como su padre, acurrucado y roncando sin cuidado alguno, pero ¡cómo dormir en semejante situación! Para luchar en contra del sueño y no pensar en animales con panza colorada —y mucho menos en la muerte que causaban con sus mordeduras— Ricardo le prendió el mechón a una lámpara de aceite y se puso a leer su libro, *Toby Tyler, or Ten Weeks with the Circus*, título que tradujo literalmente al español como lo hacía cada vez que abría el libro, para satisfacción suya, aunque esta vez repitiéndolo en silencio: *Toby Tyler, o diez semanas con el circo* Nunca olvidaría el título de este libro, pues le encantaba su lectura, y prueba de ello es que lo había leído cinco veces Se lo había regalado su maestra en Brawley una vez que asistió continuamente por un mes, aconsejándole que se quedara con el libro hasta que aprendiera a leer en inglés Leyó la misma página más de dos veces sin poder concentrarse, y luego metió el libro otra vez donde solía esconderlo; y lo escondía no porque se le prohibiera la lectura, sino que un día lo metió debajo de su colchón y su hermanita recién nacida se orinó, lo que causó que la encuadernación y páginas de su libro estuvieran onduladas y duras Y mientras tanto su madre empezaba de nuevo a gritar y él a sentir que reventaría mucho antes que su madre, pues ya se le habían agotado las oraciones, la inventiva para rezos improvisados, o el deseo de sumergirse en la lectura de su libro favorito Había decidido ponerse otra vez de rodillas cuando notó que llegaba su hermana mayor y despertaba a su papá, quien se levantó de los costales y la siguió hasta ir detrás de la manta, de donde originaban los gritos y gemidos de su madre Luego como por milagro su madre cesó de lamentarse y él observó que a su alrededor reinaba una absoluta calma; y es cuando se puso de pie como si estuviera en espera de algo, aunque no sabía qué es lo que esperaba El silencio fue roto por un grito parecido a un llanto aborregado, y supo entonces que no salía del pulmón y garganta maternos, sino que provenía de alguien más A este punto se sintió como aliviado por dentro, sin saber por qué, aunque sí entendió cuán dulce le sabría una larga dormitada sobre sus costalitos de papa Se olvidó de Dios y se hizo ovillo sobre su humilde lecho Su madre estaba sana y salva; estaba seguro de ello Tan seguro estaba que casi apostaría que en dos días más su madre andaría de nuevo en el huerto con todos ellos, pizcando ciruela

Ahora lo veía todo con tamaña claridad pues por fin entendía que la reacción de su madre era parte fundamental del misterio Lo entendía todo ahora, gracias a la sabiduría alcanzada a sus tempranos nueve años Desde aquella ocasión de la incesante gritería, había visto a su madre encinta dos veces, y en cada una de ellas no pudo evitar asociar el vientre materno con la horrible imagen de la viuda negra Por lo tanto su madre indudablemente sabía todo, debía saberlo, y, claro, mientras ella supiera todo, ese *todo* no debería ser del todo maligno o pecaminoso Ahora bien ¿cómo es que su madre adquirió tal conocimiento? Estaba seguro que su padre no sabía, pues él no le guardaría ningún secreto De alguna forma su madre y el sacerdote eran íntegras partes del embrollo que era este mal   porque si en verdad había cometido tan mortal pecado, ¿cómo es que nada le había ocurrido a raíz de su transgresión? Empezó a hacer pucheros y luego soltó las lágrimas, pues aunque aún no atardecía, presentía que pronto llegarían las tinieblas de la noche y, una vez agobiado por todos los demonios de la penumbra, su castigo no tardaría en lloverle como cae la ira de Dios —pronta y justiciera sobre la cerviz del pecador Sabía que es durante la noche cuando ocurren cosas malas Al no decirle toda la verdad al buen padre, no se había confesado de acuerdo a los reglamentos de la iglesia, por lo tanto era muy probable que muriera esa misma noche y se fuera derechito al infierno *Y al tercer día resucitó entre los muertos* ¿Son muchos los que son condenados al infierno? El conocía a un muchacho que se fue al infierno, aunque jamás lo había entendido desde este punto de vista hasta ahora Y sabía que ese muchacho estaba en las llamas infernales por algo que tenía mucho que ver con el Pecado. De pronto sintió como que se aclaraba su pensamiento, iluminando tanta tiniebla que tenía metida en la cabeza; se dio cuenta que por poco entendía, y con estos atisbos lo invadió una sensación de bienestar en todo el cuerpo Ahora podía recordar las veces en que el Pecado se le había presentado   en una ocasión les habían asegurado que era un cosquilleo, pero que ellos estaban todavía muy párvulos para saber de qué estaban hablando Era casi de noche y los muchachos, mucho mayores que él y su amigo Ricky, formaban un corro cerca de una estación de gasolina Iban rumbo a un lugar donde habría mucho de beber y bastantes mujeres con quienes podrían satisfacer sus deseos El y su amigo Ricky preguntaron que qué lugar era ése, y los muchachos nomás se rieron de ellos: que dizque nomás eran un par de mocosos y que no sabían nada de nada y que, ultimadamente, ellos eran mucho más listos que ese par de chiquillos preguntones Uno de los muchachos era muy malo con Ricardo, siempre insultándolo y atacándolo debido a que, siendo español, no quería a los mexicanos. Ricardo le preguntó un día que por qué razón lo injuriaba tanto, y por respuesta el muchacho le dijo que porque era mexicano y que todo mundo sabía que un español vale más que un mexicano, incluso en los días feriados Ricardo recordó haberle contestado que, según su padre, en España hasta el que solamente tenía un burro con que caerse muerto, ya con eso se sentía rey; pero por lo visto el muchacho no entendió, y eso que presumía de ser muy listo Ricardo se guardó de nunca acercarse a él, porque siempre trataba de bajarle los pantalones contra su voluntad, y pensó que moriría de vergüenza esta noche si este

muchacho —que sin duda alguna estaba en el infierno— le
llegara de repente acompañando a la turba del demonio y, gas-
tándole una broma, le bajara los pantalones, pues sabía que sus
calzoncillos no estaban limpios, particularmente en la bragueta
Este muchacho vociferaba más fuerte que los otros, y no se
cansaba de decir, "Vámonos ya, que tengo hormigas en las verijas", y otras cosas por el estilo, mientras iba y venía, caminando
con las manos entre las piernas como si se estuviera orinando
Viéndolo bien, este muchacho era medio menso —pensó Ricardo—, y fue el que se ahogó en el río justo cuando los padres
del muchacho andaban en la pizca del espárrago allá por Sacramento Lo veía ahora a través del recuerdo, bailando nerviosamente con las manos en las verijas y con el mismo sonsonete de
quién sabe qué hormigas, pero todos esperaban a que llegara el
del automóvil; cansado de esperar, y no sabiendo con quién
desquitarse, el muchacho le había dicho a Ricardo que se fuera al
diablo, llamándolo cholo, y que se largara ya porque no quería a
mexicanos frijoleros cerca de él Ricardo no le hizo caso; sin
embargo estuvo alerta por si acaso tuviera que dar el brinco y
correr El muchacho no lo persiguió, sino que siguió danzando
como si quisiera hacer suya la noche mientras pisoneaba la tierra, como si necesitara cavar un hoyo en donde encontrar su
propio alivio Por fin, el muchacho empezó a insultarlo con
obvias intenciones de hacer reír a los demás, diciéndole, "por
qué no te largas a tu casa y te engulles tus tortillas", a lo que
Ricardo respondió que apenas acababa de cenar y que, de cualquier forma, no le veía chiste alguno, puesto que le gustaban
mucho las tortillas, incluso en días feriados Sin embargo, todos
estaban que temblaban de risa, menos Ricky, pues solía merendar en casa de Ricardo todos los días Y luego como para seguir
la broma, el muchacho le dijo a Ricardo que por qué no se iba a
casa a escuchar el radio, sabiendo que en casa de Ricardo no
había electricidad Y Ricardo tampoco le halló gracia a este
chiste; todos, sin embargo, continuaron con la burla y con sus
ánimos mezquinos Como para llevar el insulto a otro nivel, el
muchacho le gritó a Ricardo que le llevara un recado a su hermana Concha, diciéndole que había un español que se la quería

coger, y a ese punto todos soltaron la carcajada y casi se morían de la risa, mientras tanto Ricardo no sabía qué responder pues no entendía lo que le decía el muchacho, aunque tuvo la impresión de que lo dicho era sin duda alguna algo malo Entonces fue cuando Ricardo se enojó y le dijo al muchacho que algún día crecería y se haría hombre y que entonces le daría una monda que jamás olvidaría. Pero el muchacho le volvió a decir que llamara a su hermana por teléfono (más risa de todos) y que le diera el recado (rechifla y gritos lúbricos), a lo cual Ricardo contestó que el recado se lo llevaría a su papá, y el otro le respondió que qué esperaba, que también lo trajera y él mismo se encargaría de darle un par de patadas en las nalgas, y la ola de carcajadas creció, sumergiendo al muchacho en las aguas de su propio sentido del humor, jactancioso de verse tan ocurrente esa noche Riendo todavía, el muchacho hizo como que se echaba encima de Ricardo, y lo correteó, dando unas cuantas zancadas, pero sólo para asustarlo Se reían del padre de Ricardo, pero no tenían la menor idea de quién se burlaban

I I

Ahora es cuando, para Ricardo, los más gratos momentos fueron aquéllos en que la pasaba en compañía de su padre. A su mamá la quería mucho, pues contaba con ella siempre que él la necesitaba, sus canciones y sus brazos de madre eran para Ricardo una triple bendición: le daban el cariño, el consuelo, y la protección tan necesarios para la vida de un niño Pero el mundo que encontraba en los brazos de su padre era totalmente distinto ya que el placer es muy diferente al sentido de seguridad Ricardo atravesaba una nueva etapa en su vida, y ahora todos los días anticipaba el momento en que su padre llegara de trabajar Siempre que le era posible, Juan Rubio llevaba a su hijo en viajes que lo llevaban a diferentes partes del valle. En aquel tiempo la población mexicana no era numerosa en Santa Clara, por lo tanto las pocas familias que estaban esparcidas a lo largo del valle mantenían fuertes vínculos de amistad Todo esto cambiaba durante el verano, temporada en que llegaban cientos de mexicanos provenientes del sur de California, por razones de las pizcas, ya sea del chabacano o del ciruelo; después de esta temporada, no les era fácil a los mexicanos de Santa Clara relacionarse con gente de su tierra De aquí que el resto del año la nostalgia del terruño los uniera en espíritu pese a la relativa lejanía que los separaba, diseminados como estaban a lo largo del valle

Fue en este valle donde Ricardo empezó a forjarse una idea del mundo que le rodeaba Ese mundo se formó gracias a que ahora Juan Rubio jalaba con su único hijo durante su trayectoria laboral, llevándolo de una pizca aquí a una cosecha allá A Ricardo le fascinaba este continuo peregrinaje, sintiéndose felizmente iluminado por el torbellino de inolvidables experiencias en campamentos, ya en torno a fogatas improvisadas, ya en cocinas ajenas, gozando el chisporroteo de la leña y el aroma asociado con la tradicional olla de frijoles y con el chiquigüite de tortillas recién hechas Por las noches los hombres se sentaban alrededor de una fogata, con las llamas de unos leños clareándoles por momentos el rostro —tostados, solemnes, con el humo del cigarro subiendo en volutas hacia el obscuro cielo—; y Ricardo se perdía en la madeja de estos relatos, remontándose imaginariamente a tiempos inmemoriales, aunque siempre en un extraño país situado al sur y, de medirse la distancia por la nostalgia sentida, muy remoto Y fue de esta manera que Ricardo, al seguir embelesado el hilo de estos relatos, empezó a tejer su propio mundo imaginario paralelo al que vivía y escuchaba en compañía de su padre, sabiendo, no obstante, que le sería imposible abarcar con su entendimiento la totalidad de lo vivido Escuchaba los relatos en torno a un fuego hasta que lo vencía el sueño; entonces se encaramaba en las rodillas de Juan Rubio, quien lo abrazaba con ternura junto a su pecho, embalsamando a su hijo con el olor de su cuerpo Y fue este olor paterno —olor a campo, a fruto maduro, a sudor limpio— que Ricardo empezó a asociar con su propia felicidad

Ocurrió por este tiempo que Juan Rubio abrió por primera

vez las puertas de su hogar a dos o tres familias mexicanas que, llegando en verano a la pizca de la ciruela, se les permitía levantar una tienda de campaña en el solar de la casa Concluida la temporada, estas familias se despedían, regresando a sus hogares Entre los hijos de estas familias, Ricardo logró hacerse de amigos mexicanos, aprendiendo de ellos en el transcurso de su breve aunque intensa convivencia En compañía de estas familias se planeaban pequeñas fiestas donde se cantaban canciones mexicanas y se danzaban bailes tradicionales, brotando como árbol renaciente y vigoroso, en el mero centro de Santa Clara, un México remozado por la memoria y el regocijo, enmarcado dentro del terreno donde Juan Rubio había construido su hogar.

Los veranos eran, por lo tanto, espléndidos para Ricardo, aunque en ocasiones nublados con las inevitables contingencias de la vida, pues en casa de la familia Rubio nacían niños, se contraían matrimonios y, a veces, había muertes, particularmente de recién nacidos. A Ricardo le era difícil reconciliarse a la idea de la muerte, aunque le asegurasen que, después de morir, iría derecho al cielo Morir era fácil, pero dar la vida nomás por nomás, eso era algo muy distinto; sin embargo, la muerte también sorprendía al cobarde, por lo tanto, el punto era algo complejo de entender Ricardo había presenciado el fallecimiento de un hombre este verano, y lo repentino de su muerte le había causado pavor; Ricardo no distinguía diferencia alguna en tal hombre al recordarlo antes y después de muerto —sin embargo, sabía que este hombre había fallecido y que su muerte era irrevocable

La noche en que esta muerte ocurrió, Ricardo estaba en compañía de su padre mientras éste platicaba con don Tomás, quien se despidió antes de volver a su hogar; les deseó a ambos las buenas noches y se metió en la casa vecina Poco después, su hijastro llamó a la puerta y pidió un poco de yerbabuena porque su papá —siempre se refería a él como si en verdad fuera su padre— tenía un fuerte dolor de estómago Luego regresó pidiendo un poco de alcohol para sobarlo, pues el dolor era ahora intolerable Para entonces podían escucharse en toda la vecindad los gemidos de don Tomás, suplicándole a Dios que lo sacara de tan enorme sufrimiento Ricardo caminó hasta un ángulo del traspatio de su casa desde donde veía el pasillo y el camastro de don Tomás, próximo a la puerta Aún no oscurecía del todo, por lo tanto su cuerpo se distinguía claramente sobre la cama Veía a don Tomás cabeceando como diciéndole no al sufrimiento, y a veces se doblaba de dolor que le sacudía todo el cuerpo Después de una de esas violentas sacudidas, precedida por un estruendo que parecía que rasgaban de súbito una sábana muy larga, el cuerpo de don Tomás encontró momentáneo alivio, como si su alma batallara por liberarse de esa carne sufrida Al fondo de la casa una vela iluminaba la imagen de una virgen, e hincadas se les veía rezar a varias mujeres El murmullo de las plegarias llegaba al oído de Ricardo, y su primer impulso fue ver de cerca el rostro de don Tomás, pero presentía que el vecino iba a morir y no quería ser testigo de su muerte Luego su padre vino y le mandó a casa a que trajera una lavativa porque, según don Tomás, padecía de un fuerte estreñimiento; cuando Ricardo estuvo de vuelta con la bolsa y la jeringa, Juan Rubio hablaba con el hijastro, quien luego se montó en su bicicleta y desapareció Luego se supo que había sido enviado a que trajera la ambulancia Don Tomás ya estaba inconsciente y muy enfermo; estaba ahora quieto, acostado de espaldas y con la mirada fija en unas vigas que se unían en un ángulo del tejado De vez en cuando se le escuchaba respirar muy hondo, como si el aire se enrareciera donde él estaba acostado; de repente quedó en absoluto silencio, tendido sobre la cama aunque con la mirada aún fija en las vigas Viéndolo como si por fin durmiera en sana paz, Juan Rubio se le acercó a don Tomás y le colocó con ceremonioso cuidado dos piedras en los ojos; luego, con su hijo en los brazos, se fue a casa El hijastro volvió y le dijo a Juan Rubio que la ambulancia rehusaba acudir al llamado pues no había alguien que pagara por el servicio, y Juan lo envió de nuevo, pero esta vez por la policía Después de algún tiempo llegó el comandante, luego se vieron las luces de una carroza gris de cortinaje negro rodando sobre la calzada y deteniéndose frente a la casa de don Tomás Al fin, cuando ya nadie la esperaba, llegó una ambulancia

Don Tomás fue sepultado al día siguiente El juez de primera

instancia le informó a Juan Rubio que don Tomás había muerto de peritonitis, causada por una hernia en el apéndice vermicular. El municipio mandó sepultar a don Tomás en el panteón católico ubicado cerca de un solar moteado de cerezos en flor, siendo ése el camposanto donde se enterraban los cuerpos de personas indigentes Terminado el funeral y después que ya todos se habían ido a casa, Juan Rubio y su hijo esperaron bajo la sombra de un cerezo y hablaron, pues Ricardo tenía miedo Ricardo le confesó a su padre que le tenía gran pavor a la muerte debido a que imaginaba el morir como un vacío donde todo era un abismo de tinieblas y que no quería morir, jamás Su padre lo abrazó fuertemente y le habló como arrullándolo, diciéndole que si no quería morir jamás —y que si en verdad anhelaba eso con toda la integridad de su alma— que de seguro nunca moriría Esto alegró muchísimo a Ricardo y de inmediato lo creyó, y esa fe aumentó cuando el hijo, con la cara metida bajo el brazo del padre, pensó cuán placentero era el olor que se aspiraba en la axila paterna Y cuando aún estaban bajo el cerezo abrazados y pensando ya sea en la muerte o en la vida eterna, vieron que regresaba la carroza y que se estacionaba frente a la tumba de don Tomás Unos hombres levantaron el ataúd y padre e hijo pensaron que dejarían el cuerpo y que lo sepultarían sin féretro, pero no fue así; palearon la tierra de nuevo en el hoyo y luego se fueron en la carroza, llevándose caja y cadáver Ricardo quiso preguntarle a su padre algo pero se detuvo al descubrir que su padre tenía los ojos anegados en lágrimas; al preguntarle por qué lloraba, Juan Rubio contestó que era lo único que podía hacer por su amigo Tomás

Según los rumores, esa misma noche regresó don Tomás al traspatio de su casa La primera que lo vio fue Dora, una niña idiota que tenía el cuerpo enllagado; anduvo gritando la noticia por toda la vecindad, tocando a golpes en cada puerta y metiendo la cara en las ventanas y asustando a todos, a tal punto que, espantados, todos los vecinos se afortinaron en sus casas Ricardo estaba bajo un árbol cuando sucedió todo el alboroto, quedando a la vez tan amedrentado que no dudó que en cualquier momento pudiera presentársele don Tomás y, sin necesidad de hablar, le suplicara que por favor se encargara de sepultar sus restos Se lo imaginaba con la mirada vacía, aunque tenebrosa y triste, y con el rostro ceniciento, como si le hubieran extraído toda la sangre del cuerpo

I I I

Junto al edificio de la escuela primaria donde asistía Ricardo, aún puede verse hasta la fecha un enorme granero rojo, viejo y abandonado, entabladas sus ventanas y sin techumbre Como toda cosa inánime que aparenta ser inútil, este granero no parece tener un pasado Pero lo tiene Cuando la época del automóvil apenas empezaba, este granero fue utilizado como mesón para las carretas y caballos de uno de los hombres más prósperos de Santa Clara, dedicado a la empresa de los transportes Este hombre, Mat Madeiros, fue una de esas personas que, siendo pobres toda su vida, de pronto se consideran peritos en el campo del comercio y el mundo de las finanzas, a raíz de haber obtenido una posición considerada estable gracias a una módica fortuna Mat vislumbró grandes posibilidades en el mundo de los negocios ya que en torno suyo todo era prosperidad Debido al modesto equipo que tenía, presentía que muy pronto no estaría en posición de surtir todas las órdenes que le llegaban Habló mucho y por largo tiempo sobre lo importante que era la máquina en los negocios y, en testimonio de su nueva fe, pronto se deshizo de sus caballos, vendiéndoselos a un agricultor de Cupertino Sus carretas eran de mucho peso para ser utilizadas en los huertos, por lo tanto las desmanteló, apilando las partes en un rincón al fondo del granero

Mat aprendió a manejar su camión marca Reo y prosperó a tal punto que, antes de que terminara el primer año, pudo pagar lo que debía del camión, proyectando la compra de toda una flota de camiones para el próximo año y ensoberbeciéndose, a la vez, con la ilusión de llegar a ser una persona influyente en su comunidad Cada noche se le veía frente al salón de billar, fumando un aromático puro entre sonrisas, reanudando lazos de amistad con viejos conocidos, y saboreándose de antemano su triunfo político, pues ya había puesto el ojo en el ayuntamiento local, y hasta había llegado a pensar que quizás recibiría suficientes votos para tomar como posesión personal la silla del alcalde

Pero con el tiempo se perdió tanto en sus ensueños de futuros logros sociales que, absorto y ebrio de ilusiones, apenas se dio cuenta que el monto de su acarreo cotidiano disminuía de día en día Poco tiempo después sus clientes dejaron de acudir a sus servicios, y se vio bajo la necesidad de viajar a pueblos circunvecinos —como Berryessa, Sunnyvale, y Saratoga— en busca de pedidos En una ocasión viajó hasta el Antiguo Almadén, pero todos sus esfuerzos fueron en vano Muy pronto los gastos del hogar se cubrieron con el dinero que había guardado para invertir en su propio negocio y, finalmente, se vio bajo la necesidad de trabajar en una fábrica de conservas y de montar su camión sobre unos maderos Empezó a ir todas las noches a su granero a reflexionar sobre su vida y a preguntarse lo que hubiera sido; se sentaba en el inmóvil camión y, como suelen hacer los niños, ponía las manos sobre el volante y se imaginaba frente a una flota de camiones idénticos al suyo Luego bajaba y meticulosamente metía una varita de metal en el tanque de gasolina y se fijaba en el contenido; en seguida revisaba el aire de las llantas, dándole a cada una varios golpecitos que parecía que se los daba en el pecho Una vez convencido que su camión estaba en buena forma para los acarreos que pronto le pedirían, se inclinaba hacia atrás y le daba a su flamante camión un último vistazo de aprobación. Sólo entonces entraba a casa y disponía todo para la cena

Y fue por este tiempo que, para darse ánimos a sí mismo, Mat le aseguró a su esposa e hijos que no tenía la menor duda que la situación muy pronto iba a mejorar Los negocios mejorarían y él, junto con su camión, estaría de nuevo en demanda. Se metía en detalles y, sentado a la mesa con su familia, les explicaba cómo iba a comprarse varios camiones más, por lo tanto tendría indudablemente que emplear a alguien que le ayudara según se ensanchara el perímetro de su acarreo diario En la fábrica les dijo a sus compañeros de trabajo que en verdad estaba ahí sólo por una corta temporada; y puesto que había adquirido cierto aire de independencia durante el tiempo de su breve éxito empresarial, no se dedicó a su trabajo como los demás, y un día amaneció preocupado porque lo habían despedido Sus pequeños ahorros pronto se redujeron a nada y por fin se vio sin un centavo en el bolsillo Jamás consideró vender su camión pero, dadas las circunstancias, en un momento de desesperación Mat intentó venderlo; sin embargo, ahora no encontraba cliente en ningún lado Y así empezó toda una época célebre en relación a aquel enorme granero rojo que era propiedad de Mat Madeiros

Era el año de 1931 y la gente de Santa Clara sufría hambres Lo poca comida que podía comprarse con el mísero sueldo se multiplicaba ya estando en la mesa debido a la fertilidad del valle, pues ahora no había miramientos en entrar a campos y huertos con el fin de recoger fruta y verdura El pequeño agricultor que se encontraba sin recursos para cultivar su cosecha, les abría las puertas de su huerto u hortaliza a la gente necesitada La familia de Ricardo, sin embargo, no sufrió tanto como otras familias, ya que la crisis económica —conocida como la Gran Depresión de 1929— no había cambiado la dieta familiar La familia Rubio jamás había tenido más ni menos que ahora, pues Juan se había encargado siempre de traer al hogar —aparte de alimentos básicos— legumbres y fruta recolectadas en los campos en que trabajaba Estando en la escuela, el hijo ya no era objeto de burlas por parte de sus condiscípulos, quienes solían lanzarle insultos, tales como "¡bombardero frijolero!" y "¡gran engullidor de tortillas!" Ahora reinaba la paz entre estos alumnos; con frecuencia, Ricardo compartía su almuerzo con ellos, quienes, agradecidos, aceptaban su porción en silencio Ricardo compartía su comida con espíritu de triunfo, consciente que los había derrotado al haber resistido cara a cara su escarnio y desprecio A lo largo de aproximadamente un año, había comido donde fuera visto por todos, rehusando esconderse en un rincón sólo porque se reían de la comida que le preparaba su madre Pero no tenía la menor sospecha en cuanto a la verdadera razón de su victoria

La crisis que atravesaba la comunidad se reflejaba de otras formas en la escuela local Nuevos reglamentos permitieron que los alumnos asistieran a clase descalzos y que se cerrara la escuela cada vez que fuera necesario por el mal tiempo La temporada de lluvias era recibida por los párvulos como un don del cielo y, claro —contraviniendo la intención reglamentaria— tenían así mucho más tiempo para jugar entre los charcos o arroyos que se formaban a lo largo de las anegadas calles.

La gente del pueblo le exigió asistencia al ayuntamiento, y pronto cayó en cuenta que, organizados, su éxito sería mayor que si proponían sus demandas a un nivel personal Así fue como surgió el Concilio de Desempleados Barrido y de nuevo con vida, el granero de Mat Madeiros sirvió como lugar de reuniones y luego de oficina central para la organización. Inmediatamente se formaron comités cuyo propósito fue solicitar de la Junta de Supervisores, del Departamento de Asistencia Social, y del Alcalde de Santa Clara, ayuda para gente necesitada Las agencias gubernamentales respondieron tan bien y tan pronto como pudieron Distribuyeron lo que consideraron excedente, ya sea en relación a alimentos o mercancía en general, y distribuyeron artículos de ropa en las situaciones de más apremio. Al principio las reuniones eran dirigidas en cuatro idiomas: en inglés, español, portugués, y en italiano; pero según aumentó la membrecía, se hizo difícil mantener orden parlamentaria durante las reuniones. Los que habían dado origen a la organización, sostenían que ellos deberían tomar las riendas del mando, rehusándoles el derecho de opinión a los recién llegados. Esto dio lugar a que brotaran y germinaran ruines envidias entre ellos, y no faltaba la reunión que no terminara en violentos alegatos No tardó la mayoría en desmoralizarse, surgiendo de esta manera las condiciones que harían propicia una completa desintegración del grupo El problema, ante todo, fue la falta de conocimiento administrativo y parlamentario en un grupo de personas que no tenían un nivel muy alto de educación formal Y así fue como entró de lleno en este caos y tinieblas el hombre de la ciudad, o sea el organizador profesional.

En otras ciudades del estado también se habían constituido

Concilios de Desempleados; por lo tanto, afiliaciones de carácter comunista inmediatamente hicieron un obvio esfuerzo por unir todos estos grupos dispersos en una estructura única y de mayor poder Una vez llevado a cabo tal propósito, lo que solía ser una relación más o menos cordial entre los grupos locales y las autoridades, cambió notablemente, y de nuevo se vio el camión de Mat sobre el asfalto de la carretera Grupos de trabajadores voluntarios recorrieron todas las panaderías y lecherías, buscando ya sea pan duro, leche desnatada, o lo que pudiera medio satisfacer tanto estómago vacío

Acompañando a su padre, Ricardo entró en el granero Notó que había cambiado mucho por dentro desde la última vez que estuvo ahí: las paredes estaban recién encaladas y se había instalado un nuevo piso de madera En un extremo del edificio se había erigido una plataforma donde se encontraban predispuestas una larga mesa rectangular y varias sillas La pared posterior a la mesa estaba adornada con varias banderas, y entre ellas sobresalía una bandera roja con un martillo y una hoz Siempre que Ricardo veía esta bandera, pensaba en la imagen impresa en la cajita donde su padre guardaba la medicina para la indigestión Ricardo y su padre solían sentarse junto a un grupo de españoles puesto que, de acuerdo a Juan Rubio, no sería gente con quien él prefiriera asociarse, pero por lo menos hablaban en cristiano Esta vez tomaron asiento y Ricardo esperó a que empezara todo Primero tocarían una marcha en un viejo gramófono mientras todos se ponían de pie, y luego entonarían todos sus respectivos cantos Tenían distribuidas las palabras de canciones populares, ya sea del momento o de las antiguas que aún gustaban Canciones como "Auld Lang Syne", "Home, Sweet Home", y "Stanford Fight Song" eran entre las más populares; la mayoría, no obstante, eran súplicas, casi himnos —sencillos, francos— en torno a comida y ropa, o exhortando a la gente a levantarse y a romper las cadenas de su servidumbre

Ricardo esperaba esta noche con mucha solicitud ya que un delegado llegaría en cualquier momento de San Francisco; las arengas de este delegado eran más divertidas, según opinión de

Ricardo, que el espectáculo que una vez vio en un pequeño circo mexicano que pasaba por Milpitas. El delegado caminaba de aquí para allá, en ocasiones a punto de tropezar y caer de la plataforma debido a su entusiasmo; lo recordaba vociferando, con los brazos tirando a doquier como si fuera pulpo, frenético en el hablar y con la voz aflautada Dado que este hombre era bajito de estatura, su manoteo y ademanes extravagantes le parecían ridículos a Ricardo

Concluidas las canciones, el delegado se dirigió a la plataforma; se le vio dar apretones de mano a muchos que se le acercaban según se abría camino para llegar al atril Luego el que presidía la reunión habló brevemente al presentar al orador, a sabiendas que tal presentación era superflua ya que el delegado era bien conocido por todos Pero esta vez su voz fue distinta, sorprendiendo a Ricardo quien notó cómo el orador se expresaba concisa y claramente, enunciando cada palabra con voz retumbante, pareciendo temer que hasta hoy jamás le había entendido palabra alguna el auditorio que esta noche lo escuchaba

—Camaradas —dijo, levantando las manos al cielo—; ha llegado la hora en que nosotros debemos exponerles a los instrumentos de nuestro gobierno capitalista que estamos hartos de que pisoteen y mancillen nuestra dignidad Los supervisores han rehusado reunirse con nuestros comités, por lo tanto de hoy en adelante constituiremos todos nosotros un comité general Les haremos tal estruendo que no se atreverán a rehusarnos una audiencia Hay clamor de hambre en nuestros hogares, y esto lo habrán de escuchar de nuestros labios Será el principio de un programa cuyo fin será pregonar por todo el mundo cómo nos han engañado Si nos rehusan la asistencia que pedimos, entonces tendremos que redoblar nuestros esfuerzos para ayudarnos a nosotros mismos

Luego de una ruidosa ovación, nuestro orador prosiguió de esta manera:

—¡Y les traigo buenas noticias, camaradas, sí, muy buenas noticias! Un día de éstos una muchedumbre constituida por personas como nosotros habrá de emprender una marcha hasta Sacramento y exigir una audiencia con el gobernador ¿Se imaginan ustedes lo que tal acto significaría para nuestra causa? ¿Gente de todos rumbos —de cada pueblo y ciudad de California— desembocando como un río humano sobre la capital del estado? Luego Washington sabrá de todo esto, por lo tanto ya no nos ningunearán como lo han hecho hasta ahora Ya hemos trazado planes para tener una marcha de hambre, y yo les doy mi palabra que se llevará a cabo muy pronto Se me ha designado que esté entre ustedes y pronto llegará un camarada quien me asistirá en planes de instrucción y organización Algún día tendremos nuestras propias escuelas, y sólo entonces podrán nuestros hijos recibir la educación que tanto merecen Ahora, continuemos con la sesión de esta noche

Fue a su asiento en medio del tumulto hecho por los aplausos y gritos de entusiasmo del público y, de ahí en adelante, se limitó a escuchar toda la discusión, aparentando sumo interés en cada punto propuesto y debatido Se hicieron planes para la marcha hacia Sacramento y, ya concluida la sesión, varias mesas portátiles fueron dispuestas para que los concurrentes saborearan una taza de chocolate con pan dulce A Ricardo le fascinó observar que muchos de ellos no eran del pueblo y que habían asistido a la junta sólo por el interés del pequeño manjar obsequiado al final del programa Le interesaban en particular estos vagamundos porque, a pesar de su patente hambre, eran sobrios y corteses al servirse su porción: al verse con su taza de chocolate y su pieza de pan, se apartaban agradecidos y en silencio a un rincón, a gozar cada sorbo y cada migaja de pan a solas; los regulares, por lo contrario, volvían una y otra vez por más porciones, a pesar de que no les faltaba comida en sus hogares También le interesaba la diversidad de tipos de hombre errante que llegaba a las sesiones Unos llegaban vestidos con harapos como si fueran momias ambulantes, con pantalón de brincacharcos y zapatos desgastados, mal encubriendo la franja de mugre que se les veía en los tobillos A otros se les veía vestidos con la gruesa vestimenta del ranchero, no contrastando mucho con la gente del pueblo Y llegaban también los que, a pesar de su situación presente, afectaban modales de fineza y tacto en el trato social Traían puestos unos trajes arrugados y mal combinados, con camisas de fino cambray desgastadas y con la corbata manchada pero bien anudada al cuello No obstante lo heterogéneo de la tipología humana que se arrimaba al viejo granero, todos tenían algo en común: un rostro atormentado por la desesperación Caminaban viejos y jóvenes con la misma mirada de incomprensión, como aturdidos o atontados por un golpe dado por alguna mano invisible; sólo los negros parecían vivir en otro mundo Ricardo, quien jamás había visto a un negro en su vida, se asustó al verles el rostro, de una tez oscurísima como las noches que más temía; pero mal interpretó la actitud de los negros, pensando que el suyo era un estoicismo mórbido No obstante, al poco tiempo, Ricardo se olvidó de sus temores al sentirse feliz al lado de ellos, uniéndose al grupo en sus risas y juegos colectivos De pronto el color de su piel perdió su aura ominosa Se encariñó profundamente de la belleza —asombrosa, inolvidable— de su amplia sonrisa, pues parecía ser de un marfil blanquísimo En sus muchas pláticas con ellos, escuchó por primera vez de distantes y misteriosas tierras, tales como Alabama y las Carolinas

Al día siguiente surgió una ola de sucesos que por un tiempo mantuvo a Ricardo en un estado de agitación continua A pesar de su condición alterada, Ricardo se daba cuenta que desde un rincón interno su mente observaba todo con una perspectiva independiente, incrementando de esta manera su conocimiento del mundo La ola empezó con una manifestación pública en el Palacio de Justicia de San José, iniciándose en forma ordenada y pacífica pero concluyendo en actos de violencia espontánea Lo que ocurrió fue a raíz de la obvia falta de un dirigente responsable, pues los instigadores se mantuvieron escondidos en segundo plano Los camiones que pasaban por el pueblo, cargados de comida y legumbres, eran asaltados y despojados de su cargamento No era raro ver un camión volteado y el hormiguear de varios hombres corriendo por todos lados, con los brazos llenos de comida o alargados con intenciones de robársela, para luego escurrirse pronto a casa con el hurto reprimido en la sonrisa enajenada Casi siempre Ricardo se mantenía próximo al caos, sin expresar su impaciencia y calculando en silencio hasta divisar el artículo que quería No obstante, a pesar del cuidado con que hacía planes, con frecuencia su selección de alimentos resultaba ser pésima, pues lo animaba la manía infantil de tener aquello que jamás había gozado anteriormente; así sucedió que, para el tercer día, Ricardo tenía a su haber cincuenta barras de pan y cien latas de carne condimentada De haber hecho su saqueo de manera fortuita, quizás hubiera aprovechado más su merodeo en torno al vientre del saqueado camión

Un sábado por la mañana Ricardo acompañó a su padre a un huerto de peras situado al norte del valle Ya era fines de octubre y la pera tipo Bartlett ya había sido cosechada, y ahora era el turno de las peras Nellies de invierno, que ya estaban que caían del árbol, listas para ser enviadas por furgones al noreste del país Los rancheros de la región habían mandado llamar a los trabajadores para la pizca Cuando Ricardo y su padre llegaron al rancho donde Juan Rubio trabajaba todos los inviernos, encontraron automóviles alineados en las cunetas del camino que llevaba de la carretera a la casa del ranchero y después a los almacenes Había aproximadamente doscientos hombres, hablando a sovoz en varios grupos, reunidos en el sitio donde se cargaba la fruta en los camiones de entrega La patente falta de alegría en estos hombres se le hizo extraño a Ricardo, quien en muchas ocasiones anteriores había presenciado los mismos corros de hombres que bromeaban o jugaban entre sí mientras esperaban al patrón Luego se ponían muy firmes y callados mientras los mayordomos escogían a los trabajadores, seleccionando primero a la antigua mano de obra, luego a los que tenían la mejor apariencia personal, ya sea en cuestión de salud o seriedad para el trabajo Ningún ranchero estaba dispuesto a malgastar su dinero contratando a un payaso

La mano de obra regular llegó al rancho y se dispuso a trabajar Dos de ellos se dirigieron a un granero en busca de escaleras y baldes, mientras que otros, vestidos con ropa de invierno y calzando un tipo de bota que les llegaba a la cadera, unían mangueras y enganchaban caballos a cisternas, todo en preparación para la fumigación de los perales Algunos entraban al huerto con tijeras podadoras y serruchos, mientras que a otros se les veía con hachas, azadones y palas para extraer árboles secos

El dueño salió luego, limpiándose la boca con un paliacate rojo Acompañándolo iba su hija de dieciocho años quien —puesto que el padre nunca había tenido un hijo— le llevaba las cuentas y le ayudaba en sus negocios Ella conocía muy bien el negocio de su padre, y algún día sería la heredera de uno de los huertos más grandes y de más fortuna en el valle Ella era buena amiga de Ricardo, y cada vez que a Juan Rubio le tocaba trabajar en este huerto, el niño pasaba largas horas con ella. A veces lo invitaba a que entrara en su biblioteca, y aquí es donde Ricardo se perdía entre los libros que el ranchero le había comprado al hijo que nunca tuvo

El hombre y la joven mujer caminaron hacia el centro de un terreno acotado Míster Jamison era un buen hombre, y todos los que habían trabajado para él concordaban en este punto El nunca se opuso a invitar a sus trabajadores a que entraran a la sala de su casa —muy limpia y ordenada— durante las glaciales mañanas de invierno; ahí la esposa les servía a todos una taza de café bien caliente con un poco de brandy, dizque para el frío Al concluir la temporada de trabajo, Míster Jamison siempre les obsequiaba suficiente vino para una fiesta, y en ocasiones incluso llegó a emborracharse con ellos Al verlos los recibió con una sonrisa y les dijo:

—Me apena que muchos de ustedes hayan hecho esta mañana un viaje de oquis, ya que, al tener mi propia planta para empacar, necesito en verdad pocos hombres, en el caso de hoy solamente treinta trabajadores Obviamente, seleccionaré con preferencia entre los que ya han trabajado para mí en años anteriores, por lo tanto los que nunca hayan trabajado en mi huerto, es mejor que le busquen por otros rumbos antes de que se les haga más tarde. Si son recién llegados al valle, mi hija les dirá a qué ranchos deben ir en busca de trabajo. —Como nadie dijera nada, ni siquiera se moviera de su lugar, el ranchero se olió que algo andaba mal, y preguntó—: ¿Qué pasó, qué traen?

Pero ninguno de los hombres que lo conocían levantaron el rostro Luego se oyó que una voz anónima gritó—: ¿Cuánto está pagando, Míster Jamison?

—Eso ya lo saben; pago quince centavos

—¡Queremos veinticinco, Míster Jamison!

El ranchero movió la cara como diciendo que no y luego contestó—: Eso no puedo pagar, pues ya de por sí me encuentro en aprietos pagándoles quince centavos La mera verdad es que no alcanza para pagar más.

—¡Pues que se pudra su fruta! Ninguno de nosotros le entrará por menos de veinte centavos

La hija estaba sentada sobre el guardafango de un automóvil, platicando con Ricardo. Se apeó y fue al lado de su padre, dirigiéndose a los trabajadores:

—Escúchenme; mi papá no les miente La Asociación tuvo anoche una reunión extraordinaria y discutimos toda la noche a favor de quince centavos No se llegó a un acuerdo y ahora lo que se está pagando es solamente doce centavos por hora Si no me creen, lo pueden comprobar visitando a Robertson, a Black, o a Genovese Todo lo que están pagando son doce centavos, y sus hombres ya estarán entre los surcos para estas horas Mi padre les ofrece quince centavos, o sea lo mismo que el año anterior Y no lo dudo que lo saquen de la Asociación por no estar de acuerdo con los demás rancheros —A este punto se escuchó de nuevo la voz anónima:

—Queremos veinte centavos, si no, no trabajamos Es mejor que lo piensen bien, pues ya está por llover y ustedes saben las consecuencias Fíjense en el cielo; para mí que no tarda en llover

Alguien al fondo del grupo soltó una risita Se veía a las claras que este hombre era un fuereño: había una brisa que soplaba desde la bahía de San Francisco, dos millas al norte, señal para los habitantes de Santa Clara de que no llovería

La hija del ranchero se enojó y avanzó hacia donde creía que originaba la voz Al no poder localizarla, se enfrentó a todos desafiante —con sus pantalones de dril color azul, la blusa a cuadros, el cabello ondulante color maíz sobre los hombros, y con los brazos arqueados y manos sobre la angosta cintura: el espectáculo más hermoso que jamás haya visto Ricardo Aunque no entendía completamente lo que transcurría ante sus ojos, a Ricardo le invadió de inmediato una profunda simpatía por la hija de Míster Jamison; fue, pues, a donde estaba la muchacha e imitó su postura, sin que su pequeña figura les pareciera ridícula a los trabajadores

—¿Quién es el que habló? —preguntó ella en voz alta para que el hombre saliera del grupo y se identificara— ¡Salga para que lo vea! —Al ver que nadie daba un paso adelante, dijo:

—¡Muy bien! ¡Así que esto es una huelga! Nos advirtieron que quizá tuviéramos problemas laborales este año, pero mi papá nunca creyó que sus amigos le fallaran El siempre se ha portado bien con todos ustedes, e incluso hoy hace lo que puede ¿Acaso creen que son los únicos que pasan malos tiempos? —Mantuvo un momento de silencio y luego intentó entenderse con ellos, apelando a su sentido de equidad—: De no levantarse esta cosecha de pera, nos reduciremos a trabajar en el rancho de Giannini el próximo año Si les pagamos la cantidad que piden, perderemos no solamente dinero, sino incluso el rancho; pero eso a ustedes no les importa, ¿verdad? Qué pronto se olvidan de todo lo que mi papá ha hecho por ustedes —Al no haber ninguna respuesta, su enojo volvió a manifestarse en su tono de voz—: ¡Cobardes! Les debería dar vergüenza estar ahí parados y no tener valor para hablar, y sin las agallas para vernos con la frente en alto ¡Y todo por proteger a un extraño que habla solamente porque tiene boca y no porque le asiste la razón! —Decidió dirigirse a cada uno individualmente, empezando por los nombres de compañeros suyos de escuela—: Oye Mike; Pete; Charlie; ¿no tienen vergüenza de lo que están haciendo? Y tú, Jack, especialmente tú, ¿es que te has olvidado, también, tan pronto? —Y porque Jack significaba mucho para ella, más que los otros, podía ser cruel con él, por lo tanto le habló con una amargura hiriente—: A mi papá le es de suma importancia que le pizquen la pera inmediatamente ¿Que acaso a tus padres no les fue también de suma importancia cuando la semana pasada les llegó una caja de comestibles junto con una remesa de ropa para los niños?

—Por favor, hija, no menciones eso —dijo el padre de la muchacha, apenado

—¡No importa, papá! —y se zafó la mano paterna de su brazo— Quizás se avergüencen tanto que pronto se comportarán como hombres —Luego se dirigió otra vez a Jack—: No sabías que mi padre había hecho los envíos, ¿verdad, Jack? El trató de ayudarlos porque es bueno; debido a su bondad, no podría enojarse con hombres que han trabajado para él, ¡suponiendo que se les puede llamar hombres! ¡Pero yo no soy amable y ahora mismo estoy furiosa! ¿Qué piensas ahora de tu huelga, Jack?

El joven se vio ahora sin otra salida que confrontar la situación y responderle a la muchacha, no sólo por lo que le había dicho —¡y eso era de por sí suficiente razón!—, sino porque en el pasado había habido algo especial entre ambos y, además, debido a que su padre la había hecho el tipo de jovencita quien no titubearía en ir con él, Jack Pereira, al baile de gala que cerró abrupta pero maravillosamente sus años escolares Habló en voz baja, casi en intimidad, como si ambos fueran los únicos en el lugar, hablando, a la vez, con humildad—: Marla, yo sabía quién había enviado la comida Lo supe de inmediato, pero ahora estamos en huelga y lo que yo pienso o siento por ti no importa en este momento, ya que mi deber es apoyar a mis compañeros Cuando reflexiones en lo que te digo, sé muy bien que comprenderás

No pensó ella jamás comprender, sin embargo le impresionó la forma directa con que Jack le habló y de inmediato sintió respeto hacia el joven por su gallardía Se dirigió ahora a los trabajadores:

—La oferta sigue en pie; las escaleras y los baldes están a la disposición de los que quieran trabajar —Los hombres continuaron en su silencio pero, como la joven había vivido toda su vida entre hombres, sabía a fondo el lenguaje masculino, por lo tanto cambió su modo de expresarse y arremetió de nuevo:

—¡Ah, conque ésas tenemos, hijos de tal por cual! Entonces sálganse de nuestra propiedad y no regresen hasta que tengan lengua en la boca y dos brazos listos para trabajar; en cuanto al sueldo, ¡se los voy a reducir! Cuando regresen a trabajar lo harán por doce centavos ¡doce carajos centavos es todo lo que les vamos a pagar! Pero ahora mismo le voy a hablar al *sheriff* de policía para que venga y los ponga de patitas en la calle; mientras llega, voy por mi escopeta para fulminarle las nalgas a todo güevón que aún esté en nuestra propiedad cuando regrese Y se echó a caminar como si el aire fuera agua y ella nadara contra corriente, y su resolución era tan grande que a Ricardo le fue necesario correr para alcanzar a esa mujer a quien le había cobrado tanta admiración esta mañana Mientras tanto Míster Jamison jaló por un surco y se perdió entre los perales; los hombres subieron a sus automóviles y manejaron hasta llegar a la carretera Conociendo bien a la hija del patrón, no dudaban en cuanto a la seriedad de sus amenazas

Ahora estaba bajo un árbol, con el niño acompañándola y con una escopeta de alto calibre sobre su regazo, esperando a que llegara el *sheriff* Pasado un tiempo, envió a Ricardo para que les dijera a los hombres que si tenían sed, que tomaran de la cisterna la que necesitaran Cuando llegó el *sheriff* y sus tenientes, Ricardo fue a donde estaba su papá, pues le tenía temor a la policía y pensó que quizás arrestaran a su padre El *sheriff* les ordenó a los hombres que se pusieran a trabajar, pero pronto se dio cuenta que la huelga seguía en vilo, pues nadie lo obedeció Le dijeron que la carretera era vía pública y que él no tenía la autoridad para obligarlos a que se marcharan El *sheriff* dejó a un par de tenientes en el lugar y se fue a otra parte, pues había huelgas por todo el valle

Aunque pavimentado, el camino donde los hombres velaban la guardia no era en verdad una carretera sino un camino municipal Por lo tanto se sorprendieron al ver que se aproximaba y luego se estacionaba justo donde estaban ellos un camión cargado de sandías Un joven, delgado y claro de tez, se apeó de la cabina y miró por todas partes, como si buscara a alguien.

—Si tienen antojo de sandía, no sientan pena: coman la que

gusten —dijo el joven como si el asunto careciera de toda importancia; luego fue hacia donde estaba un anciano que hablaba con el padre de Ricardo, y le dijo—: Me dijeron que te encontraría aquí —y según le decía esto, lo abrazaba con ternura

—Hijo, ¡felices los ojos que te ven! —contestó el anciano, con los ojos arrugados como un capullo de flor y casi cerrados de la alegría Volteando a donde estaba el padre de Ricardo, le dijo —: don Juan, le presento a mi hijo Víctor Hecho todo un hombre, ¿no cree usted?

—Mucho gusto, señor —se adelantó a decir el joven, dándole la mano para estrechar la de Juan Rubio

—El gusto es mío; parece que viene de lejos, ¿me equivoco?

—Desde el Valle Imperial —contestó Víctor—; salí hace dos días y venía manejando a buen paso hasta que llegué a Puerto Pacheco; ahí es cuando ¡coño! me fue tan difícil como si trajera un fardo muy pesado y me tirara a cruzar los portales del Cielo

—Sé de qué habla; conozco el lugar

El anciano agarró a su hijo del brazo y le dijo: —Pero, hombre, ¡me cago en Dios! ¿No te das cuenta que te están robando tus sandías? —Luego les gritó acaloradamente a los hombres—: ¡Hola! ¡Mardita sea! ¡Sálganse de ese camión, puñeteros del Demonio! ¡Tengan respeto a propiedá ajena! —Expresando en la cara ademanes de indignación y disgusto, remachó con la siguiente frase—: ¡Me cago en la leche de esos malvados!

Víctor reía al escuchar a su padre —Tranquilo, viejo —le dijo cariñoso—; yo les he dado permiso para que agarren las sandías que quieran, con tal de que no me destrocen el camión Mira con qué cuidado toman las sandías y se guardan de no comportarse como cerdos hambrientos Un hombre de tu edad debe saber que el comportamiento humano mejora cuando al hombre se le responsabiliza por lo que hace —Víctor deslizó la mano por el cabello de Ricardo y le dijo—: Vamos, chicuelo, ve y tráenos la sandía que más te guste

Se sentaron en el estribo del camión a comerse la pulpa de la sandía, fresca e intensamente roja Un hombre caminó disimuladamente hacia ellos y les comunicó que varios de los nuevos se habían ido, que dizque a buscar trabajo por otros rumbos, pero

que en verdad se habían escurrido al rancho de enseguida; añadió que habían cortado por la cañada que lleva al arroyo, y que
se sabía por cierto que toda la mañana se la habían pasado
pizcando en el peral Varios de los huelguistas habían amena-
zado con entrar al huerto y jalar con los rompehuelgas para
darles una paliza, pero se les disuadió al tomar en cuenta que la
fruta tendría por fuerza que pasar por donde estaban ellos, por lo
tanto lo que había que hacer era sólo aguardar a que pasara el
camión cargado de esas peras de invierno

—En tal caso, haré a un lado mi camión —dijo Víctor A
Ricardo le había simpatizado mucho este hijo de españoles y le
preguntó si podía acompañarlo— Ven conmigo —respondió
Víctor con una sonrisa Tuvieron que manejar un cuarto de milla
antes de que encontraran un lugar adecuado para estacionar el
camión Al regresar, el primer cargamento de peras estaba por
salir de la planta de empaque y los hombres empezaban a remo-
linarse próximos a la entrada del huerto

—¡Háganse a un lado! —gritó uno que manejaba el camión
esquirol— ¡Quítense porque no traigo frenos, jijos de un tal!
—Y diciendo esto, levantó velocidad con intenciones de salir de
la calzada y voltear rumbo a donde estaba la carretera asfaltada y
de ahí no parar hasta llegar a su destino Los huelguistas se
dispersaron como bolas de billar y, por un momento, pareció
que el del camión iba a abrirse paso, cuando un jovencito que
manejaba un viejo Essex se le cruzó en el camino; el camión, sin
tiempo suficiente para frenar, chocó con el automóvil, volteán-
dolo pero deteniéndose a la vez Los huelguistas, sorprendidos
por el cambio de suerte, se lanzaron sobre el camión y desparra-
maron la fruta en el suelo, tirándola a diestra y siniestra En
cuestión de minutos las trescientas cajas de pera habían sido
destruidas, y por doquier había pulpa frutal, apisonada y terre-
gosa; asimismo, el camión había quedado inservible Desde el
principio, la policía que había sido comisionada para mantener
la paz intentó ponerles un alto a los huelguistas, amenazándolos
con sus armas; al ver que a estos hombres no les asustaban sus
amenazas, los tenientes no dispararon pero sí los agredieron con
sus macanas

Ricardo se hizo a un lado, cogido de la mano de su nuevo amigo Vio claramente cómo alguien le daba un garrotazo en la cabeza al padre de Víctor, y luego cómo el padre caía, primero arrodillado y en seguida de cara sobre el suelo Con la intención de detenerlo, Ricardo abrazó a Víctor de las piernas; éste, sin embargo, se zafó y fue a donde estaba su padre con la cólera crispándole las manos El cuerpo de Ricardo cayó en una acequia; al levantarse, pudo ver que Víctor, con una piedra en la mano izquierda y con la cara ansiosa, buscaba al hombre que había golpeado a su padre. El hombre estaba a unos cuantos pasos de Víctor; al reconocerlo, éste se lanzó sobre aquél, golpeándolo en la frente con tal fuerza que la piedra se le hundió en la cara a la víctima, quien cayó al suelo con el rostro cubierto de una sola mancha de sangre

Víctor levantó a su padre y lo llevó hacia la cuneta del camino, lejos de la refriega Poco después, el anciano, ya consciente, medio se sentó, aturdido y con la cabeza entre las manos— ¡Ay, qué dolor de cabeza! ¡qué dolor de cabeza! —repetía el anciano con una voz quejumbrosa

La contienda terminó entre huelguistas y esquiroles, y al fin los dos bandos se retiraron Juan Rubio encontró a su hijo llorando debajo de un árbol; lo levantó y, ya en sus brazos, cargó con él hasta volver a donde estaban Víctor y su padre Al inspeccionar su ropa, el joven se sorprendió al notar que no había en él huellas de sangre, y lo consideró un milagro Alrededor de ellos se encontraban varios hombres heridos, incluso el hombre que había apaleado al padre de Víctor, pero tal hombre no se quejaba como los demás sino que, en silencio, se le veía tendido sobre el suelo y junto a la pulpa aplastada de peras y cáscaras de sandía Uno de los tenientes corrió a la casa a telefonear a la ambulancia, mientras que el resto se quedó en torno al hombre tendido, con la cara semejando un extraño fruto rojo y resquebrajado De inmediato uno de ellos corrió tras del teniente, gritando: —¡Olvídese de la ambulancia! ¡Mejor llámele al *sheriff*! ¡Joe está muerto!

—Aquí está la piedra con que lo mataron —dijo alguien Cuando llegó el comandante, muchos habían ya examinado y puesto las manos sobre la piedra que le desfiguró el rostro a Joe

—Hemos interrogado a todos, *sheriff* —dijo el teniente que había quedado a cargo del lugar— Nadie sabe quién lo golpeó con la piedra, y si hay alguno que sepa, no lo dice

—Déjenme ponerle las manos a ese hijo de perra y les aseguro que nunca verá el día de su propio juicio, ¡lo juro por ésta! —dijo el *sheriff*

—Este joven es el único que pudo haber visto todo el zafarrancho Asegura que no tomó parte en la refriega Según él, estaba a un lado ahí con el chamaco ese, nomás mirando

—¡Ven aquí!—dijo el *sheriff* con brusquedad— ¿Cómo te llamas?

—Víctor Morales

—¿Qué demonios hacías aquí si no eres parte de esta chusma?

—Vine a ver a mi papá Traigo un cargamento de melón sandía que llevo a la ciudad —contestó Víctor

—Es la puritita verdá, *sheriff* —dijo el teniente, como corroborando lo afirmado por Víctor— El nos regaló varios melones antes de que empezara la bronca Su camión está hasta allá —dijo, volteando y apuntando con el dedo

—Muy bien, según todos, traes tu cargamento de sandía —dijo el *sheriff*—; ahora dime qué viste, porque supongo que habrás visto al que le hizo esto a Joe

—No —contestó Víctor—; no vi cuando ocurrió; había docenas de tipos moliéndose a golpes o tirando las cajas de pera por todas partes; luego vi a mi padre herido y fui a socorrerlo Lo llevé a un lado del camino y en un dos por tres que se acaba la trifulca; hasta después supe que había un muerto

El *sheriff* iba y venía mientras escuchaba a Víctor; luego se le salió un "*Goddamn it*" muy del país, como si maldijese su propia situación —¡Caraja la situación en que estamos! ¡Joe está muerto y lo único que tenemos como pista es una piedra ensangrentada y como doscientos hijos de perra, todos bajo sospecha de haberlo matado! —Después examinó la piedra detenidamente como si fuera redonda y de cristal e, imaginando que las señas del criminal aparecerían legibles sobre la superficie, dijo, exasperado—: El que lo hizo debe tener rastros de sangre en la ropa ¡Inspeccionen a todos!

—Eso mismo se nos ocurrió y se ha hecho Nadie se ha ido de aquí, y a todos les dimos varias vueltas con el ojo y nada —dijo el diputado— ¡Ninguna mancha de sangre! Seguro que alguien habrá tirado la pedrada

—¿Y el chamaco? —preguntó el *sheriff*— ¿Se te ocurrió también interrogarlo?

—No, no se me ocurrió, sin duda a causa de todo este relajo

De repente Ricardo era el centro de toda la atención policíaca

—A ver, hijo —le dijo el *sheriff*—; ¿te diste cuenta quién le pegó a ese hombre? ¡Andale, habla! —Pero el niño estaba atemorizado y a consecuencia de ello no podía organizar su pensamiento en inglés, mucho menos la respuesta requerida Sentía la lengua paralizada, como si fuera el resultado de querer mentir en inglés y esconder, simultáneamente, la verdad en su lengua materna— Lo habrás visto —continuó el *sheriff*—; ¡de no ser así, no estuvieras tan asustado!

Por fin pudo hablar el niño Al escuchar su voz sintió como si una fuerza interior le soltara la lengua, o como si de repente le naciera otra —un muñón de lengua, pero con mucho porvenir— que le permitiría hablar ocultando la verdad, a la vez que le habría de conferir, con el tiempo, el don de expresarse con locuacidad

—No vi quién fue el que lo hizo; todo ocurrió como dice él —y apuntó hacia Víctor sin mirarlo—; todos estaban corriendo y pegándose y no pude ver nada en claro —Al hablar fijó su mirada en los ojos del *sheriff* para evitar la inclinación muy fuerte de mirar directamente a Víctor

—¿Entonces por qué temías hablar? ¿Por qué llorabas? A ver, dime

—Porque no hablo inglés bien —contestó Ricardo—; por poco y le contesto en español

El *sheriff* lo traspasó con la mirada por un largo minuto y después le habló con tono severo y resuelto:

—¡Déjate de mentiras! ¡Bien sabes quién fue! ¡De tanto miedo que tienes, hasta tiemblas!

Ricardo lo miró con el gesto de alguien que, ofendido, defiende ahora su dignidad Ya no lloraba, especialmente ahora que intuía estar al otro lado de la frontera más peligrosa en todo este asunto en que de alguna forma era un secreto cómplice No obstante, su voz aún le tembló al hablar:

—Si usté también estuviera pequeño como yo y mirara una pelea enorme y luego supiera que alguien había muerto, le apuesto a que también estaría asustado —aseguró Ricardo con toda la seriedad que pudo encontrar en ese momento Luego caminó a donde estaba su padre, y a partir de ese momento el *sheriff* ya no volvió a molestarlo.

—Por lo visto el único testigo de su muerte fue Joe —dijo el *sheriff*—, y a Joe no lo podemos interrogar porque está bien muerto —Levantó el *sheriff* los brazos al cielo, como queriendo decir que todo esto lo posponía al juicio final, ya que en la tierra el criminal jamás sería identificado En su frustración mandó como gesto final de su autoridad que despejaran el camino Estaba en situación incómoda puesto que sabía muy bien que estos hombres no eran obreros migratorios sino que vivían en el pueblo y pagaban impuestos Varios eran incluso ciudadanos con derecho al voto, y su comportamiento o trato pudiera afectar su reelección; sin embargo, ¡debía hacer algo!

El jovencito que manejaba el automóvil que chocó contra el camión fue acusado de ser un conductor imprudente y de manejar un automóvil sin licencia; al resto de los hombres se les ordenó que se fueran a sus hogares A fin de cuentas, sólo dos personas supieron la verdad de lo ocurrido esa mañana Al próximo día, los pizcadores regulares volvieron al huerto de Míster Jamison, quien les pagó quince centavos

Después de la agitación y violencia del día, la planeada marcha de hambre hasta Sacramento le pareció a Ricardo una gran decepción Hubo algo en cuanto a comida, mucho en relación al canto, y no poco de nuevo en cuanto a nuevos lugares por donde pasó el río humano que constituía la marcha; todo, sin embargo, le pareció a Ricardo como si fuera un día de campo en día festivo: de gran holgorio pero sin acontecimientos de gran importancia Luego una buena mañana amaneció con la nueva de que Franklin D Roosevelt había sido electo Presidente de los Estados Unidos, y con ello otra etapa en la vida de Ricardo quedaba a sus espaldas El Concilio de Desempleados era ahora algo sepultado en el pasado, y el enorme granero rojo era de nuevo arrinconado en la penumbra del olvido

t r e s

Ricardo estaba otra vez con ánimos de hacerle preguntas
a su madre y eso la molestaba Al presentir el inicio de una
interrogación por parte del hijo, Consuelo enmudecía. Un día
no pudo evadir sus preguntas y, resuelta a confrontar la situación, lo levantó y sentó en su regazo Juntó la cabecita del niño
contra su pecho, consciente que su corazón, batiéndose angus-
tiado bajo su vestido, palpitaba fuerte Mientras habló, lo abrazó
de tal manera que el niño no pudo voltear la cara para ver a su
madre

—Mira, hijito —le dijo— Casi nunca te contesto cuando
me haces preguntas y, otras veces, pues me pongo a hablar de
otras cosas; la razón es casi siempre la misma: me haces preguntas que ni tú ni yo deberíamos ni pensar, mucho menos tratar en
nuestras pláticas; en otras ocasiones me preguntas cosas que
francamente no sé, ni mucho menos entiendo, y pues me da
vergüenza no saber qué contestarte Tú sabes que tu papá y yo
somos gente de pueblo y que no tuvimos una educación formal,
y eso porque somos de la clase más humilde de México Yo

aprendí a leer y a escribir gracias a que me crié con una familia española; ellos me mandaron a la escuela, aunque fuera por poco tiempo Tu papá, por lo contrario, nunca puso pie en la escuela; pero desde niño se dijo que no sería peón al llegar a grande, y él mismo se enseñó a leer y a escribir Pero eso es todo lo que aprendimos: leer y escribir Nosotros no podemos instruirte en las cosas que quieres aprender Y me da mucha pena reconocer que a lo mejor te fallamos en esta gran responsabilidad que tenemos contigo, pues no sabemos cómo guiarte, qué libros seleccionar para ti, y ni siquiera podemos hablarte en tu propio idioma

—No, deja que termine de contarte todo lo que tengo desde hace días en el pecho Ya me he dado cuenta que tus libros son tu mundo Nosotros no podemos ayudarte y dentro de poco ni siquiera podremos darte ánimos para que llegues a ser lo que quieras, pues muy pronto te verás bajo la obligación de trabajar Nosotros no podríamos permitirnos el lujo de librarte de la obligación de trabajar aunque quisiéramos, y porque nos damos cuenta de esto se nos oprime el corazón, créemelo

—Pero mi papá quiere que yo vaya a la escuela —contestó Ricardo— El siempre me dice eso, y nunca me saca de la escuela para que trabaje, como lo hacen otros hombres con sus hijos

—Ya lo sé; él habla fuerte para hacerse el desentendido cuando le hablan tanto la razón como el corazón Pero muy dentro de su pecho sabe bien que pronto tendrás que trabajar y que eso es tan inevitable como que el sol nacerá mañana Tú eres el único hijo que tenemos, así que no me sorprendería que en cuanto llegues a la secundaria, allí termine tu educación

Tal posibilidad lo atemorizó; la voz de su madre era firme, por lo tanto hablaba con la verdad, y si le hablaba con franqueza era porque le quería evitar una desilusión en el futuro De repente lo iluminó una esperanza:

—Voy a acabar la secundaria, mamá, eso no lo dudo; con tal que sigamos viviendo en el pueblo También piense que mi papá no puede sacarme de la escuela mientras mi edad no se lo permita, y para cuando esté en la secundaria aun estaré muy joven Después, todo puede cambiar, incluso nuestra situación; a lo mejor para entonces yo podré continuar con mis planes De todos modos, mis hermanas podrían contribuir a la casa mientras yo estudio

—Tienes razón tocante a la secundaria, pero en cuanto a tus hermanas no creo que podamos atenernos a ellas, pues se están haciendo mujeres y te aseguro que no tardan en casarse Para entonces su única responsabilidad moral será estar con sus esposos y con su familia

—Pero todavía están muy chicas para pensar en esas cosas; todavía les falta un titipuchal de años para que se casen —contestó Ricardo, resuelto a defender su ilusión

—¿Que dizque muy chicas? Yo traía en el vientre a tu hermana Concha estando más joven que ella; no, hijo, en lo que te digo no hay una gota de mentira Tu papá dice que serás un licenciado o un doctor cuando volvamos a México, pero tú bien sabes que se hace tarugo, pues tú nunca serás ni uno ni el otro, y en cuanto a volver a México, más fácil será sacarle agua a una piedra que sacarnos de este lugar

—Pero eso era en México —respondió Ricardo— En México las mujeres se casan cuando todavía son unas niñas, pero en este país somos americanos y las constumbres son distintas Fíjese en mis maestras; tienen veinticinco o treinta años, ¡y todavía no se casan!

—Ah, pero eso es diferente; hablas de unas cotorronas a quienes ya se les pasó el tiempo de casarse Aunque en esta tierra en que naciste todas las maestras son cotorronas; les está prohibido casarse

—¿Pero por qué?

—No te sé decir A lo mejor es porque padres de familia no quieren que mujeres casadas estén en situaciones tan íntimas con sus hijos No sabría explicarte con seguridad

¡Qué tontería!, se dijo en silencio *Ser una madre significa estar casada, ¿y acaso hay algo más íntimo que un hijo con su mamá?* Pero esto no se lo dijo a su madre, y ahora su pensamiento se deplazaba al inglés y le pasó por la mente la idea de que su madre siempre obedecía todo reglamento y toda ley, y nunca preguntaba el porqué de las cosas Esto lo sabía desde hace mucho tiempo,

pero jamás lo había admitido con sinceridad, quizá porque le era difícil aceptar que su madre no era infalible Aunque había que admitir que su madre tenía algo de razón pues las señoritas Crane y Broughton, en compañía de dos o tres más, ya andaban rascando los setenta años de edad y todavía les decían "señoritas"

Cuando su pensamiento se vertió de nuevo al español, se acordó de lo que su madre había dicho sobre las profesiones, y se dio cuenta que ella desearía, más que otra cosa en el mundo —con la probable excepción de que fuera un sacerdote—, que él algún día tuviera un título, para felicidad suya y orgullo de la familia; pero, claro, eso de ser sacerdote era imposible ya que era el hijo único y su padre seguramente se daría un balazo si su único hijo se hiciera cura, con sotana y todo Ahora escuchaba, a través del recuerdo, a su padre en momentos en que Consuelo, en forma tímida y precavida, le sugería a Juan Rubio tal posibilidad, y se acordaba de la reacción del padre: "Mete a todas tus hijas en un convento, si en eso encuentras tu felicidad; en cuanto al niño, déjamelo en paz, pues vive segura que él vino al mundo para ocuparse de otras cosas" Y Ricardo rió al pensar en su padre, pues por lo menos le salvaba de tal suerte Pero de pronto sintió una gran responsabilidad como si fuera una presión en todo su cuerpo, y se entristeció al pensar que su vida no era libre sino que le imponían un curso, y también pensó en la fuerza con que sus padres creían en el destino, y luego sintió que le nacía muy dentro una furia en contra de la tradición, pues violaba los derechos de libertad del cuerpo y del alma —porque tenía un alma, de eso estaba seguro— al imponerles un molde, robándoles su libre albedrío A este punto Ricardo habló con su madre pero sin disgusto en su voz, y habló de cosas llevado más por su intuición que por el entendimiento; era, por lo tanto, un niño con un profundo deseo de tener alguna voz en el rumbo que tomaría su destino; asimismo, se expresó con palabras plenas de una voluntad personal que chocaba contra el muro construido por la posibilidad y el enorme temor que sentía, pensando que todo lo que ansiaba en su vida jamás sería posible

—En ese caso me da lo mismo que no pueda continuar mis

estudios, pues no pienso ser doctor o licenciado o nada parecido Si yo fuera a la escuela sólo para aprender a trabajar en
algo, entonces no iría Mejor trabajaría en el campo o en una
fábrica de conservas, o en cualquier trabajo similar De todas
maneras, de tener otro tipo de educación mi padre se sentiría
defraudado, así que no importa Cuando llegue el tiempo de
hacer algo, sabré cuál es mi deber

Sorprendida al escuchar a su hijo, se dio cuenta entonces que
a pesar de ser la única persona que mejor entendía a su hijo,
jamás lograría saber quién era él en verdad

—Pero todo este leer, m'hijito, y todo este estudiar, tendrá
un propósito, ¿que no? Si pudieras ir a la universidad, sería para
aprender a hacer más dinero que el que ganarías trabajando en el
campo o en una fábrica Para que más o menos nos sacaras de
esta vida, y la gente viera qué buen hijo nos dio el Señor, y para
que luego todo mundo nos respetara Y luego cuando te casaras
y tuvieras tu propia familia, tuvieras tu buena casa y durmieras
seguro que podrías entonces pagar por la educación de tus hijos.

Se sintió desilusionado al oír tales palabras, e intentó reprimir un dejo de amargura en su voz, pero sus intentos fracasaron:

—¿Y se espera de mí que yo eduque a mis hijos para que
ellos puedan luego cambiar mi modo de vivir junto con el de
ellos, y seguirle así hasta la eternidad? ¡Oh, mamá! Trate de
entenderme Yo quiero aprender, eso es todo Yo no quiero ser
alguien; ya soy *alguien* No me interesa hacer mucho dinero, ni lo
que piense la gente y tampoco la familia, según sus ideas Quiero
aprender todo lo posible, pero con el fin de aprender a *vivir*
aprender para *mí,* para *mí mismo* ¡Oh, esto es algo que no le puedo
explicar y que de todos modos quizás nunca entendería aunque
intentara explicárselo!

Lo que hasta ese momento había sido un eslabón que los
unía, desapareció en un instante Con la magia entre ellos ahora
destruida, la madre le habló con un tono autoritario, con una voz
cuyo timbre llegaba en vibraciones de un enojo impersonal:

—Ese modo de pensar tocante a la familia y sobre las costumbres es un gran equívoco y totalmente anormal. Haz de
cuenta que estás hablando en contra de la Iglesia

Ya estaban de pie y ahora ella fue a la mesa donde tenía la masa de tortillas; empezó a amasar en silencio Ricardo se acercó a ella, tratando que su madre lo viera por dentro, que se diera cuenta quién era él en verdad, que palpara su alma y supiera al fin cuáles eran sus sueños

—Mamá, ¿sabe usté qué me pasa y qué siento cuando leo? ¿Todas esas horas de estar sentado, leyendo y acabándome la vista, como usté dice? Le digo que si se me acaba la vista de tanto leer, no me importaría pues, leyendo, viajo y en mi imaginación la vista no me hace falta Viajo, mamá Viajo por todo el mundo, y a veces hasta completamente fuera de este universo, y en otras retrocedo en el tiempo y también avanzo hacia el futuro Ni siquiera pienso que estoy aquí, y ni me importa Siempre pienso en usté y en mi papá, excepto cuando leo Entonces nada me es importante, y hasta me olvido de que me he de morir algún día Sé que me falta mucho por aprender y que hay tanto que aun no he visto, y lo malo es que no creo tener tiempo suficiente para hacer todo lo que quiero, y es cuando me doy cuenta que los mexicanos tienen razón cuando dicen que la vida, aunque divina en origen, es sólo un soplo En fin, mamá, no estoy muy seguro que habrá tiempo para tener una familia, ya que lo importante es que me dedique a aprender ¿Por qué le es tan difícil comprenderme?

—Ya te dije que comprendo muy poco Pero se ve a las claras que eres un blasfemo y que insistes en aprender mucho sólo para amontonar más blasfemias sobre tu conciencia, si es que eso es posible Pero sigue viviendo en tus sueños y verás cómo despiertas cayéndote de la cama; si no le haces caso a tu madre, pronto verás qué dura es la realidad

—Pero eso es precisamente lo que le he estado diciendo, mamá No es necesario que todo sea realidad Y después de todo, ¿quién dice que todo debe ser realidad?

Consuelo se sentía confundida por haberse metido en una discusión sin tomar en cuenta su ignorancia; sin embargo, tenía una innata inteligencia que le facilitó la respuesta que buscaba:

—No sé en verdad quién lo dijo, pero yo diría que Dios Sí, Dios lo habrá dicho porque El lo dice todo Cuando pienses en

Dios en la forma debida, encontrarás la respuesta a cualquier pregunta que tengas

—Ya es muy tarde para esas cosas, porque no puedo creer en todo lo que El dice o dijo —Le pesaba mucho saber que, al hablarle de esta forma, hería a su madre, pero ya no podía continuar disimulando como antes Quiso mitigar su dolor, pero algo le dijo que sus intenciones sólo agravarían el pesar que se veía en los ojos de su madre

—Por eso mismo, mamá, es que siento la necesidad de aprender y saber más Creo en Dios, mamá, y creo en el Padre, en el Hijo, y en el Espíritu Santo, pero no creo en todo lo que me dicen de El El año pasado quise comunicarme con El y hablarle sobre mis preguntas Fui varias veces a huertos o a prados, pensando que ahí me escucharía; y estando en esos lugares me concentraba y volvía a concentrarme en Dios, pero nunca lo vi y tampoco escuché su voz o la de uno de sus muchos ángeles Y tuve miedo, porque de ser su voluntad, la tierra se abriría y me tragaría porque me atreví a exigirle a Dios explicaciones Pero era tanto mi deseo de saber que encontré valor para hacerlo Después de hacer esto varias veces, ya no lo hice más en los huertos y prados, pues decidí buscar a Dios en la iglesia, ya que en ella yo estaría más seguro: no destruiría un templo lleno de gente nomás para castigarme Pero jamás lo vi o escuché Luego un día se me ocurrió que en verdá, si quisiera, Dios *podría* destruir el templo, porque si puede hacer el mayor bien en el mundo, también puede hacer el mayor mal en el mundo ¿Y quién soy yo —me dije— para hacer que le salga lo cruel a Dios? Porque El *es* cruel, ¿sabe, mamá?, pero creo en El de todos modos. Si aprendo lo suficiente, a lo mejor sabré algún día cómo hablar con El Hay personas que saben Usté misma me ha hablado de milagros

Su madre lo miraba como si no fuera su hijo Ella sentía temor, y él pensó que lo echaría para fuera, pero era su madre y lo amaba, por lo tanto ella venció su miedo y, abrazando de nuevo a su hijo, le dijo entre lágrimas—: ¡Te he perdido, hijo mío! Tú eres la luz de mi vida y ahora me dejas en las tinieblas, pues ya te perdí —Por más que se aguantaba, las lágrimas de su madre siempre lo hacían llorar, y ahora se les veía a ambos mecerse, abrazados y llorando

—Por un momento pensé que había dado a luz al mismo Demonio en el cuerpo de un angelito, y tuve la seguridad de que, de ser así, no podría dar a luz a lo que traigo ahora mismo en el vientre Nacerá muerto, me dije, pero eso lo pensé sólo por un momento, hijo mío ¡Perdóname, hijito, perdóname!

Su propio miedo le hizo medio creer que él era en verdad la encarnación del Demonio Poco después, cuando su hermanita nació muerta —parto en que su madre estuvo a punto de morir—, Ricardo sintió una honda pesadumbre al pensar que lo ocurrido fuera por su culpa

Conque ahora puedo sumarle a mi maldad un homicidio y por poco un acto matricida, pensó dentro de su corazón, pero su mente sabía que la tragedia de ninguna forma había ocurrido por culpa suya La partera que trabajaba la vecindad era una mujer senil, y tenía tanta culpa como su propia madre, quien obstinadamente rehusó ir al hospital porque ahí indudablemente el doctor sería un hombre y, por serlo, vería sus partes vergonzosas

I I

Era uno de esos días largos en Santa Clara El color del cielo era un azul oscuro, hermoso como un zafiro, limpio de nubes El sol caía veloz según se despeñaba por las laderas de las montañas que se erguían por occidente No hacía nada de viento; los árboles se sostenían en una verticalidad perfecta, como si, al contener su aliento, encubrieran del mundo su vitalidad interior La gente salía de su casa a sentarse en el porche, disfrutando del frescor del atardecer según lo habían hecho en sus respectivos países, hace años y muchas leguas a la distancia Jóvenes de ambos sexos estaban reunidos en una esquina, bajo la luz de un farol y no lejos del ojo paterno, riendo y bromeando con el espíritu libre y espontáneo de una juventud feliz Los niños jugaban en las crecientes penumbras a media cuadra de distancia Sus padres no se oponían a que los niños anduvieran lejos de la luz debido a que estaban muy chicos para meterse en problemas, y tales problemas tenían un solo sentido para esta gente

Un niño y una niña caminaban paso a paso, cogidos de la mano, hacia donde jugaban otros niños Eran tímidos y tenían algo de miedo, por eso no habían querido salir, pero sus padres les habían ordenado que fueran a jugar Empezaba un nuevo juego y el grupo de niños estaba reunido en torno a un árbol

—¡Vean, aquí están los niños que se acaban de cambiar! —gritó una voz infantil

Miraban a los recién llegados con la curiosidad que es característica del niño Alguien se desprendió del grupo y avanzó hacia la pareja Debido a las crecientes sombras del crepúsculo, difícilmente se podía entrever que la figura era la de una niña Traía puesto un overol de lienzo azul y andaba descalza Era pecosa y chatita, y su cabello, rubio y sucio, lo tenía atado con un listón negro sobre la nuca del cuello Este listoncito era lo único que pudiera considerarse femenino en la niña

—¿Qué es lo que buscan? —preguntó con tono agresivo

—Venimos a jugar —contestó el niño con una voz tímida

—*Venimos a jugar* —lo imitó la niña—; ¿qué diablos quieres decir con que vienes a jugar? ¿Y qué te hace pensar que nosotros queremos jugar con ustedes?

A pesar de su timidez, el niño estaba resuelto a confrontar la situación, y contestó:

—También queremos jugar

—¿Cómo te llamas? —Como el niño tardaba en contestar, añadió—: tienes nombre, ¿que no?

—Me llamo Ronnie, y tengo diez años Y ella es Mary, y sólo tiene ocho

—Eso no te lo pregunté, pero yo tengo diez y pronto voy a cumplir once

Uno de los niños dijo:

—Oye, Zelda, mi mamá dice que son protestantes

—¡No me digas! —exclamó con pugnacidad la niña Todos formaron un corro alrededor de la parejita, inspeccionándolos con actitud crítica Unos les decían "¡condenados protestantes!", mientras que otros repetían "¡Jesus Christ!" como si estuvieran ante dos leprosos Por fin Zelda le dijo al niño—: Tú te puedes quedar a jugar, pero ella no porque es una niña ¡Prepárate, pues te vamos a iniciar!

—¿Qué quieres decir con eso? —preguntó Ronnie, mirándola con cautela

—¡Que te vamos a bajar los pantalones, zonzo! —Al escuchar semejante iniciación que le tenían preparada, Ronnie se echó a correr desesperado, mientras Zelda gritaba—: ¡Agárrenlo, muchachos! —En cuestión de segundos lo tenían prensado al suelo Su hermana empezó a llorar

—Déjenlo en paz —dijo Ricardo

—Tú cállate el hocico, negro cambujo, o te patearé tanto que no te podrás sentar por días —le vociferó Zelda casi en la cara Dicho esto, le quitaron al niño los pantalones mientras él trataba de defenderse como gato boca arriba y, ya quitados, los tiraron por encima de un muro En la calle de enfrente unas niñas jugaban a la cuerda, riendo y brincando

—Manuel; quítale el mecate a esas muchachas y lo colgamos —ordenó Zelda

—No friegues, Zelda, ya estuvo suave; déjalo en paz —dijo Ricardo

—¡Híjodela! ¡Vas a ver, a ti te haremos lo mismo! —gritó Zelda, a la vez que se tiraba sobre Ricardo, quien dio el brinco y corrió asustado, con la iracunda niña persiguiéndolo de cerca hasta que Ricardo llegó y se metió en su casa— ¡No te escondas! ¡Salte de ahí! —le gritaba Zelda La madre de Ricardo empezó a regañarla en español, y la niña ahora se dirigió a ella—: ¡Cállate, mexicana hija de perra, negra como tu hijo! ¡Cállate! —Lágrimas de frustración y cólera le chorreaban por la cara, sucia y vivaz

Juan Rubio se quitó el fajo y con él azotó a su hijo en las piernas y en el trasero— ¡Salga pa' fuera! —le dijo colérico— ¡Ya verás lo que te pasará cada vez que te haga correr una chamaca!

Ricardo salió y en un dos por tres Zelda le partió el labio de un puñetazo y le sacó la sangre de la nariz Hecho esto, Zelda corrió hasta llegar al árbol Ricardo otra vez se metió en su casa y lloró en brazos de su madre, agradecido que su padre no lo volvió a castigar por haber perdido la pelea

El padre de Ronnie, al escuchar los gritos de su hija, llegó a donde estaba el juvenil tumulto Los niños se acobardaron al ver el enojo de este hombre Uno de los niños fue por los pantalones de Ronnie y se los tiró al padre, pensando que con eso lo contentaría

—¿Por qué tanto enojo, a ver? —preguntó Zelda—; ¡nosotros nomás estábamos jugando! —Pero ella también se mantuvo distante del padre de Ronnie

El padre cargó con el hijo a casa Su mamá le hizo una taza de té caliente y lo consoló mientras Ronnie lloraba El padre decía una y otra vez—: Debiste haberla escuchado, May Blasfemaba como si fuera un hombre ¡Qué palabrotas! ¡Dios mío! Creo que ella sí lo hubiera colgado

—De los pies, papá —aclaró su hija Mary—; ella dijo que lo colgarían de los pies

—¡Canallas! ¡Salvajes! —gritó la madre, enfurecida— Ya sabía yo que nunca debimos habernos mudado cerca de esta chusma extranjera ¡No me sorprendería que en este pueblo ni siquiera haya iglesia para nosotros!

En cuanto escuchó la palabra "iglesia", el niño pareció haber encontrado el futuro curso de su vida: —Cuando crezca voy a ser ministro de iglesia

—¿Oíste eso, Will? Creo que mi hijo ha hallado su misión en la vida

—¡Encontrar su misión! —contestó el esposo—; el chamaco está medio muerto de puro miedo, eso es todo Cree que puede defenderse de ellos siendo ministro de iglesia —Pero aunque contradijo a su esposa, en ese momento supo que el porvenir de su hijo había sido lanzado, como dados del destino, en una dirección que siempre, a partir de ese día, le recordaría la orgullosa madre del futuro ministro

—Debimos habernos quedado en Oregon con gente como nosotros —dijo la esposa

—¡Por Dios! Creo que es mejor que me vaya a dormir —respondió Will, enfadado

Pasaron meses antes de que a Ronnie y Mary se les permitiera salir a jugar con los niños de la vecindad Iban y venían de la escuela agarrados de la mano y, al llegar a casa, se quedaban encerrados o jugaban en el traspatio de la casa Un día, concluidas las clases y dirigiéndose los niños a casa, Zelda los tomó de sorpresa y le dio una tunda a Ronnie "Eso para que veas que te puedo ganar", le dijo Zelda A Ronnie y Mary les sorprendió ver a Zelda de vestido, pues siempre andaba correteando con su mugroso overol detrás de algún varoncito del barrio Zelda asistía a una escuela católica y sus horas de escuela eran diferentes, por lo tanto tenía tiempo y oportunidades para acechar y brincar sobre sus jóvenes víctimas

Los meses pasaron y un día Mary se quedó después de escuela y fue a la biblioteca escolar en busca de un libro Una joven maestra estaba sentada tras un escritorio en la pequeña sala que servía de biblioteca La maestra levantó la mirada y vio a Mary indecisa si entrar o no

—Pasa —le dijo, con esa voz amable que todas las maestras de su edad emplean al dirigirse a niños—¡ eres Mary Madison, ¿verdad? Me da mucho gusto saber que hay alguien más a quien le atrae la lectura Aquél que ves entre los libros ha sido hasta ahora mi único cliente —dijo apuntando hacia Ricardo, quien ojeaba los lomos de los volúmenes que se extendían a lo largo de un estante Creyendo que podía tranquilizar a Mary si incluía al niño en la conversación, le dirigió la palabra a Ricardo—: ¿En qué sección de libros estás, Ricardo? —Su voz tenía algo de hipocresía, e incluso Mary lo notó

—*Miss Moore*, no sé por qué me pregunta algo que usted ya sabe

—¿Por favor le ayudas a esta joven señorita a escoger un libro? —y al hacer la pregunta volteó a ver a la niña y le sonrió— Ve con él; te ayudará a encontrar lo que quieres

—Condenado chamaco, pensó; siempre la desconcertaba Ese niño quería que uno siempre lo tratara como si fuera un

adulto Pero, en fin, por ahora tenía que corregir unos traba-
jos si es que quería estar libre esta noche No hace mucho
que había graduado de una escuela normal y sus ideales peda-
gógicos ya habían desaparecido de su magisterio y de su
futuro como maestra; se sentía lo bastante atractiva como
para divertirse cuando ella quisiera Y pensó, con una sonrisa
de satisfacción, ¡si estos niños supieran!

—Hola, Ricardo

—Mary, ¿cómo estás?

—No me tienes que ayudar si en verdad no quieres hacerlo
Oye, la señorita Moore es muy buena; ¿por qué eres tan desagradable con ella?

—Nomás al escucharla me da dolor de estómago Detesto a
maestras tontas

Mary quedó atónita

—¡No deberías decir esas cosas! Bien sabes que las maestras
son las personas más inteligentes

—Bien, no estoy de humor para discutir con nadie —y al
decir eso, Ricardo volvió a los libros

—¿Es verdad lo que dijo, que tú lees todos estos libros?

—Tú misma me has asegurado que las maestras no mienten

—Es cierto, no mienten —dijo Mary Se sorprendió Ricardo
al darse cuenta que Mary no hubiera puesto atención en el tono
sarcástico con que él se había expresado Mary continuó—: ¿Por
qué te gusta ser desagradable?

Ricardo le contestó con la voz de una persona mayor—: No
quiero ser desagradable Hace tiempo pensaba como tú, y creo
que en mi caso mi ingenuidad era más penosa que la tuya
¿Sabes? Hasta creía que las maestras no hacían del número uno y
mucho menos del número dos, como Dios y los santos

—¡Ricardo! —gritó asombrada, con el rostro encendido con
el carmín de su pudor infantil

—De veras —continuó Ricardo, muy serio— Cada vez que
iba al sótano, trataba de imaginarme a la señorita Moore o
incluso a la señorita McElhenny, la cual es más simpática y
mucho más inteligente que cualquier otra maestra que trabaja en
esta escuela; y trataba y volvía a tratar de imaginármelas hacién-

dolo, pero no podía Sabía que no podrían sentarse nomás así y luego limpiarse igual que todo mundo Y después me topé con una maestra que estaba fumando, y la vi querer esconder el cigarro, y me sentí mal porque me di cuenta que las maestras eran tal y como son todas las personas

Mary tenía los oídos cubiertos con las manitas: —¡Calla! ¿me oyes? ¡No digas más! Estás hablando malas palabras y no te voy a escuchar nada de lo que dices

—Bueno, como tú quieras; no estoy diciendo malas palabras, pero si así te parece, ya no tocaré el tema; pero ¿quieres que te diga otra de mis razones por la que cambié mi modo de pensar sobre las maestras?

Mary estaba a punto de llorar y, entre pucheros, le contestó: —Si puedes hablar como gente decente, te escucharé; de no ser así, jamás te volveré a dirigir la palabra

—Andale, pues Mira, las maestras nos enseñan toda clase de cosas, y a veces no son del todo sinceras; por ejemplo, en ocasiones leo cosas que contradicen lo que afirman las maestras —o sea, que no siempre nos dicen la verdad Han de creer que somos tan tontos que no nos damos cuenta que siempre hay dos caras en cada moneda En el caso de Benedict Arnold, por ejemplo, sabemos que era inglés, pero ¿acaso fue un traidor? No necesariamente, pues para los ingleses fue nada menos que un héroe Todos ellos —las maestras, las monjas, y el padre— todos nos cuentan mentiras en ocasiones No me preguntes por qué, pero lo hacen, y eso me hace sentir mal El padre nos asegura que los protestantes se irán toditos al infierno, y que hasta sería un pecado que nosotros entráramos en una iglesia protestante Y te apuesto a que tu predicador te dice que nosotros andamos errados Ahora bien, no me vengas con que todo mundo está en la verdad; en fin, no me gusta que siempre me estén diciendo que saben todo

—No sé de qué estás hablando; pero seamos amigos, Ricardo. Ahora dime, ¿has leído en verdad todos esos libros?

Contestó que sí pero estaba decepcionado al ver que Mary no había intentado comprenderlo ("no sé de qué estás hablando", ¡vaya!)

—¡Mira nomás! Para leer tanto libro te habrá tomado toda una eternidad.

—No es para tanto —contestó Ricardo, abochornado al sentirse complacido con su reacción—; un libro por noche Excepto los viernes La señorita Moore me permite llevar a casa cuatro o cinco libros durante el fin de semana

Mary abrió los ojos, impresionadísima, quedando maravillada con su nuevo amiguito Ricardo se sintió halagado, y pensó que quizás podría recompensar de alguna manera tanta admiración que de repente se le brindaba.

—Si quieres, le pediré que te permita llevar a casa más de un libro Hoy es viernes

—Está bien

Alcanzó un libro y se lo entregó—: Te gustará leer *Campfires*, es un libro para muchachas

—¿Lees libros para muchachas?

—Antes lo hacía, cuando era pequeño. No son tan emocionantes como otros libros, por ejemplo *Swifts* o *Rovers*, pero llegué a leerme todos —Mary no le preguntó por qué no eran tan emocionantes, y él le agradeció el gesto Le sonrió a Mary como si se le hubiera ocurrido algo, y le preguntó—: ¿Te gustaría echarle una ojeada a mis libros? Hablo de los que tengo en casa

—No veo por qué no

—En ese caso encamínate a tu casa. Yo no puedo acompañarte porque los cuates me pueden ver, tú sabes. Pídele a tu jefa digo, pregúntale a tu mamá que si puedes ir a mi casa

—No creo que me deje ir —contestó con una repentina decepción al imaginarse la cara que su madre pondría si la escuchara pedirle tal cosa— De acuerdo a mi mamá, todos ustedes son unos paganos

—¿Y qué demonios es un pagano?

—No sé, pero no suena como algo que uno quisiera ser, ¿no crees? Mi mamá dice que todos los católicos son paganos

—¡Pero qué tontería! ¡Tu jefa ha de estar loca de remate!

—No hables mal de mi madre, Ricardo. Y no tienes por qué volver a decir malas palabras Tú no eres como los demás.

—Cómo que no; me lo acabas de echar en cara.

—Mira —le dijo Mary con tono resuelto—¡ si vas a ser malcriado conmigo, entonces

—Ta bien, ta bien —respondió Ricardo sonriendo— Oye, a lo mejor tú también traes la tuerca un poco suelta Anda, pídeselo a tu mamá, ¿quieres? Yo te estaré esperando en casa, por si acaso ¿Te parece bien?

—Muy bien, Ricardo Se lo pediré

Ricardo estaba leyendo en la recámara cuando escuchó la voz de su madre, diciéndole: —M'hijo, hay una americanita afuera Parece que quiere hablar contigo

Corrió en dirección de la puerta y pronto apareció con la niña, tomándola de la mano

—Es la protestantita, mamá Se llama María y vino a que le enseñara mis libros

—Está bien flaca —dijo Consuelo en voz alta Luego pensó: *de seguro que no sirve para parir hijos*

Mary enmudeció admirada al escuchar a Ricardo y a su madre que se hablaban en español

—Mi mamá dice que eres bienvenida y que ésta es tu casa

—¿Que es mi casa? —preguntó Mary confundida Esto representaba completamente un nuevo mundo para ella Sintió un fuerte impulso de disculparse y salir volando de esa casa

—Eso quiere decir que te sientas en casa —aclaró Ricardo, de repente entristecido que su amiguita no entendiera su idioma

—Ah, entiendo —dijo en voz baja, cambiando de parecer

—Ven conmigo y te enseñaré mis libros

Sacó una cajita de madera que tenía debajo de la cama, seleccionó un libro y se lo extendió, diciéndole: —Ese es mi favorito Lo he leído seis veces Se trata de un niño y de un changuito Te lo puedes llevar a casa si quieres

—Ella habla chistoso

—Todos hablamos de esa manera; así es el español

—¿Es un idioma difícil de aprender?

—No me acuerdo Pero te diré que aprender a hablar de *esta* manera me fue difícil ¿Quieres que te diga algo?

—¿Qué?

—Hace mucho tiempo, yo nomás sabía hablar en español Pero después fui a la escuela y ahí me enseñaron a hablar como lo hago ahora. Desde hace tiempo he querido enseñarles a mi mamá y a mi papá a hablar en inglés, pero por lo visto no quieren aprender

Luego se dedicaron a esculcar toda la caja de libros, sacándolos, soltando la risa al ver las ilustraciones de unos, y hablando de innumerables cosas tal y como lo hacen los niños. En menos de media hora ya eran buenos amigos. Y siempre, aunque el tema que tratasen fuera de poca importancia, hablaban y se comportaban casi como adultos Cuando terminó de hablarle de libros, Ricardo le mostró su colección de daguerrotipos antiguos, y se pusieron a meditar sobre estas imágenes de personas que jamás conocerían

—A veces me pongo triste cuando veo estos retratos —dijo el niño—porque son tan viejos que la gente que aparece en ellos seguro que está bien muerta. O me quedo como paralizado por horas, quieto y muy tieso, pensando quiénes y cómo eran, y de repente me pongo muy corajudo con la gente que tiró estos retratos a la basura

—¿Dónde los encontraste?

—En el hoyo Ahí es donde me hice de casi todos mis libros.

—¿Qué es el hoyo?

—El basurero de la ciudad. La gente tira toda clase de artículos en la basura Si quieres acompañarme la próxima vez que vaya, te llevo —Ahora Ricardo ya no sentía temor de ser visto a su lado—Si me prometes no decirle a nadie, compartiré un secreto contigo

—Prometido

—Ahí fue donde una vez me encontré una Biblia La tengo bien escondida para que mi mamá no sepa

—Yo creería que a tu mamá le daría mucho gusto saber que la tienes —dijo Mary sorprendida—; mi mamá nos lee de la Biblia todas las noches

—A los protestantes les es permitido leerla, pero para nosotros los paganos, eso es un pecado mortal Por eso antes de confesarme con el padre, voy a terminar de leerla Pero cuando se lo diga al padre, ¡imagínate cómo me va a ir!

Todo esto le pareció muy complicado a Mary, por lo tanto se mantuvo callada

—Salgamos afuera; tenemos una casa medio extraña, pero en cuanto a patios, tenemos el mejor Toda clase de árboles y un enorme granero detrás de la casa —Se sentaron bajo la sombra de un frondoso árbol cargado de frutos encapuchados: era una higuera y de sus ramas destilaba un ámbar dulce

—¿Sabes qué? Cuando sea grande voy a escribir libros —Esto dijo Ricardo, e inmediatamente se abochornó; agachó la mirada y dijo—: Eso nunca se lo he dicho a nadie —Mary le tocó el brazo y sonrió

—¿Quieres leer un poema que escribí? —le preguntó Mary en voz baja

—Claro

Ella sacó un papelito que traía en el bolsillo del vestido y se lo entregó Le dijo—: Lo traje por si acaso —y agachó la cara mientras Ricardo leía el poema en voz alta:

Los árboles son amenos pero las flores prefiero,
Especialmente después de que llueve del cielo
Sus pétalos son brillantes y de rocío cargados,
Todo tipo de colores y también están perfumados

Ricardo la miró con admiración, sorprendido

—¡Es hermoso! ¡Y pensar que sólo eres una niña! Yo no puedo escribir cosas tan lindas como tu poema Yo sólo escribo sobre temas que tienen que ver con burros y muchachos

—¡Burros?

—Es que todo el mundo escribe sobre caballos o perros, ¿no te has fijado? Yo quiero escribir sobre burros, y quiero decir buenas cosas de ellos, para variar Pero yo le salvo la vida a todo mundo al final —dijo en forma de explicación, pues no quiso dar la impresión de ser muy original—; algún día te mostraré algo de mi cosecha

—Muy bien Qué bueno que te gustó mi poema Te dejaré leer más poemas míos la próxima vez. —Y dobló muy delicadamente el papelito y lo volvió a meter en su bolsillo. Caminaron al jardín y Ricardo le cortó un tomate que colgaba redondo y colorado de una planta Luego se metieron al granero y aspiraron un agradable olor a enclaustrado, mientras, tomados de la mano, examinaban el interior

—No sé por qué —dijo Ricardo— pero me gusta mucho oler los cagajones de caballo

—¡Ricardo! —exclamó Mary escandalizada

Sorprendido por la reacción inesperada, le preguntó: —¿Pues cómo los llamas tú?

—Estiércol —contestó con actitud amonestadora— No tienes por qué ser vulgar a cada rato

—Ah, eso es una cosa muy diferente —le respondió Ricardo con un chasquido de boca—; y yo no soy vulgar El estiércol se usa para que crezcan las plantas. Eso lo sé muy bien, pues mi papá trabaja en los ranchos Al hablar de ranchos, uno dice estiércol, pero cuando hablamos de lo que hacen los caballos, entonces decimos lo otro

—Mi mamá dice que nunca debemos usar esa palabra

—Pero tienes que usarla, Mary, de otro modo, ¿qué otra palabra vas a usar cuando quieras hablar de eso? Tienen una palabra para referirse a casos como éste, cuándo es apropiado usar una palabra de un modo y cuándo no lo es, pero todavía no lo entiendo muy bien Creo que es algo que tiene que ver con lo relativo

—Pues no me importa qué sea —respondió Mary, dispuesta a salir del granero—; yo no voy a hablar de esas cosas

Retornaron a la casa La madre de Ricardo les sirvió un chocolate mexicano —espeso, espumoso— y unas quesadillas Los dos niños estaban en la mesa y Mary, sorprendida una vez más, dejaba que su paladar descubriera nuevos sabores Mientras comían, Mary levantó la mirada y, empezándose a endulzar con el chocolate que bebía, le preguntó a Ricardo—: ¿Irás algún día a visitarme a casa?

—No

—¿Por qué no? ¿Yo te visité, que no?

—Tu hermano es bien sangrón; me cae mal por ser un esnob

—¿Qué es un esnob?

—No estoy muy seguro, pero había un personaje en un libro que leí hace mucho tiempo, y a nadie le simpatizaba porque era un esnob

Mary se puso pensativa y poco después se le alegró el rostro, como si se le hubiera ocurrido algo

—Creo que mi hermano da la impresión de ser extraño porque se le metió la idea de ser ministro

—¡Un ministro! —dijo Ricardo entre carcajadas, y la idea era tan absurda que habló ahora en español—: ¡Ese no lo será! —En seguida vio que Mary le clavaba la mirada, y añadió—: ¡Cualquiera, menos ése, te apuesto lo que quieras!

—¡Sí lo será! ¡sí lo será! —repetía Mary casi a gritos

—Fíjate que no ¿Sabes por qué? Porque los predicadores son como nuestros padres y todo mundo los quiere, y nadie va a querer a tu hermano porque él es un esnob

—¡El no es un esnob! —gritó Mary sollozando—; ¡y tú te estás portando como un malcriado!

Ricardo se dio cuenta que en verdad había sido algo cruel, pero más eficaces fueron las lágrimas de la niña, pues al instante se sintió desarmado

—¡Muy bien, tú ganas! —dijo, como para aplacar las lágrimas de Mary o para reestablecer la harmonía que habían perdido los dos— Admito que estoy equivocado; tu hermano Ronnie es a todo dar, ¡pero no llores más!

—Pues no me digas esas palabrotas —contestó pugnaz la niña

—Muy bien, Mary; lo siento —dijo Ricardo en tono de derrota mientras le daba su pañuelo— Ella se restregó los ojos con el pañuelo y, sentadita, continuó en silencio Después Ricardo le preguntó si aún estaba enojada con él

—No, ya no —contestó y luego añadió muy seria, mirando a Ricardo fijamente en los ojos—: pero te vas a tener que acordar que Ronnie es mi hermano, y que tú y yo vamos a ser los mejores amigos Acepto que no tengas que forzarte a que te caiga bien, pero no quiero que digas malas cosas de él

—Te lo prometo —respondió Ricardo

—No, no me prometas nada —habló Mary con la sabiduría de una persona de mucho más edad—; hazlo nomás porque aprecias mi amistad.

—Iré a tu casa cuando gustes —dijo Ricardo, ansioso de hacer las paces

—Ahora me tengo que ir a casa; no quiero que mi mamá se preocupe

Ricardo la encaminó a su casa Cuando se despidió de ella, y antes de que la niña abriera la puerta, le dijo: —Desde ahora en adelante te llamaré Mayrie Así se pronuncia tu nombre en la Biblia Eso lo sé desde hace tiempo

—Está bien, Ricardo.

—¿Cómo te fue durante tu visita? ¿Te divertiste, hija? —le preguntó su mamá en cuanto Mary entró a casa. Luego por tercera vez ese día le dijo a su esposo—: Will, nuestra hija visitó la familia mexicana

—Sí, mamá; sólo que poco antes de despedirme, Ricardo dijo algo que me hizo enojar mucho

—¿Qué te dijo? —preguntó el padre

—Me dijo que Ronnie era un esnob

—¡Qué odiosa expresión para referirse a mi hijo! —exclamó la madre

El padre soltó la risa, diciendo: —Vamos, May, no es para tanto; el muchachito no está del todo equivocado Tú *eres* la que está haciendo a nuestro hijo un esnob

—¿Nomás porque le digo que es superior a la chusma que vive en esta vecindad? —preguntó airada la esposa Desde hacía años, May había tratado de pulir a su esposo y de cambiar su punto de vista populachero, pero empezaba a desesperarse ya que pasaba el tiempo y ella no lograba cambiarlo Ah, pero su hijo sería todo un caballerito, se dijo, y ahora que el niño tiene sentido de vocación, sus esfuerzos maternales se duplicarían con el fin de darle un hogar digno de él y congruente con el honor que luego el hijo les traería por recompensa Luego May se fijó en el libro que su hija tenía en la mano y le preguntó—: ¿Dónde encontraste esa porquería?

—Es de Ricardo; él me lo prestó

—Está sucio —dijo la madre con repugnancia—; sácalo al porche y mañana mismo se lo devuelves ¡Pero qué ocurrencia la tuya de tocar cochinadas como ésa! ¡Te puede pegar algo!

—¡Por favor, May! —profirió el esposo— Déjala que lo lea Después de todo el niño tuvo la amabilidad de prestárselo a nuestra hija Ahora quieres que ella lo insulte, diciéndole que está sucio

May lo fulminó con una mirada mordaz de reproche, y contestó—: Yo diría que el chamaco tuvo la amabilidad de prestarle a mi hija todo un cargamento de microbios, porque eso es lo que tiene en sus manos Ahora escúchame, Will; sólo porque no te interesa en absoluto el bienestar de nuestros hijos, ¡no creas que yo también voy a desentenderme de mis responsabilidades! —Y lo miró por largo rato, esperando una respuesta, y cuando el silencio continuó, le gritó a Mary—: ¡Anda, haz lo que te mandé hacer!

La niña estaba a punto de llorar de desilusión

—El me pidió disculpas porque el libro no estaba muy limpio, pero me dijo que lo importante eran las palabras Me dijo que aunque las páginas estuvieran sucias, que las palabras en cada página las tornarían limpias Mamá, por favor ¿Me dejas leerlo?

—Bueno, ándale pues —respondió la madre Sintió que ahora podía darse el lujo de ser generosa, pues había ganado una victoria en la lucha de esta tarde con su esposo— Pero no lo metas a la casa; léelo afuera No permitiré que enmugre mi casa

—¡Muchas gracias, mamá! —gritó Mary llena de alegría Y de pronto se acordó de lo inesperado y novedoso de toda esa información que traía consigo después de su visita a casa de Ricardo, y pensó en compartirla con sus padres

—¿Saben qué? —les dijo— Ellos *son* diferentes —la gente

como él, quiero decir—, pero son muy buenas personas La
mamá de Ricardo hasta me dio algo de comer

—¿Acaso comiste en esa casa? —preguntó la madre alar-
mada

—¿Y qué diantres tiene eso de malo? —preguntó el esposo

—Va a inteferir con su hora de comer, y además, ¿ve tú a
saber qué demonios come esa gente? —En verdad, ¡cómo es que
Will cerraba los ojos estando ante la realidad, no viendo al fin lo
que podía dañar a sus hijos!

—Sabía todo muy rico —dijo Mary, pero optó por no entrar
en detalles— Hablan bien extraño; le llaman español a su
idioma Voy a aprender a hablar de esa manera

—Yo conocí a un tipo que sabía hablar esa jerga —le dijo el
padre La madre se dirigió a la cocina y Mary se encaramó en la
rodilla del padre

—Papi

—¡Sí hijita?

—El me cae muy bien

—Qué bueno Te deben caer bien todas las personas

—No lo dije en ese sentido, papá; quise decir que me gusta
para marido He decidido que me voy a casar con él

—¿Mira?   —e intentó insinuarle a su hija que la tomaba en serio— ¿Y ya se lo hiciste saber?

—No, pero sé que le gusto Y luego, después de que seamos
marido y mujer, voy a hacer que cambie un poquito, para que
esté en su punto

—No deberías hacer eso, hija No sería algo apropiado
eso de cambiarlo, ¿no crees? Y si lo cambias, a lo mejor ya no te
gusta después —Sin darse cuenta, el padre se había puesto serio
en verdad

—¿Quieres saber cómo me di cuenta que le gusto? Me dijo,
"¡Tú eres la condenada muchacha más inteligente en todo el
valle!"

—¿Y entendiste eso como un elogio?

—¡Oh, claro que sí, papi! —Y abrazó a su padre del cuello— ¡El mejor de todos! —Pero ahora su padre ya no la escuchaba

c u a t r o

João Pedro Manõel Alves había cumplido cuarenta años cuando llegó a Santa Clara, procedente de Point Loma Arribó desconcertado y enfermo, después de tres meses de estar a bordo de un barco pesquero que lo llevó a las Islas Galápagos y después a los litorales más remotos de la franja occidental de la América del Sur. João no era lo que se dice un obrero, y su paladar estaba acostumbrado a mejores manjares que los refritos que le daban a bordo; por lo tanto, cuando le pagaron su parte del arrastre pesquero, se despidió de los pocos amigos que había hecho durante su breve estancia en el puerto, y abordó un autobús *Greyhound* con dirección al norte Su boleto era para San Francisco, y no porque esa ciudad fuera su preferencia, sino porque en la estación le dijeron que, para ir a un lugar, tenía ante todo que escoger una destinación Pero ya en camino se apeó en Santa Clara al acordarse que una vez en su ciudad de origen —São Miguel, en las Azores— escuchó que en ese pueblo había una población portuguesa

Debido a que João era hombre de pocas palabras, desde el

principio se congració con la gente del pueblo y pronto pudo alquilar un jacalito próximo a una curtiduría por veinticinco dólares al año Con lo poco que le quedó de dinero compró dos vacas y, de la leche que vendía, ganó lo suficiente para vivir Casi nunca tenía dinero para gastar en amenidades, pero al fin comía bien y gozaba, ante todo, de su vida aislada La gente de Santa Clara lo consideraba un hombre célebre por dos razones: primero, porque tenía poco de haberse mudado al lugar y, segundo, porque sólo tenía un año de haber llegado del viejo continente Lo invitaban a cenar a sus hogares, sirviéndole sopas y un buen moscatel, de todo hasta reventar Luego los anfitriones se reclinaban en sus butacas y esperaban a que su invitado hablase de las islas Aludían a nombres de parientes y de amistades, esperando que, a través de alguna relación mutua, se estableciera entre ellos cierto vínculo comunitario en este país extranjero Pero João los desilusionaba con frecuencia al reconocer pocos de los nombres y luego admitir que no conocía a nadie de los que mencionaban La gente pueblerina de Santa Clara sabía que él no era una persona común y corriente, pues hablaba el lenguaje de la aristocracia Y se regocijaron, ya que habían encontrado en João al hombre indicado para que se hiciera miembro de la Sociedade de Saõ António o la Sociedade do Espíritu Santo Empezaron a llamarlo Dom João y lo hicieron miembro honorario del comité encargado de organizar la Festa do Espíritu Santo, pero João cometió el imperdonable pecado de rehusar tan exaltado puesto El Espíritu Santo no le interesaba en absoluto Para decir verdad, él se consideraba un agnóstico, pero no se los confesaba por no ofender sus creencias Por lo tanto, de ahí en adelante lo dejaron solo, llamándolo ocasionalmente "el raro" o ese "maluco João" Y porque ésa es la naturaleza del lenguaje portugués, su nombre pronto se corrompió en un simple João Pete Con el transcurso de los meses, el nombre cambió a Joe Pete Manõel, y precisamente bajo ese nombre fue que Ricardo supo de él por primera vez

Ahora que su carácter reservado se había hecho la causa de que lo consideraran excéntrico —aunque al principio eso mismo le ganó muchas amistades—, la única virtud que se le adjudi-

caba, en opinión de los vecinos, era el hecho de que Joe Pete
amaba a los niños Y esta virtud le condujo directamente a su
desgracia Por estos días, a Joe Pete Manõel sólo se le veía a la
hora de pastorear sus vacas, que era en el atardecer Sin duda
alguna le hubiera sido más conveniente arrear las reses sobre el
ferrocarril y luego llevarlas al campo abierto, pero Joe Pete Manõel sabía del placer que sentían los niños al ver sus animales, y a
consecuencia de ello las paseaba por el mero centro del pueblo,
sintiéndose un hechicero moderno con la flauta al labio y con
una hilera de niños embelesados siguiendo su rumbo musical
Algunos lo seguían hasta donde pastaban sus vacas y ahí jugaban
mientras él tallaba pequeñas figurillas o les hacía flautas del ca-
rrizo que cortaba del cañaveral Con frecuencia se les veía dar
palmaditas a los animales, acariciando la suave piel en señal de
que no les temían a las apacibles reses Pero después de unas
cuantas semanas, los pequeños rostros eran reemplazados por el
perfil de otros, ya que al hacerse rutinario lo que solía ser una
novedad, los inconstantes niños abandonaban a Joe Pete Manõel
en desbandada Las niñas volvían a sus muñecas o a sus *jacks*, y
los niños descubrían que era mucho más divertido matar pardi-
llos, ya sea con honda o con resortera, cuanto más que estos
pájaros eran muy apetecidos por el paladar

De todos los niños que lo siguieron, sólo hubo dos que se
mantuvieron fieles a Joe Pete Uno de ellos era una niña tímida y
retraída con ojos oscuros y solemnes, y el otro era el niño Ricardo Rubio Al principio el niño no se aproximó a Joe Pete
Manõel por voluntad propia Como tenía dos chivos, le era más
fácil llevarlos a que pastaran cerca del cañaveral que traerles
pasto a casa, por lo tanto los llevaba al campo y los ataba de un
árbol mientras él se sentaba a escuchar y a hablar con un hombre
que todos consideraban extraño La niña, conocida por el nombre de Genevieve Freitas, había acudido al lado de este hombre
desde la primera vez, cuando apenas tenía nueve años Corría
apresurada de la escuela a casa, hacía sus quehaceres y tareas lo
más rápido posible, y luego se lanzaba al campo por lo menos
una hora Siempre se sentó a cierta distancia del niño y del
hombre, y siempre se cubría cuidadosamente las piernas more-

nas con su vestido Ricardo jamás escuchó de ella más de dos o tres palabras en una misma tarde

Desde el principio de su encuentro, Joe Pete Manõel vio en el muchachito a alguien que era como un buen auditorio para sus soliloquios, pero después y en forma gradual esta relación significó mucho más para él Pronto se dio cuenta que el niño absorbía todo lo que él le contaba Además, había cierta comunicabilidad innata en la cara —pequeña y sincera— de este niño, impulsando a este hombre a hablar de cosas que, de estar en situación diferente, hubiera reprimido incluso de su propia conciencia Sus primeros intentos de conversación fueron torpes e insatisfactorios, debido a que el hombre sabía solamente unas cuantas palabras en inglés Pero un día Joe Pete Manõel dijo:

—¿*You falar da Portagee?*—de esta manera preguntándole a Ricardo si acaso hablaba portugués

—Lo entiendo si usted lo habla despacio —contestó Ricardo

—¿Entiende? ¡*Bom!* —dijo el hombre— Usted habla en español y yo en portugués ¿*Hokay?* —Y el acuerdo les fue a ambos satisfactorio

En otra ocasión dijo el hombre: —Las Azores se parecen mucho a este lugar

—¿Tienen también ciruelas y chabacanos?

—No los hay en ranchos como aquí, pero la gente los cultiva en sus jardines Ahí tenemos extensos olivares y viñedos Mi padre tiene una hacienda muy grande

—¿Usté es rico, Joe Pete Manõel? —le preguntó Ricardo

—¿Rico? No, por lo menos no en el sentido en que piensa Mi padre es un hombre rico —de una gran fortuna—, pero por Dios que yo soy mucho más rico, claro que a mi manera

—Hábleme de su papá —sugirió Ricardo, sin comprender en su totalidad lo que le decía su amigo El hombre clavó su mirada en la del niño, como si los ojos de éste fueran dos negras puertas que llevaran a aquél a su propia juventud

—*Com sua licença*, Ricardo Rubio, le hablaré de él Mi padre es un estúpido ¿Sabe lo que significa esa palabra?

—Yo sólo sé que es una mala palabra

—En inglés se dice *sombitch* Mi padre es eso, un *sombitch*, pero en las Azores él es un hombre de poder Por un tiempo fue gobernador general. La gente de aquí no sabe que yo recuerdo haber visto a algunos de ellos cuando era un niño Ellos trabajaban en los huertos de mi padre o en sus establos Algunos de ellos vendían pescado o legumbres por las calles En las Azores no se considera un gran honor el andar vendiendo pescado o verduras, como lo es aquí en Santa Clara; es más, a mí no me era permitido dirigirles la palabra a estos hombres, pues no eran de mi clase social Y ahora es esta misma gente la que me desdeña, pero no importa mucho en verdad

—¿Está triste, Joe Pete Manõel?

—Quizás, criatura, porque soy humano, o porque a lo mejor no soy quien creo ser A veces, cuando las noches son muy oscuras y me encuentro muy solo, encuentro placer en la idea de que yo soy superior a esta gente Y luego me reprendo por andar tan equivocado, pues ningún hombre es superior a otro, al igual que ningún hombre es igual a otro, por la sencilla razón de que hemos sido creados diferentes Pero cada uno de nosotros le asigna un sentido muy diferente a términos como "superior" o "mejor", o a cualquier otra palabra Siempre he luchado en contra de ese modo de sentir, a pesar de que me enseñaron desde chico que yo era superior a todos los que me rodeaban *Há que tempos!*

—Como se dará cuenta, mi estimado amigo Ricardo, el cuento aún no ha terminado. Mi padre está emparentado con Dom Manõel, el último Rey de Portugal Cuando yo estaba a punto de cumplir veinte años, mi padre aún mantenía su título de nobleza, pero luego, en 1910, Portugal se convirtió en república, por lo tanto mi padre renunció a su título y se convirtió en político. El era un oportunista —qué más que la verdad—, y yo, a quien le habían asignado siempre preceptores privados, fui enviado al continente a estudiar derecho Ya había para mí una esposa seleccionada por mi familia desde que tenía cinco años, y estaba a escasas semanas de consumar mi matrimonio cuando me dirigí a Lisboa Mi novia era hermosa; las pocas veces que la vi y que se nos permitió hablar, aunque fuese por breve tiempo, acordamos en que en verdad éramos afortunados pues nos amábamos a pesar de que nos iba a unir una voluntad ajena a la nuestra Esto casi nunca ocurre en matrimonios que son arreglados según convenio familiar Pero su padre no quiso ser desleal a la aristocracia, y como resultado mi familia canceló la boda Según ellos, fue por "razones políticas"

—¿Por qué no se fue con ella? —preguntó Ricardo

—Yo era joven y débil de carácter, y no tuve el valor de contrariar la voluntad de mi padre Por otra parte, no podía mantenerla pues no tenía dinero Fui, pues, a la Universidad de Lisboa, pero eso de ser abogado no me entusiasmaba Me la pasaba todo el día en la biblioteca, leyendo los clásicos

—¿Qué son ésos?

—Los mejores libros que jamás han sido escritos No se imagina usted, caro amigo, cuán grande era la biblioteca universitaria. Pero mi padre recibió inmediatamente una carta notificándole que mi trabajo era insatisfactorio, con la adjunta sugerencia que quizás mi vocación andaba por otros rumbos Pero mi padre era pertinaz, así que escribió diciendo que la obligación de mis maestros era hacerme abogado El era uno de los favoritos del nuevo gobierno, así que se tenía que hacer lo que él dijera Yo me dediqué a escribir poemas, y pasé gratos momentos en compañía de amigos dedicados a la literatura, y es cuando pasó algo —Clavó su mirada de nuevo en el niño, y luego dijo—: No creo que te hablaré de eso hoy día

—¡Por favor, Joe Pete Manõel, quiero que me cuente todo! —contestó Ricardo

El hombre suspendió la mirada en la espesura del pastizal, y como el silencio se desplazaba por largo tiempo, el niño pensó que la conversación del día había llegado a su fin. Pero empezó inesperadamente a hablar de nuevo: —No, rapaz, evitaré hablar de eso, pero le diré qué pasó después Al siguiente día hice todos los arreglos para volver a las islas

—¡Qué drama me había preparado mi padre para cuando yo apareciera en São Miguel! Yo era su único hijo, su heredero Tenía tres hermanas, pero ellas pronto planeaban contraer matrimonio y con ello adoptarían el apellido del esposo

"¡Has traído al mundo cuatro hijas, mujer!", le gritaba a mi madre Pero aunque ahora enarbolaba la bandera republicana, su política íntima continuaba siendo la monárquica, por lo tanto esperaba en secreto por su retorno Tenía un profundo deseo, más bien una fanática voluntad, por mantener su línea por conducto de su apellido Uno de los medios que usó para obligarme a obedecer su voluntad fue el de negarme el derecho a entrar en su casa Yo me incorporé al profesorado del liceo en São Miguel y, durante quince años, di cátedra de filosofía y viví para mí mismo, en soledad Mi padre no me permitía tampoco visitar a mi querida madre, pero ella me visitaba en secreto Luego mi madre se me murió, ¡triste de mim!, y poco después el viejo contrajo de nuevo lazos matrimoniales, según él todo por razones de conveniencia política Su esposa es joven pero estéril, y yo, como por voluntad del destino, sigo siendo su heredero

—Poco después de que muriera mi santa madre, tuve el valor de renunciar a mi puesto y me dirigí a las Madeiras No radiqué ahí mucho tiempo porque pronto deambulé por las colonias portuguesas en Africa; sin embargo, no sabía hacer nada, excepto ejercer el magisterio Pensé en el dinero que mi adorada madre me había dejado y, aunque no era mucho, bastó para pagar el pasaje de mi travesía a América Llegué a Nueva York y me sentí perdido en esa metrópoli; mi reacción inmediata fue la de procurar la compañía de mi gente: en otras palabras, sintiéndome perdido, quise encontrarme en otros portugueses ¡Situación tan paradójica! Me explico: huía de mi pueblo y sin embargo no podía vivir sin su compañía, de aquí mi decisión de mudarme a San Diego Pero la vida de un pescador está cargada de penas y percances, por lo tanto vine a este lugar Y ahora me siento más feliz que nunca en mi vida Por un tiempo sentí un gran temor al darme cuenta que algo estaba ocurriendo muy dentro de mí Me di cuenta que tenía fuertes inclinaciones hacia otros hombres No en el sentido de un deseo sexual, y tampoco hacia hombres que yo conocía, pero hacia hombres que la casualidad cruzaba en mi camino A veces, y de manera totalmente inesperada, sentía el fuerte impulso de besar a un hombre que caminaba junto a mí Pero esos impulsos e inclinaciones han ahora desaparecido

—¿En los labios, Joe Pete Manõel?

—En efecto, en los labios, pero nada más que eso *Palavra d'honra*

—Pero ya de por sí es extraño —dijo Ricardo— eso de besar a otro hombre, que no sea el papá de uno, en los labios; pero no estoy seguro si entiendo lo que quiere usté decir con eso de "nada más que eso", aunque creo que lo entiendo, pero no estoy seguro

—Algún día entenderá usted, estimado amigo —contestó Joe Pete Manõel— Todavía tiene mucho tiempo por delante

El niño no estaba satisfecho pero por intuición sabía el momento en que no debía insistir más con hombres adultos Se limitó a preguntar: —¿Y ahora qué piensa hacer, Joe Pete Manõel?

—¿Ahora? Continuar como hasta ahora he vivido Ya no me impulsa en la vida un gran deseo; creo que he encontrado la felicidad en mi manera de vivir No me dejo llevar con frecuencia por el abatimiento moral

—A lo mejor lo que le hace falta es la compañía de una mujer De acuerdo a mi papá, todo hombre debe tener una mujer, por lo menos para que se encargue de los quehaceres de la casa

—Quizás con el tiempo, mi muy estimado amiguito; es usted pequeño de estatura pero su sabiduría es inmensa —comentó Joe Pete Manõel Y pensó, en efecto, dentro de muy poco estaré bueno y sano de nuevo

Desde ese día los dos amigos platicaron lo más frecuente posible, y el hombre empezó a ver en el niño el reflejo justificante de su propia vida desperdiciada Le habló de los muchos lugares que había visto durante sus viajes, y discurrió con mucho detalle sobre la belleza de la vida al aire libre y de las grandes artes del mundo En ocasiones temía por el niño, y enmudecía por días Otras veces, la misma emoción lo hacía desvariar y vociferar, gritando palabras que salían de su garganta en torrentes y con su sentido totalmente enturbiado, hasta que, con todo un mar saliéndole por los ojos, lloraba mientras abrazaba fuertemente al niño Y aunque Ricardo no comprendía del todo la razón de estos arrebatos de enajenación y furor, no le temía al hombre ni sentía la necesidad de hacerle alguna pregunta al respecto

Un día el niño le dijo: —Estoy preocupado, Joe Pete Manõel

—¿Por qué, rapaz?

—Tiene que ver con la Inmaculada Concepción Me ha estado dando últimamente muchas inquietudes ¿Cómo? ¿cómo?

—*¡Meu Deus!* No desperdicie su tiempo pensando en esas cosas Todavía está usted muy chico, y tiene por delante tantas cosas —cosas hermosas— con las que debe emplear su tiempo y su mente

Pero la importancia que Ricardo le daba al asunto lo hizo hablar con voz trémula:

—Usté es la persona más inteligente que conozco, Joe Pete Manõel; más inteligente que mis maestras Si usté no puede decirme, no sé en verdad quién pueda explicármelo Cada una de las personas que conozco teme hablar sobre cuestiones religiosas Hablé de esto con una monja durante catecismo, y me echó una mirada tan severa que casi me pongo a temblar, y luego cuando me confesé, el padre me dijo que hay cosas que no debemos preguntar, sólo creer Como él está cerquita de Dios, no me atreví a continuar con mis preguntas, y mucho menos contrariarlo; pero no entiendo por qué es que *usté* siempre rehusa hablar conmigo sobre religión

Joe Pete Manõel sonrió dulcemente; sintiéndose complacido, le respondió: —*Escute bom o que eu falo, rapaz;* atienda a lo que le voy a decir; no hablo con usted sobre ciertas cosas porque lo trato como si fuera ya un hombre; ahora bien, un hombre debe encontrar ciertas cosas por sí mismo y dentro de sí mismo Usted es una persona y yo soy otra, y yo le haría un gran daño si le inculcara lo que yo siento, porque para usted lo que debe ser importante es solamente lo que *usted* siente

Ricardo entendió pero su problema quedaba sin resolución Y dijo:

—Sólo hay tres cosas que le puedo decir que he aprendido por mi propia cuenta En primer lugar, sé que con nuestros padres no se debe hablar sobre asuntos relacionados al sexo En segundo, que uno no debe hablar de religión con los padres, a menos que uno quiera ir al infierno Y, por último, que no se les debe hacer preguntas a las maestras sobre historia, a menos que uno quiera que lo retengan después de escuela Por más que le busco, no puedo encontrar la razón que me explique todo esto

Su amigo se compadeció y le dijo, como para cerrar la plática—: Lo que le puedo a usted decir por el momento es que debe mantenerse en su fe por ahora, y cuando llegue el tiempo en que sienta que ya no tiene necesidad de esa creencia, sus propias dudas le ayudarán a desecharla, olvidándose luego de la amistad que mantuvo usted con esa creencia mientras la necesitó

—Haré por seguir su consejo —respondió Ricardo Y se despidió con la impresión de que su amigo le había dicho mucho más de lo que había en las palabras, y sin embargo no le había dicho lo suficiente Y caminando sentía de nuevo que le invadía el temor, pues últimamente no le era fácil desentenderse de las dudas que agobiaban su mente

I I

—Una vez, yo fui poeta —dijo Era uno de esos días próximos al final, cuando Joe Pete Manõel no encontraba la manera de dejar de hablar acerca de la vida y sobre sí mismo y Ricardo, de su parte, no parecía cansarse de escuchar De repente ya no quiso hablar y Ricardo le rogó que continuara Al fin el hombre le preguntó: ¿Qué sabe de la vida, rapaz?

Ricardo fijó la mirada en los ojos de su amigo y le contestó—: Aprendo, Joe Pete Manõel; estoy aprendiendo cada día que pasa

Como solía hacerlo siempre, el hombre se comportaba con

el niño con suma seriedad Le preguntó: —¿Sabe de cosas que tienen que ver con la mujer?

—Sí

De nuevo volvió a sumirse en un largo silencio; luego empezó a hablar, aunque era obvio que no sentía deseos de hacerlo Miró hacia donde estaba sentada Genevieve y le dijo: —Vete a casa, rapazinga —Esperó hasta que la niña estaba lejos para hablar abiertamente—: Le diré lo que no le he dicho aún, caro amigo Ricardo; no importa que no me entienda He tratado desde hace tanto tiempo de olvidarlo, pero no puedo Me hará bien sacármelo del pecho mientras hablo

—Yo era un hombre hecho y derecho y aún no había estado con una mujer Claro, me lo había imaginado, y las había tenido en mis sueños

—A veces yo también me lo imagino —dijo Ricardo, interrumpiéndolo—, pero yo nunca he tenido semejante sueño —Y quiso pedirle detalles sobre ese tipo de sueño, pero sabía que no era apropiado entremeterse en un relato, mayormente cuando apenas empezaba

—Me hice de la amistad de un hombre —continuó Joe Pete Manõel— El era un gran poeta, y discurríamos sobre esto y aquello Un día me invitó a su hogar y me presentó a su esposa e hijos Eran en verdad una linda familia y yo me sentía muy feliz a su lado En una ocasión, después de encargarse de que los niños estuvieran acostados y de que la sirvienta partiera a su casa, mi amigo se ausentó de la sala y fue entonces que su esposa se me acercó y empezó a besarme Mi temor era que su esposo retornara, pero según ella a él no le molestaba; oyendo esto, en cuestión de segundos estábamos desvestidos No recuerdo cómo ocurrió, pero de repente vi al esposo que nos miraba: su cara estaba empapada de su propio sudor, y recuerdo que temblaba tal y como yo lo hacía, pero no de rabia *Então, nessa hora tardia,* levanté los ojos para mirarlo, pero estaba en el abismo de mi propia pasión y no pude pensar con lucidez en él, por consiguiente continué haciendo el amor Y mientras estaba montado sobre su mujer, él me hizo algo Me sentí lleno de asco, y sentí odio hacia ellos y hacia mí, pues ahora hasta *yo* sentía repugnan-

cia de mí mismo Huí de la casa Lo que hizo mi amigo no me
era desconocido, pero jamás había escuchado de un hombre que
sintiera placer al ver que otro hombre le hacía el amor a su
esposa

—¿Qué fue lo que le hizo? —preguntó Ricardo

—¡Oh, me repugna el solo pensar en eso! ¿cómo podría *usted*
comprender? —dijo con fervor Y al momento extendió su mano
y despeinó cariñosamente el cabello del niño, como disculpán-
dose por si lo había ofendido— Pero quizás porque es usted
pequeñito y todavía no se enturbia su alma, quizás sí *pueda* entender Si no, ¿*então* por qué le cuento todas estas cosas?

Nunca le contó lo que el hombre le había hecho Y porque
su imaginación le produjo la sensación de un leve derrumbe
interno acompañado de un temblor de rodillas, entendió que no
debía jamás preguntarle nada sobre ese asunto

III

No tardó en llegar el verano Los campos y las serranías adqui-
rieron tonos ocres y pardos, y las flores, como por hechizo, se
tornaron en dulces frutos: en cerezos, duraznos, chabacanos
Ricardo pasaba sus días trabajando en los huertos, al lado de su
padre Ya hacía tiempo que no veía a Joe Pete Manõel Pero con
el transcurso de las semanas descubrió un día que ya era tiempo
de regresar a la escuela Era de noche cuando por fin llegaron a
él noticias de su amigo Le pareció que había pasado tanto
tiempo desde que lo vio la última vez. Había salido a jugar con
sus amigos después de la cena familiar y alguien le preguntó si
sabía lo que le había ocurrido a Joe Pete Manõel

—¿Qué le pasó? —preguntó Ricardo. —No lo dudo que
sean puros chismes portugueses

—¡Se agarró a la Genevie!

Esto no le pareció que fuera solamente un rumor Deberá
tener algún fundamento, pensó Luego se dijo, "¡Qué bien! Ya era
hora" Pero al reflexionar sobre las consecuencias de tal proce-

der, sintió en todo el cuerpo un gran malestar, mayormente al imaginarse las complicaciones en que pronto se hallaría su amigo

—Ya lo metieron a la cárcel —dijo Zelda, como si anticipara lo que preguntaría Ricardo

—No debieron hacer eso —dijo Ricardo

—¿Y por qué no? —preguntó uno de los presentes— ¡Es contra la ley que un viejo rabo verde como él ande metiéndosela a las niñas!

—No fue en contra de una ley —añadió Zelda— Fue contra una pared

Todos se doblaban de risa, excepto Ricardo, quien, obstinado, reiteró lo dicho—: Aún pienso que no debieron haberlo encerrado

—Lo has de querer mucho —dijo uno de los muchachos

—Pos cómo no lo va a querer, si nunca se le despegaba —dijo Zelda—; no dudo que a él también se la andaba metiendo —De seguro que no entendió lo que había dicho, pero pensó que era una buena ocurrencia que a todos haría reír, y lo logró Pronto se vio ella seguida de sus secuaces en un cántico burlón

—¡Ah, son una bola de tontos! —dijo Ricardo, y se fue a casa Llegó y la encontró en medio de un tumulto Su padre estaba incontenible de ira, respondiendo a preguntas que le hacía un policía; éste, al no poder entender lo que Juan Rubio decía, tuvo que solicitar la ayuda de una de las hijas mayores para que tradujera al inglés

—¡Dile que es un hijo de la chingada y que lo debería matar por decir semejante cosa de mi hijo! —gritó Juan Rubio para que la hija, al entenderle bien, tradujera mejor Por fin pudo la hija convencerlo de que la policía estaba interrogando a toda la vecindad, y que no andaban acusando a nadie Juan Rubio se sentó y trató de calmar su furia El policía fue a donde estaba Ricardo, le puso el brazo sobre los hombros y lo llevó fuera de la casa

—Mira, hijo, te voy a hacer unas cuantas preguntas, pero no hay razón para que te asustes —le dijo a Ricardo

—Está bien

El policía ya tenía una libreta y un lápiz en la mano: —¿Conoces a un tipo conocido bajo el nombre de Joe Pete Manõel?

—Sí

—Entiendo que pasabas bastante tiempo a su lado Dime, ¿qué hacían cuando ustedes estaban juntos?

—Casi siempre hablábamos A veces nomás nos sentábamos y nos poníamos a pensar, y no hablábamos para nada

—¿O sea que nomás se sentaban y no hablaban? ¿Cuánto duraba esto de sentarse y no decir nada?

—No sabría decirle Una hora, a veces dos

El policía encontraba cada vez más difícil el hacerle preguntas al muchacho Sabía muy bien lo que quería sacar en limpio de esta interrogación, pero no estaba seguro en cuanto al procedimiento a seguir Por fin le preguntó: —Ahora dime, cuando platicaban y no se limitaban solamente a estarse ahí sentados en silencio, ¿de qué hablaban?

—Uy, de muchas cosas —contestó Ricardo—; él es muy inteligente y sabe de todo Me hablaba de poetas y de pintores, y también sobre Portugal y Africa, y sobre la naturaleza

—¿Ah, conque te hablaba sobre la naturaleza? —comentó el policía, levantando el entrecejo Ya encontré una pista y ahora la voy a seguir, pensó

—Y sobre la naturaleza, ¿qué te decía?

—Bueno, me hablaba de las estrellas y de los planetas, de como fue en verdad creado el mundo, y de muchas cosas ¿Sabía usted que somos una estrella?

¿Qué diablos quiere decir con eso de que somos una estrella? Las cosas volvían a ponérsele difícil al policía Decidió hablar con voz firme—: Mira, chamaco, dime si ese tipo alguna vez intentó hacerte algo extraño; tú sabes, algo raro

—O sea que usted quiere saber si él es un homosexual. Pues no, no lo es

Esta era una nueva palabra para este hombre Había ingresado en el cuerpo de policía gracias a que su hermana estaba casada con un hombre que tenía algo que ver con el jefe de policía La inteligencia no era en verdad uno de los requisitos para andar uniformado en una patrulla por las calles de Santa

Clara, pues en ese pueblo nada pasaba, aparte del secuestro que ocurría, puntualmente y cada año, en el Banco de Italia *Chamaco hijo de la tiznada*, pensó; en seguida le preguntó:

—¡*Goddamn!* ¿dónde escuchaste esa palabrota!

—La leí en un libro, luego la busqué en un diccionario —le contestó Ricardo—; quiere decir *joto*

—¿Dices que nunca te hizo nada?

—Así es Nunca me tocó

Habiéndose librado del policía, tenía ahora que extirpar la pequeña célula cancerosa que, convertida en duda, el padre tenía dentro de su cabeza Juan Rubio era tan fanático en relación a la masculinidad como Joe Pete Mañoel lo era tocante a la realeza Cuando se fue el policía, Ricardo fue al lado de su padre y lo abrazó, a la vez que le decía al oído:

—No es nada, papá Y no se debe preocupar por su hijo; ya siento en mí el gusto por las muchachas

Juan Rubio apretó fuertemente a su hijo entre sus brazos, diciéndole—: Así debe ser, hijo; así merito debe ser y de ninguna otra manera —Y de su pecho su voz surgía segura, plena de orgullo

Todo el pueblo estuvo en estado de continua agitación durante los días que siguieron Detrás de los muros caseros se escuchaban cuchicheos entre mujeres, hablando en voz baja y asegurando que siempre habían sospechado que *ese* era un hombre malo ¡*Imagínense!* ¡*Esa pobre muchacha, con trece años y ya encinta!* Y para este tiempo, una docena de muchachos y un número igual de muchachas —alentados por los padres y por la importancia que de pronto se les daba— "confesaban", con detalle y por más horroroso que fuera, todo lo que Joe Pete Mañoel les había hecho o intentado hacer Pero Ricardo pronto se dio cuenta que el golpe del cual su amigo jamás se levantaría provino de algo que se divulgó por conducto de respuestas dadas por Joe Pete Mañoel al acusador público, a saber: que él no creía en Dios En un pueblo católico como Santa Clara, tal herejía era considerada peor que la seducción de Genevieve Freitas

Pero el juicio no se llevó a cabo debido a que al tercer día de su arresto, Joe Pete Mañoel enloqueció Confundido y atemorizado, sufrió una reversión que lo llevó hasta la niñez, queriendo hacerse de la inmunidad que había tenido cuando niño. Quiso que le trajeran a su padre, el marqués, y amenazó a sus verdugos que su tío abuelo, el Rey de Portugal, sabría pronto de su tormento No les fue difícil a las autoridades internarlo en el Agnews State Hospital, que en efecto era un manicomio

A la muchacha los padres la enviaron con unos parientes en Vacaville y la familia la siguió una semana después Su abuela se quedó en la vieja casa pues, según ella, estaba muy vieja para huir de los chismes y, además, no le preocupaba lo que decían las lenguas largas El valor y la resolución que le permitieron a esta anciana quedarse en Santa Clara, confrontando de frente el escándalo, le dio a Ricardo una razón más para nunca olvidarse de Joe Pete Manõel Cuando el parto se aproximaba, enviaron al hermanito de Genevieve a vivir con su abuela El era un niño de seis o siete años; la primera vez que salió a jugar se encontró de inmediato con los muchachos que seguían a Zelda

—Hola, Louie —le dijeron Y el niño contestó el saludo, viéndose rodeado de varias caras procaces

—¿Cómo está Genevie, Louie? —preguntó Zelda

Al mudarse, los padres del niño le habían dicho que su hermana estaba enferma; y como en la mente del niño la buena salud se asociaba con la robustez de la persona, le contestó:

—Ya está bien Debieras ver qué gorda está

"¡Qué gorda está!", gritaron los niños, tambaleándose de risa por toda la banqueta "¡Qué gorda está!"

De pronto Ricardo se sintió enfermar Jamás se olvidaría que él también se había reído, uniendo sus risotadas a las del coro juvenil Y pensó, *Dios mío, ¡La sangre de reyes!*

cinco

Juan Rubio dio un manotazo sobre la mesa, causando un tintineo en los platos por el golpe —¡Basta! —gritó, con el furor henchido en cada puño— ¡Ya estoy harto de tanto oírte lloriquear y rezongar! Estás en la creencia que eres una mujer americana, y es mejor que ya te vayas despabilando porque no lo eres Debes recordar el lugar que te corresponde Tienes techo que te proteja, comida que te satisfaga y ropa que te abrigue, y hasta ahora nada les hace falta a los niños ¿Qué más quieres? Lo que yo haga fuera de mi casa es asunto mío —Más que comer, tragaba de prisa mientras vociferaba Estaba pálido de rabia, con los labios tensos sobre las encías como si quisiera dar la dentellada al primero que lo contradijera Su bigote y los pómulos se estremecían de acuerdo al ritmo marcado por las quijadas Sus hijos lo rodeaban sentados a la mesa, espantados al ver a sus padres, por primera vez, en este intercambio de palabras violentas

Consuelo estaba frente a la estufa, dándole la espalda a su esposo También estaba asustada, pero en su caso se debía a que

se había atrevido a responderle Este era su primer disgusto
Sintió de pronto un temblor por todo el cuerpo Cuando vivían
en México, él solía pegarle de vez en cuando, pero nunca llegaron a dimes y diretes Reconoció que eso había pasado hace
mucho tiempo La sacudió un nuevo temblor ¿Acaso significaba
esto que la próxima vez hablaría ella con más soltura? Una voz
interior le decía que de alguna forma lo que había hecho era un
error, que no le era permitido como lo era para sus amigas
Catalina y Mariquita; pero claro ellas no eran mexicanas Su
destino era tan distinto al de Consuelo Mientras reflexionaba en
esto, ella rodaba el rodillo mecánicamente, sin poner atención
en cada testal que se aplanaba y redondeaba en perfecta simetría
El silencio había vuelto a reinar en la cocina y el único ruido era
el golpe uniforme del rodillo al percutir sobre la mesa con cada
aplanada de masa El golpeteo del rodillo pronto surtió efecto en
Consuelo, cuyo rostro ahora adquirió un semblante testarudo y
tenaz al considerar que todo lo que le rodeaba le parecía de
repente una injusticia Se dijo que ojalá por una vez en la vida,
tan sólo una vez, ella pudiera sentarse a la mesa con su familia,
permitiéndosele merendar junto con sus hijas, hijo y esposo
Pero eso no podía ser Su deber era el de servirles a todos
primero y, ya cuando hubieran terminado de comer, sólo entonces podía ella sentarse a comer Claro que no era algo como para
morirse de angustia, pero era parte íntegra de algo más profundo
y doloroso En cuanto a lo otro   lo que ocasionó la discusión de esta noche; ¿por qué no podía él entender que era por el
mismo amor que sentía por su esposo que ella no podía tolerar,
ni en pensamiento siquiera, la idea de que él pudiera estar en
brazos de otra mujer?

  Juan Rubio entendía a las claras que tan sólo con una palabra
podía él disipar toda duda del corazón de su esposa, asegurán-
dole que desde hace años no le era infiel, pero en el proceder
mismo de la explicación residía el problema, por lo tanto Juan
Rubio había decidido que jamás debería dar explicaciones, y
jamás admitir nada, jamás negar nada De acuerdo a su criterio,
él estaba en su derecho aunque hubiese cometido lo que su
esposa lo acusaba de haber hecho Tomó un trago de agua,

agarró su sombrero y abrigo, y salió de la casa Hasta la cocina llegó un rumor evanescente, como de un automóvil que se alejaba

Consuelo se dejó caer sobre una silla y soltó el llanto Su hijo se acercó y la abrazó comprensivamente, suplicándole que no llorara, pero al final el hijo unió sus lágrimas a las de su madre Sus hermanas aún no se habían levantado de la mesa y lo que antes era un vivo llanto, ahora era un constante sollozar Sabían que no tenían voz en lo que había ocurrido No podían interferir porque su lugar en la familia era el que le correspondía a las hijas; en otras palabras, no podían interferir porque eran mujeres y, por serlo, lloraron por sí mismas y por su destino de servidumbre con que se uncían al destino del hombre Se sentían incapaces de condenar a su padre, y no podían del todo apoyar a la madre, pues bien sabían que lo hecho por su madre había sido una violación del orden patriarcal, por lo tanto contra costumbre

—¿Le ha pasado esto antes? —preguntó Ricardo a su madre

—No Esta es la primera vez Hasta en México, cuando me pegaba, nunca llegábamos a palabras Desde que llegamos a este país no me pega, ¡pero eso porque bien sabe que no le conviene!

—Había en la voz un timbre de presunción que él jamás había escuchado en su madre

—¿Y qué quiere decir con eso, mamá?

—Aquí en este país la ley protege a la mujer Si tu padre se atreviera a golpearme ahora, lo meterían a la cárcel en menos que canta un gallo

Eso de estar encerrado le pareció al muchacho el más inclemente de los castigos, por lo tanto le preguntó a su madre asustado:

—¿Quiere decir que permitiría usted que se llevara la policía a mi papá? No creo que usted permitiría semejante cosa

Lo que antes fueran los vestigios de una cara en llanto, de inmediato se disiparon, transformándose en los radiantes rasgos de una intensa satisfacción—: No tendría que permitir o no permitir nada Tengo amistades que se encargarían de proceder según la ley

No le era concebible a Ricardo que hubiera personas que se atrevieran a interferir en los asuntos personales de un matrimonio, es decir, en los problemas existentes entre un hombre y su mujer De pronto lo que eran dolor y tristeza se convirtió en enojo:

—¡Amistades! Se refiere a todas esas mujeres españolas y portuguesas que mangonean a sus maridos, ¿verdad? Usted las considera sus amistades pero ¡fíjese en lo que le están haciendo! Dígame, mamá, ¿quiere usted tener como esposo a alguien que pueda mandar a su antojo? ¿Es eso lo que usted quiere?

—En este país tenemos ciertos derechos; no es como en México, donde impera la barbarie Alguien me dijo que tu papá andaba con otra mujer Y ya no tengo por qué aguantarlo

—¿Y usted le creyó, mamá? ¿Usted le cree a cualquiera que le viene con un chisme?

—¿Por qué razón me mentiría la persona que me lo dijo? —preguntó Consuelo en forma de respuesta, no sin que Ricardo se diera cuenta que nada podía argüir en contra que al fin pudiera convencer a su madre que adoptara otro punto de vista Pero intentó hacerlo de todas maneras, y le dijo:

—Mamá, hay gente que le encanta meterse en lo que no le importa, y andan metiendo cizaña por todas partes Esa es gente mala que desgraciadamente abunda en el mundo No me pregunte por qué, pero es más abundante de lo que usted piensa Ahora bien, usted es una mujer mexicana, como dijo mi papá, y no debiera olvidarse de eso Esa es una de las lecciones que usted me ha enseñado Usted me ha repetido tantas veces que cuando me case, que usted quiere que yo sea el jefe de la familia, y que por eso quiere que me case con una mujer mexicana, pues sólo una mexicana podría apreciar en su marido el hecho de que sea todo un hombre Mi papá tuvo otras mujeres en México, sin embargo usted jamás se lo reprochó ¿Por qué lo hace ahora?

—¿Tú también estás en contra de mí? ¿sí o no? —Y diciendo esto, de nuevo le subieron las lágrimas a los ojos

—No, mamá —contestó Ricardo—; lo que pasa es que no entiendo No estoy en contra suya y tampoco estoy en contra de mi padre Lo que hace usted es algo equivocado, pues sé muy bien que mi padre no es el tipo de hombre que cualquiera puede mandar, menos su mujer —De nuevo se sintió entristecido, tanto por el hecho de que su madre estaba atravesando cambios que le inspiraban temor, como por la posibilidad de que su padre estuviera en verdad viendo a otra mujer Y aunque Ricardo admitía que su padre estaba muy en su derecho si quisiera ver a otra mujer, de todos modos prefería que no fuera así Y pensaba en esto justo en el momento que escuchó de su madre:

—Ricardo, tu padre tendrá que cambiar sus costumbres

—Mi padre ya ha cambiado mucho sus costumbres, si usted le jala más, va a reventar

Pero su madre no logró escuchar lo último pues intervino, diciendo—: Y tú me debes ayudar, m'hijito Tú lo acompañas la mayor parte del tiempo, así que estás en condiciones de saber lo que hace tu padre Debes decirme todo lo que hace

—Mamá, yo le diré lo que haya que decirle, pero no por las razones que usted me da Yo se lo diré porque no puedo concebir a mi padre escondiéndose para por fin hacer lo que a última hora son asuntos de él —Y la pregunta se le insinuó de nuevo en la mente—: Mamá, ¿de veras mandaría usted a mi papá a la cárcel?

—Claro que sí

—Pues ojalá que mis ojos nunca lo vean —contestó Ricardo, tratando de resistir las palabras que al fin salieron francas—: Porque el día que usted lo haga, ¡me apartaré de su lado para siempre!

Consuelo trató de hablar pero el hijo se alejó, dejándola con la palabra en la boca Y mientras caminaba, pensaba *mi madre está llena de odio ¿Por qué? ¿por qué está cambiando tanto?* Luego, en forma súbita, como si todo se aclarara de repente, entendió que su madre también estaba *encerrada,* y la situación horrorosa en que ella se encontraba fue un golpe inesperado Pensó en sus hermanas y vislumbró su futuro y, ahora en pleno llanto y con las lágrimas cegándole la vista, internó la mirada y pensó en sí mismo, y fue entonces que vio en su totalidad desnuda —aunque desconociendo aún las palabras que plasmaran la contextura de un conocimiento fundamental— las exigencias que la tradición,

la cultura, y la estructura social imponen en el individuo Aunque
no alcanzaba a comprenderlo en su totalidad, sintió en torno
suyo una fuerza que nacía de las penumbras, y se encontró de
nuevo en las garras del misterio, pero entendió que estaba resuelto a ascender por encima de las tinieblas Era de noche y
estaba bajo la densa oscuridad de una higuera; viéndose postrado
junto al árbol, de repente se levantó y, consciente de un nuevo
espíritu, le dijo a las sombras:

—¡Mierda! ¡Es pura mierda!

Y entendió que nunca más podría ser completamente mexicano y que, además, jamás podría basarse en el derecho privativo
del hombre con el fin de decirle a su madre que estaba equivo-
cada Cualquier diferencia que hubiera entre sus padres indudablemente tendría un impacto en él, pero jamás sería asunto suyo
Era vida de ellos y de nadie más Nunca más iba a intervenir en
la vida familiar

I I

Ese verano cumplió doce años, y sería un cumpleaños que a
lo largo de su vida recordaría No pensó por qué sentía tanto
regocijo que fuera su cumpleaños, pero sí sintió una nueva
fuerza ascender por las extremidades y los nervios, y se dijo,
en voz alta: —Soy un hombre —Ese día le regalaron ropa, y
la estrenó pavoneándose, él solo, a lo largo de la banqueta de
su casa, en momentos afectando la postura de un pugilista, diciendo—: ¡Tómale y tómale, chueco andrajoso, orejacaída!
—Luego como despistado echaba un vistazo a sus espaldas
por si acaso había alguien que, atónito, estuviera viendo la
tremenda golpiza que le estaba dando al aire Pasó por donde
vivía Zelda y de pronto su corazón empezó a latir con más
fuerza, temiendo que la arpía saliera de su cubil y le pateara
el funfún Y se dijo —*Algún día   algún día*— pero supo
que mentía, porque tenía miedo, y pensó que siempre tendría
miedo Les temía a cosas que por lo regular se consideraban
sin importancia, como la oscuridad, y luego eso de sentir pa-

vor al pensar en fantasmas —aunque sabía que todo en relación a fantasmas era pura mentira y aunque supiera que en verdad le temía mucho a los guamazos En breve, se veía a sí mismo como un chamaco pusilánime que podía engañar a mucha gente, y su madre tenía mucha de la culpa por haberlo mimado tanto Pero no odiaba a su madre; de hecho, sentía un profundo amor hacia ella porque en verdad era muy buena, y sentía también ese amor hacia su padre porque era un hombre y estaba tratando de hacer de él todo un hombre Pero lo único que no le gustaba en su madre era eso de depositar todo su amor en él —o sea, habiéndoselo quitado al padre, se lo había dado a él—, como si todo el amor que ella tuviera dentro de su pecho no fuera suficiente para su hijo adorado —o dorado, o de oro, pues era Rubio—, quien a última hora quizás no fuera un muchacho, después de todo, porque había visto un hermafrodita en el carnaval durante la fiesta portuguesa, y últimamente se pasaba largo tiempo frente a un espejo, fijándose por cuál lado le brotaría el pezón y por qué lado el bigote De todos modos, esta misma mañana, al despertar, había cumplido doce años y ya era un hombre, y esto lo sabía muy bien por la sencilla razón que cuando despertó, amaneció con su virilidad bien gallarda, enhiesta como el mástil de un bergantín, y supo entonces que conocería mucho a través de su velero, aunque se le fuera después de orinar

Entró a su casa a la hora de la merienda, pensando que quizás su padre le daría diez centavos para que fuera a ver *Buck Jones* Se sentó a la mesa, puso el mentón entre sus manos y dijo en voz alta y en inglés: —Yo soy Buck Jones y Ken Maynard y Fred Thompson, tres distintas personas y un solo yo verdadero, pero a la vez no soy Tom Mix porque no me gustan los caballos zainos —Y luego se acomodó para seguir pensando

—¿Por qué andas siempre en las nubes? —preguntó su madre —¡Por Dios! ¡Te me vas a volver loco de tanto pensar!

Y lo raro fue que su adusto padre intervino, diciéndole a su esposa—: ¡Déjame al niño en paz! La gente no piensa lo suficiente ¡Déjalo pensar!

—Sí, Juan Pero háblale sobre eso de leer tanto durante la noche De seguro que se nos queda ciego uno de estos días

—¿Quedarse ciego? ¡Tonterías! Al leer con poca luz, el muchacho está aprendiendo a ver —Luego volteó a donde estaba su hijo sentado y le dijo:

—Aprende, hijo Aprende todo lo que puedas en inglés porque dentro de un año estaremos de nuevo en nuestra patria y tu conocimiento te será de mucho provecho Claro, quiero que también sepas nuestro idioma Qué vergüenza me daría si al llegar con nuestros parientes pensaran, al oírte, que tengo por hijo un bruto

Pero Ricardo tenía la mente ahora en el Rey de la Plata, *Silver King*

—¿Cree usted, papá, que cuando vayamos a México pueda yo tener un caballo?

—Eso se sobreentiende

—¿Uno blanco y bien grande?

—Si así lo quieres —contestó Juan Rubio— ¿Pero por qué te aferras a que sea blanco?

—Porque quiero tener lo mejor

—¿Quién te dijo eso? Los caballos blancos casi son siempre unos buenos para nada

—Me está vacilando, ¿verdad? —preguntó Ricardo— Todo el mundo sabe que el caballo blanco es el mejor caballo que hay

Juan Rubio soltó la carcajada

—¡Híjole! Eso te muestra lo poco que sabes Eso a lo mejor se ve en el cine, pero si supieras algo de caballos, sabrías que a un buen caballo no se le escoge por su color

Ricardo continuó con lo que pensó era una broma del padre, y volteó a preguntarle a la madre—: Mamá, cuando mi papá habla de caballos, ¿de veras sabe de qué está hablando?

—De eso entiende mucho, m'hijo, de eso y también de todo lo que tenga que ver con mujeres No creo que encuentres alguien en el mundo que sepa más sobre esas dos cosas que tu padre

—Mira, Consuelo

Pero ella no le hizo caso a su esposo y se dirigió a su hijo, quien sintió de repente que un calor placentero le subía por todo el cuerpo al notar un inconfundible orgullo en la voz de su madre

—Tu padre fue el mejor jinete en toda nuestra región, y es en México donde encontrarás los mejores del mundo, así que calibra la calidad En México tienen caballos finos, con patitas delicadas que mueven con suma delicadeza, una después de la otra, no como en este país, donde los caballos tienen tamañas pezuñotas

—Esos son caballos para el arado —dijo Ricardo— La gente que los cría les hace algo y luego nacen de esa manera, no sé cómo, pero le llaman *breeding*, que es algo así como criar pero científicamente Pero los caballos normales tienen pezuñas pequeñas; me fijé un día cuando el ejército de infantería estaba acampado cerca del molino portugués Eran caballos muy bonitos, pero todos eran color castaño oscuro

—¡Qué obsesión tuya con ese color! ¿De dónde sacaste eso?

—Es que   —empezó Ricardo a hablar

—¡Basta! ¡Un caballo es un caballo y sanseacabó!

Su madre dijo: —Para que sepas, tu madre era toda una amazona a caballo, y si no me crees, pregúntale a tu padre —Pero Ricardo no podía imaginarse a su madre montada en un caballo, por más que trataba— Y no creas que yo montaba como lo hacen las mujeres de aquí, todas vulgares y a horcajadas sobre su montura Yo tenía una hermosa silla de montar que me hizo mi bisabuelo con sus propias manos, pero tu papá la perdió en el juego junto con la única vaquilla que nos quedaba Tu papá nunca fue bueno para el juego, y ya te sabes el dicho En fin, lo que no perdía en el juego, de alguna forma se las hacía para regalarlo

—Pero la gente era muy pobre, Consuelo, y además tú nunca te quejaste

—Ah, claro que es bueno y muy de cristianos eso de ser caritativo, pero, Juan —y en eso volvió la cara hacia Ricardo, a quien ahora le dirigió la palabra—: Hubo ocasiones en que tu padre regaló toda la comida que teníamos, y de no haber sido por mi bisabuelo, las niñas y yo no hubiéramos comido absolutamente nada

—Pero piensa que esa gente a lo mejor no tenía bisabuelos —comentó Juan Rubio

—Recuerdo días en que tu padre salía de casa luciendo una camisa y su chamarra, todo guapo y resplandeciente en su nueva ropa, para luego regresar sólo con los pantalones y el sombrero puestos; por días andaba tu padre en puros huaraches; ¡qué pena me daba verlo así!, pues tu padre no era hombre de huarache El era un jinete, pero, claro, no te puedes imaginar lo que ser jinete significa en nuestra tierra: el que lo es, todo mundo lo admira — Y por primera vez en varios meses, Ricardo reconoció en los ojos de su madre —tiernos, anhelantes— una mirada de nostalgia, y supo entonces que su madre había sido una vez plenamente feliz en esa remota tierra, a pesar de todas las cosas que había dicho al respecto últimamente— Pero luego, cuando menos lo esperaba, llegaba a la casa caminando muy orondo en sus nuevas botas, y yo tan feliz que no hallaba cómo enojarme con tu padre por la forma en que las botas vinieron a ser de su propiedad

—¿A poco se las robó, papá?

—Yo no soy ladrón, Ricardo En momentos me encuentro en situaciones en que me es necesario llevarme esto o aquello, pero eso no quiere decir que robe—y según hablaba Juan Rubio, Ricardo veía en la sonrisa de su padre destellos de una petulancia juguetona que afloraba en los labios del padre siempre que éste adoptaba el papel de un actor del absurdo— En el caso que mienta tu madre, lo que habrá pasado es que a lo mejor al llegar a una esquina me topé con un español, y después de darnos los buenos días como dos caballeros, él que me ve el huarache y yo que me pongo a columbrarle la bota, y resulta que por una de esas casualidades que nos obsequia la vida, su medida de bota viene a ser igualita que la de mi humilde huarache, y pos ahí mismo decidimos cambiar calzado

—En una ocasión —dijo Consuelo—; cuando tu padre regresó a casa y se oían rumores que había terminado la Revolución, nos establecimos tu padre y yo y compramos una tiendita con la dote que mi bisabuelo había donado el día de mi matrimonio con tu padre No me lo vas a creer, pero en menos de un mes ya estábamos arruinados pues tu padre se puso a regalarle comida a todo mundo, diciéndoles que no se preocuparan, que pagaran cuando tuvieran dinero Pero tu padre no llevaba un registro de todo lo que daba, por lo tanto a última hora no se supo quién le debía o cuánto, aunque estuvieran en condiciones de pagarle En aquellos días éramos muy afortunados al tener con nosotros a mi difunto bisabuelo, que Dios lo tenga en su gloria

—Mamá, ¿tenía mucho dinero su bisabuelo? —preguntó Ricardo

—No, pero era independiente y trabajaba para diferentes personas porque no era un peón

—El era indio, ¿que no?

—Así es, era puro indio, oriundo de un estado del sur de México, pero no por eso te sientas superior; tú eres indio también, con algo del abarrotero español y a lo mejor con un piloncito de francés

—Pero mi papá me ha dicho que yo no soy español

La sonrisa de Juan Rubio había desaparecido y ahora sus manos se enroscaban sobre la mesa, formando dos puños —Nosotros somos mexicanos, no se te olvide, hijo; somos eso y nada más A tu madre se le ha metido la ocurrencia que por nuestras venas corre la sangre de todo cabrón que ha explotado a nuestro país, y, claro, eso incluiría a todo el mundo, hasta los gringos Ella les tiene un amor a los españoles que yo nunca he podido compartir

Consuelo se acercó a la mesa con el molcajete en la mano y se puso al lado de su esposo mientras molía el chile y hablaba —Ellos siempre fueron buenos conmigo Me dieron un hogar y, puesto que era huérfana de madre, me enseñaron todo lo que una mujer debe saber ¿Por qué no he de amarlos?

Ricardo jamás había entendido ese lado paterno. —¡Pero todos sus amigos son españoles! —dijo en voz alta, con un tono de interrogación

—Al momento de escoger, eso es lo único que hay aquí
—dijo Juan Rubio—, pero estos españoles son diferentes; pertenecen también a la clase humilde, aunque algunos se den sus
aires Esta es gente que fue humillada, casi de la misma forma
como nos ocurrió a nosotros en nuestro país Esto es lo maravilloso de este país tuyo, hijo Todo aquél que es atropellado y
maltratado en su tierra, se viene aquí, llegando con la esperanza
de que a lo mejor aquí se desquita, mayormente si se encuentra
con algún dejado que se agache y le deje hacer lo que le venga
en gana En todo el mundo, hijo, la gente trae muy dentro algo
que les hace olvidar lo que una vez sufrieron en manos de otros,
y, olvidadizos que son, se le echan encima al primero que ven y
tratan de hacerle lo mismo que ellos sufrieron en carne propia
Eso explica que le enseñen a sus hijos que te griten cholo y que
te digan *dirty Mexican,* como si ellos fueran la divina envuelta en
huevo —Le dolió a Ricardo que su padre supiera esto Juan
Rubio notó indicios de vergüenza en su hijo, y dio un manotazo
en el aire como si con ese gesto hiciera borrón y cuenta nueva en
la historia de la humanidad— Y no creas que lo hacen para
desquitarse de las injusticias que aún llevan en la memoria; no, lo
hacen porque se han olvidado Aquí es distinto, pero en nuestra
tierra a mí jamás me veían en compañía de un español ya que
eran los opresores, los ricos Recuerdo que la gente humilde
luchaba para levantarse del suelo donde los tenían pisoteados y
besándole el trasero a los mismos que los habían injuriado Eso
no ha cambiado En cuanto a los curas, tampoco me veían acompañado de ellos, porque siempre estaban de lado del gobierno
—¿Pero por qué los padres, esos hombres de Dios? Ellos
están siempre con el pueblo Ellos no se ponen de parte de nadie
—intervino Consuelo
—Tu madre también adora a los curas, pero es que ella no
llegó a ver lo que mis ojos vieron En la hacienda donde tu
madre y yo nacimos, no había un padre Dos veces al año, un
sacerdote de la ciudad iba a los ranchos y a las haciendas a
confesar a la gente, excepto cuando los hacendados los necesitaban En ese caso a veces hasta iban cada semana, corriendo al
trote Cuando alguien forzaba la puerta de una alhóndiga para

robarse un poco de maíz o de frijol para alimentar a su familia,
llegaba el padre, confesaba a todo mundo, y luego decía misa
En seguida el hacendado le hacía una fiesta al cura antes de que
volviera a su parroquia Al siguiente día, el hombre que se había
llevado la comida amanecía colgado de un mesquite Esto ocurrió muchas veces ¡Una persona en su juicio jamás podría sentir
amor o respeto por hombres responsables de tamañas atrocida-
des!

La voz de Consuelo se entristeció al corroborar lo dicho por
su esposo —Tu padre no se equivoca al decir eso, Ricardo Pero
yo me sentí protegida por ellos y gocé del calor que me brinda-
ron con su afecto, y me es muy difícil sentir algo en contra de los
hombres de la Iglesia Pero debo admitir que esas cosas en verdad pasaron; yo no vi nada, pero sé que así fue, y debo decírtelo
aunque me disguste mucho hablar en contra de los padres, a
punto de sentirme enfermar cuando lo hago Hijo, tu papá es un
buen hombre, y cuando habla del español no significa que hable
en contra de toda la raza, sino que fue cosa del destino que los
terratenientes fueran españoles

Viéndolo a través de este nuevo ángulo, Ricardo sintió por su
padre un remozado respeto Ya no era ese innato respeto que le
tenía al progenitor de su vida simplemente por haberlo traído al
mundo; era, por lo contrario, un respeto de mejor linaje porque,
siendo de carácter abstracto, es decir, conceptual, lo *entendía*: el
valor que su padre adquiría ahora ante sus ojos ascendía desde
las profundidades de la vida misma de su padre Anterior a ese
momento, Ricardo siempre pensó que su padre se había enro-
lado en las filas de la Revolución llevado por el entusiasmo de su
carácter joven e impulsivo Ahora entendía las razones que con-
dujeron a su padre a alistarse en esa guerra, y entendía, también,
por qué fue que, después de casarse, dejó atrás a su esposa a que
se las arreglara como ella pudiera, mientras él, unido al ejército
de Villa, se iba a luchar y luego venía, y volvía a irse, una y otra
vez Sintió que todo su ser palpitaba con una nueva reverencia
hacia su padre; bajó la mirada, fijándola en la mesa de pino, y
ahora la sangre le subió al pecho y luego a la garganta, donde se
le hizo un nudo, ahogándolo por ser tan fuerte la emoción Al

levantar los ojos vio en su madre una mirada nerviosa y un rostro encendido con el fuego de su propio rubor; descubrió la causa de esta transformación al ver que su padre tenía la mano izquierda debajo del vestido de su mujer, acariciándole la parte posterior de las rodillas y luego ascendiendo hasta llegar al calor de los muslos Bajó rápidamente la mirada pero ahora reconociéndose alegre y feliz y pensando cuán hermoso era que su padre acariciara a su madre sin que él se sintiera avergonzado o alarmado Su madre regresó a la estufa

—¿No me da diez centavos, papá, para irme a ver *Buck Jones*?

—Pídele permiso a tu mamá y de paso le pides también los diez centavos

Ricardo rió de felicidad por los juegos infantiles en que se deleitaban sus padres al jugar con él de esta manera Aún con la risa en los labios, le contestó: —Siempre me dice lo mismo. Pero si le pregunto a mi mamá, ella siempre me dice que vaya a verlo a usted Ahora que están los dos presentes, ¿por qué no llegan a un acuerdo y luego me hacen saber su decisión?

—¿Qué vas a ser abogado o qué? —dijo el padre con actitud socarrona

—No —respondió— Algún día seré soldado

—¡No! —gritó la madre, como si alguna guerra se lo fuera a llevar en ese mismo momento— ¡No vuelvas a decir eso, jamás! ¡No sabes de qué hablas!

—Tu madre tiene razón No es posible que a tu edad puedas saber de esas cosas —Juan Rubio se puso de pie y deslizó una mano alrededor del talle de Consuelo, unciéndola con brío amoroso; mientras miraba a su hijo, le dijo a su esposa—: Es un niño y un soñador —y luego, acercándosele al oído, le susurró—: Eso de pensar en el ejército tiene su atracción romántica cuando se es joven Y te lo digo porque me acuerdo de esos tiempos con gran facilidad, como si fuera ayer —Terminando de hablar, estiró la mano como queriendo agarrar una paloma imaginaria que anidaba debajo del mandil de Consuelo, y al momento ella sonrió y dio un brinco hacia atrás, a la vez que daba un grito sofocado—: ¡No hagas eso, Juan! —Aunque lo dijo en voz baja, Ricardo escuchó la inflexión y entendió Juan Rubio soltó una risotada, y luego con su enorme mano delicadamente levantó una gruesa trenza y mordió a su mujer en la nuca Consuelo se sintió cimbrar y ya no se movió ni dijo nada Al presenciar este cortejo entre sus padres, Ricardo mantuvo absoluto silencio, deleitándose en su propia felicidad

Se olvidó del cine y de *Buck Jones* y corrió fuera de la casa Quizás todo mejoraría entre sus padres, se dijo Ya no temió por ellos Se lanzó por la calle dando brincos y saltos, luego corrió resuelto a encontrar a sus amigos, pues supo que era el momento para jugar

seis

El mundo de Ricardo Rubio se tornaba más complejo con el transcurso del tiempo Tenía la vaga impresión de que los días se le iban con un flujo muy precipitado al igual que las semanas y, en ocasiones, incluso los meses Vivía, por lo tanto, sobrecogido de miedo pensando que de pronto se vería viejo y a un paso de la tumba, mucho antes de haber gozado de todas las cosas que la vida prometía Tenía casi trece años y al pensar en su amigo Joe Pete Manõel —a quien no había olvidado— ya no sentía el dolor de antes Casi siempre se perdía en ensueños o se pasaba horas leyendo todo lo que hallaba a la mano, seleccionando indistintamente y motivado por un perseverante deseo de aprender Ahora, después del trabajo, se le veía con frecuencia en la biblioteca pública, y, después, al concluir sus vacaciones de verano, continuaba de todos modos yendo a la biblioteca, pues para entonces los escasos recursos de la biblioteca escolar le eran insuficientes Le molestaba pensar que, ahora que era joven y fuerte de cuerpo, sus divagaciones fueran de carácter físico Pero por lo visto su imaginación le bastaría sólo cuando envejeciera y fuera ya incapaz de vivir una aventura en forma directa

Ricardo era el favorito de sus maestras porque sus modales, arraigados en la tradición mexicana, eran sumamente corteses, contrastando con los de otros alumnos También porque era buen estudiante, ya que siempre descollaba en sus clases por encima de otros alumnos, y ni parecía esforzarse Sus maestras alentaban sus lecturas pero no la dirigían, y dentro de este ambiente sus estados de ánimo pronto se fueron haciendo más y más complejos

Era natural que en su ansioso anhelo de leer todo lo que cayera en sus manos, leyó muchos libros que no entendió Un amigo de su padre tenía en su biblioteca personal varias novelas españolas, y de él tomó prestadas varias, como el abreviado *Quixote*; intentó varias veces leer a Vicente Blasco Ibáñez, pero descubrió por primera vez en su vida que leer era en sí una tarea difícil Por consiguiente, redujo sus lecturas en español al periódico que recibía desde Los Angeles Con determinación acompañó o corrió tras personajes como Tom Jones y el Dr Pangloss a lo largo de sus muy variadas y no menos complicadas aventuras Después de leer *Gone with the Wind*, salió de su lectura con un enorme respeto y compasión hacia el Sur de los Estados Unidos y su gente Y cuando las familias procedentes del *Dust Bowl* empezaron a llegar al valle, primero pocos y después un torrente humano, se entristeció pues para él eran la viva representación del Sur, y lamentó que esa gente, orgullosa y con bríos, cayera en tal desgracia Y vertió al español el título de la novela que había leído —*Lo que el viento se llevó*— y se dijo que cuánta verdad había en el mismo pues eso era el *Dust Bowl*: lo que el viento literalmente se llevó al erosionar el suelo donde esta gente vivía, ésta siendo la región central del sur de los Estados Unidos

Cada vez que el muchacho se quedaba dormido sobre un libro abierto, su padre llegaba y, apagando con un soplo la lámpara de aceite, lo levantaba en sus brazos, lo llevaba a su cama y con ternura lo acostaba Sólo cuando manejaban por caminos rurales le era prohibido leer a Ricardo En dos ocasiones su padre le arrebató el libro de la mano y lo lanzó por la ventana

del automóvil —¡Ve a tu alrededor! —le decía—; ¡Fíjate, burro,
en el mundo que te rodea! —Y el muchacho se ponía a pensar,
¡Qué raro es el viejo!
 Y en verdad el padre era una paradoja andante

 Ricardo entró en el granero que servía de almacén para guar-
dar las carretas que recolectaban la basura del pueblo Hoy en el
granero no había huella de ninguna carreta o equipo alguno,
pero en cambio estaba repleto de gente joven y de unos cuantos
hombres mayores Al final del edificio se había construido un
enorme cuadrilátero con dos cuerdas en vez de tres Por postes
tenía unos tubos de acero cubiertos de cáñamo Había dos cha-
macos dándose por todas partes cuando de pronto uno de ellos
puso las manos sobre la boca, quedando paralizado en el mero
centro del cuadrilátero Mientras tanto, el otro siguió dando
saltos alternados, tirando puñetazos que no le daban al contrin-
cante o que caían bien asestados sobre los hombros o sobre la
cabeza del rival El de los puñetazos estaba pletórico de ánimo y
el que no podía creer que su boca estuviera ensangrentada le
corrió y en eso que se escucha la campana
 Luego otros dos tipos se encaramaron de un brinco en la
lona y empezaron a danzar por todas partes, despabilando sus
extremidades como lo hacen los profesionales, jadeando y reso-
plando una abundante mocarrera a los cuatro vientos, y luego
este muchacho del pueblo a quien le estaba yendo bastante bien
en el deporte en la ciudad, que le brinca también a la lona y que
se pone a dar de gritos, pues fungía como anunciador, y luego
otro tipo quien ya estaba presente que muestra la cara y que
resulta ser el árbitro
 Ricardo observó que la cara del anunciador estaba ya algo
golpeada y que hablaba por la nariz todo gangoso como fide-
digna muestra que era profesional Era un tipo bajito que caminaba medio raro —bien espasmódico como en las películas mu-
das de antaño—y alquien gritó *Ahí va el próximo campeón peso mosca,*
lo cual quería decir que sería el campeón filipino, pues eran los
únicos pesos mosca habidos y por haber Ricardo se dijo para sus
adentros que él nunca sería campeón ni siquiera de Santa Clara,

y esto no lo dijo en voz alta porque la gente de pueblo es rara para esas cosas pues todos viven en la creencia que tienen lo mejor de lo mejor

Mientras se daban de puñetazos los del cuadrilátero, Thomas Nakano vino a donde estaba Ricardo Nomás traía puestos unos pantalones, arremangados hasta la rodilla y descalzo

—¿Vas a boxear, Thomas? —le preguntó Ricky

—No he podido encontrar a alguien de mi peso y que quiera ponerse conmigo —respondió Thomas, algo decepcionado

Ricardo sintió amagos de náusea al anticipar lo que se avecinaba —No me mires a mí, orejas de coliflor—dijo, como queriendo bromear y salirse del aprieto, pero nadie se rió y notó que a su alrededor reinaba un ominoso silencio

—Aaándale, Ricardo, no te hagas —Le estaba rogando que por favor le permitiera golpearlo— Andale, eres de mi mero peso Yo le entraría a cualquiera, pero resulta que no lo dejan a uno, a menos de que el otro tipo sea del mismo peso

Contestó y repitió que no lo haría, pero sintió lástima por Thomas al verlo con tantas ganas de pelear Para ese entonces los que se habían estado dando de puñetazos sobre la lona ya habían bajado, y luego alguien le gritó a Thomas y le preguntó si había encontrado pareja Contestó que todavía no, pero ya andaban tipos que Ricardo jamás había visto en su vida rodeándolo, tratando de persuadirlo a que boxeara con Thomas, y luego se arrimó el espasmódico de la cara golpeada y al final de todo Ricardo andaba en el cuadrilátero sacudiéndose todo porque no quería figurar como un torpe bisoño Se acordó de las fotografías que había visto en la revista *Ring Magazine* y trató de imitar sus poses, pero antes de decidir en cuál se vería mejor Thomas ya estaba encima de él, asestándole golpes como desesperado Ricardo se le acercó y, luchando cuerpo a cuerpo, dijo:

—¡Qué diablos quieres hacer, loco canijo! —Y Thomas, jadeando, le replicó—: No te preocupes; no te pegaré muy duro

—Y entonces Ricardo sintió un gran alivio pues Thomas era en verdad su amigazo y no se mandaría con los golpes Pero en cuanto se separaron, que Ricardo se descuida y Thomas que le da un moquete en la boca y nariz, dando por resultado que

Ricardo se tambalea y luego siente la cabeza como paralizada En seguida Thomas lo agarra a porrazos como si ya quisiera noquearlo en este segundo, y le da puñetazos en las costillas, en el estómago y a veces incluso en la espalda, mientras que los guantes de Ricardo crecen y crecen hasta sentirse tan pesados como dos enormes almohadas Este fue sin duda alguna el asalto más largo en la historia del boxeo; por otra parte lo hecho por Thomas puso furioso a Ricardo *Mi amigo —¡uno de la palomilla!* Y pensó y pensó, y al final, una vez que se había establecido cierta distancia entre ambos, Ricardo dejó caer sus brazos y fue a donde estaba Thomas, viéndolo directamente a los ojos con una mirada muy triste como diciéndole, *Mátame, por favor* Al momento Thomas detuvo sus golpes pues no entendía el proceder de su amigo, pero cuando ya había bajado su guardia, Ricardo se convierte en un rayo humano y que le propina un golpe seco en la oreja izquierda Thomas entonces giró un par de veces y como que se quiere salir de la lona, pero luego dobla y se pone a caminar en círculos y el hijo de perra camina con una extraña sonrisa y pasa al lado de Ricardo como si nada y luego le da la vuelta, y mientras tanto Ricardo nomás lo mira y se da cuenta que Thomas tiene unas piernitas corvas más morenas que las suyas Luego se escuchó un griterío y todo el mundo que lo exhorta a que se lance sobre Thomas y lo pulverice y aniquile a guamazos, y Ricardo se dice que por qué no, por lo tanto se dispone a seguir a Thomas, pero éste no se detiene y continúa caminando en círculos Y, en fin, que Ricardo lo alcanza y voltea con intenciones de hacerlo añicos, y Thomas como que espera, y espera el golpe con una sonrisa congelada en su rostro y con los ojos casi cerrados, porque sus ojos de todos modos siempre estaban casi cerrados Ricardo no pudo darle un guantazo mientras Thomas le sonriera de tal forma, por lo tanto también sonrió y ahora pensó que eran de nuevo los amigos de siempre y es cuando sonó la campana

Al ver la mueca de Thomas, Ricardo no pudo sofocar la risa, y se reía a carcajadas, pero luego sonó la campana de nuevo y Ricardo cambió de actitud pues empezó a temer las consecuencias. Y tenía razón, pues de inmediato Thomas que le da un puñetazo en el estómago y que Ricardo se dobla, y ahora sí que le cae no sólo una lluvia de golpes sino hasta granizo y poco después que se desploma Ricardo a la lona y decide quedarse ahí muy quedo, enroscado como un feto enorme, hasta que le cuenten a diez Ya no tuvo que boxear y Thomas estaba que brincaba de felicidad y, claro, ayudó a su amigo a levantarse, y Thomas repetía que él se sentía como Fitzsimmons y que su golpe dominguero había sido un gancho al plexo solar Y repetía incansablemente: —Te di en el mero plexo solar, Ricardo—pero Ricardo ya no atendía a sus palabras porque su interés se enfocaba ahora en la gente a su alrededor y de esta manera concluyó que no había estado del todo mal

El árbitro se acercó a Ricardo acompañado del profesional con orejas de coliflor —Fingiste muy bien, muchacho; ¿te gustaría ser pugilista?

Ricardo dijo que no con el estómago, debido a que en ese momento jalaba una cinta del guante con los dientes Luego el hombre lo ayudó a quitarse los guantes

—Aun no sabes pelear, pero para tu edad tienes un buen puño y se ve que eres inteligente

—Pierde su tiempo conmigo pues no sólo no sé pelear, sino que le tengo miedo a la pelea

—Oye muchacho, ¿cuántos años tienes?

—Ya pronto cumpliré trece

—Pensé que eras mayor —le dijo el hombre— Pero no importa, pues yo te puedo enseñar muchas cosas, y en cuestión de un año puedes empezar a pelear ganándote cinco y diez dólares por noche

—No me interesa, señor No me hacen falta los cinco o diez dólares

—¿Y yo, qué? —preguntó Thomas— Yo fui el que ganó Usted me vio pegarle en el plexo solar —Ahora veía Ricardo por qué Thomas le había insistido tanto que peleara con él

—Claro, también hay lugar para ti —dijo el hombre— pero prefiero a este muchacho

—¡Qué suave! —respondió Thomas, sin hacer caso de la última parte Ya tenía un oficio

—¿Qué hubo, qué piensas? —le preguntó el hombre a Ricardo— Te estoy dando la oportunidad de tu vida; es el único modo en que gente de tu nacionalidad puede mejorar su condición

—Yo soy americano—contestó Ricardo

—Bien, bien, pero tú sabes lo que te quiero decir Los mexicanos por lo regular no tienen oportunidades para sobresalir y pues nunca llegan a nada ¿O acaso prefieres pizcar ciruela toda tu vida? —Al ver que Ricardo se quedaba callado, añadió—: Mira, si quieres voy y hablo con tu papá, y te apuesto a que va a estar de acuerdo conmigo ¿Cuánto vas que él sabe lo que te conviene?

—Señor, creo que sería mejor que no hiciera eso Usted no sabe quién es mi papá Ya lo han metido a la cárcel como tres veces por apuñalar a tres tipos

A Ricardo no le fue difícil notar lo limitado que era el juicio de este hombre, pues éste pensaba, como lo piensan muchos en este país, que la navaja y el mexicano son elementos indivisibles de un binomio cultural Y creía haberse librado de este hombre, cuando escuchó—: Bueno, como tú quieras; no le diremos nada, pero cuando empieces a llevar dinero a casa, entonces él vendrá a verme a *mí*

—Mire —le dijo Ricardo—, tiene razón que vendrá, de eso puede estar seguro, pero eso no cambiará mi manera de pensar A mi padre no le interesa el dinero como a otras personas Así que, ¿por qué no me deja en paz?

Pero el hombre insistió —Tengo que organizar una pelea privada para los *Eagles*, y si tú y tu amigo chapaneco se dan de guantes, les daré a cada uno cinco dólares Luego cuando tu padre vea el dinero que ganaste, se caerá de la sorpresa y seguro que te dará permiso ¿Qué te parece?

—A mí me parece bien —respondió Thomas—, pero no me diga chapaneco —Ricardo caminaba ya rumbo a casa y el hombre le seguía los pasos, diciéndole—: ¿Qué te parece si te doy siete cincuenta y al chapaneco cinco dólares?

—No, gracias —Y siguió caminando Jamás podrían obligarlo a hacer algo semejante Sólo serviría de costal para los golpes de otros, pues no sabía pelear; ¿que acaso no era cierto que todos los del barrio sabían que fácilmente le podían ganar? Además, le temía a toda clase de pelea

Varios muchachos lo alcanzaron conforme Ricardo —en silencio, pensativo— se abría paso y caminaba a casa Pensaba en lo ridículo que era el hombre que le había propuesto que fuera boxeador *Se comportó como un chiquillo inocente mientras que yo parecía el adulto* pensó *¡Nunca sobresalen y nunca llegan a nada!* ¡Por Dios! Ultimamente todo el mundo se sentía con el derecho de aconsejarle lo que debería hacer en su vida, y todos argüían basándose en las mismas premisas —es decir, su mexicanidad—, pero no sabían que este muchacho pensaba por su cuenta Por lo menos aquella ancianita que le prestó las novelas de Horatio Alger, y que fue tan amable con él, pensó en su futuro al urgirle que trabajara de jardinero con ahínco y que quizá algún día encontraría acomodo en la finca de una persona de mucho dinero Esa ancianita estaba segura de su éxito en ese tipo de trabajo porque sabía de unos mexicanos que se habían encumbrado en buenos puestos como jardineros   lo raro de esa ancianita era que las novelas de Horatio Alger tenían para ella la misma importancia que la Biblia para los protestantes Y luego la consejera académica en la *high school* quien había insistido que se inscribiera en clases de mecánica automotriz, o de soldadura, o en cualquier clase relacionada con labores de taller; sólo así —pensaba la consejera— Ricardo tendría un oficio y estaría en condición de ser un buen ciudadano, tomando en cuenta, claro, que era mexicano Y cuando Ricardo insistió en inscribirse en clases que lo prepararan para estudios universitarios, la consejera se rió con ironía, como diciendo que ella sabía quién era Ricardo, pues conocía el tipo, y le había dicho que si insistía tanto, que entonces hiciera lo que él quisiera y que probara su suerte con las clases que él prefiriera por una o dos semanas, que ella haría una excepción esta vez y que, por qué no, que cuando viera lo que en verdad le convenía, que ella misma le cambiaría de nuevo el programa según ella se lo había sugerido desde el principio Pero pasaron las semanas y Ricardo no cambió de parecer y desde entonces la consejera se comía sus meriendas con el mismo pan de su error Y pensó, *¿Por qué demonios es la gente así? Siempre tan preocupados porque dizque soy mexicano y yo que casi nunca me veo como tal, excepto en ocasiones cuando estoy solo; entonces siento dentro de mí algo como un cosquilleo de orgullo*

Según caminaba a casa en compañía de sus amigos pensó en lo que la situación previa le había revelado Nunca más tendría miedo Pensó en la manera en que le había pegado a Thomas y luego en la forma en que él mismo había concluido la pelea; raro que nunca había pensado en eso: en la alternativa Bien visto, todo tenía otro ángulo o solución, y éste o aquél se abría ante el ojo discriminador del que busca la alternativa; al descubrir esto supo que jamás se sentiría avergonzado al cometer un acto que transgrediera los códigos de honor que la sociedad afirmara, aunque fuera en forma tácita Y según caminaba pensó que los códigos de honor eran algo totalmente absurdo —y se maravilló al darse cuenta que apenas había entendido cosa tan sencilla—, por lo tanto lo que la gente considerara honorable carecía de toda importancia para él, pues él mismo era el que determinaría de ahora en adelante lo que era y no era importante u honorable en su vida No importa lo que hiciera o quien fuera afectado por sus actos, a última hora todo volvía a él mismo y a sus sentimientos Y reflexionó: *Yo soy yo y todo lo que existe está ahí en su realidad empírica simplemente porque yo soy yo mismo, y nada estuviera delante de mí si yo no fuera yo, y de no estar aquí, en tal caso nada tuviera importancia* Tenía la impresión de que lo importante era su *ser*, y el *era*, y por eso jamás sucumbiría de nuevo a influencias sociales que carecieran de una razón de ser Y si hería a alguien, sólo sería en situaciones en que en verdad no tenía otra alternativa, pues no estaba en su carácter eso de herir a nadie, por lo menos en forma deliberada

Su pensamiento regresó a uno de los momentos claves en el cuadrilátero —cuando Thomas tenía esa mueca que lo hizo tanto reír—, y soltó de nuevo la carcajada al visualizar la risa tonta de su amigo, y luego su carcajada se hizo más y más violenta cuando pensó en el *manager* de box y en todas las personas que intentaban aconsejarle cómo vivir la buena vida, y luego —casi sofocado de la risa— volteó a ver a los amigos que caminaban a su lado y esta vez sí que se desternilló de risa pues se dio cuenta que ellos también se reían, pero los imbéciles no sabían por qué lo hacían, simplemente respondían mecánicamente al buen humor de su amigo Ricardo

II

El mejor amigo de Ricardo era, por estos tiempos, un muchacho del mismo nombre pero conocido como Ricky Parecía extraño que Ricardo hubiera escogido a este muchacho como su amigo ya que era la única persona en cuya compañía se sentía inferior Ricky Malatesta obtuvo la admiración de Ricardo por la sencilla razón de que se batió con Zelda durante cinco días sucesivos perdiendo en cada ocasión De ahí en adelante el muchacho intentó quitarle el mando a la temible virago por lo menos una vez por semana, y mostró ser el único en esa zona del pueblo que no le tenía miedo El predominio que mantenía Zelda en el grupo era quizás la única frustración en la joven vida de Ricky ya que, fuera de estas derrotas, todo lo que emprendía lo hacía a las mil maravillas Este muchacho era uno de esos seres afortunados que vienen al mundo con la aptitud innata que les permite triunfar en casi todo lo que llevan a cabo; si acaso no podía emprender algo, no importaba, pues a todo mundo le daba a entender lo contrario Mientras que Ricardo estaba siempre entre los mejores estudiantes de su clase, Ricky *era* el mejor En el fondo de su ser era un egoísta de la peor calaña, pero su personalidad, junto a cierta gracia en sus modales, creaba la imagen de alguien que poseía la virtud de la modestia aun cuando alardeaba Su padre era un vendedor ambulante de frutas y legumbres y al mimado hijo jamás le faltó en el bolsillo una monedita de cobre o de níquel para que se comprara el dulce o refresco que envidiarían los amigos Ricardo era, entre sus amistades, el único que lo conocía tal y cómo era: sabía de sus muchos embustes, trampas y timos, pero también admitía en su amigo la presencia de una gallardía atlética y un coraje viril que descollaban entre la mediocridad que lo rodeaba Y aunque no era de una inteligencia sobresaliente, no obstante tenía talento y una presencia personal que le permitirían obtener lo que quisiera en la vida, y esto era un rasgo esencial que Ricardo admiraba en su amigo Los dos andaban siempre juntos, felices de estar en compañía del otro y, aunque no se sabía en verdad qué atracción tendría la amistad de Ricardo para Ricky, ambos eran inseparables

A pesar de la fuerza que unía en amistad a los dos amigos, Ricardo no podía hablar libremente con Ricky de muchas cosas Y reconocía que los dos empezaban a distanciarse poco a poco Pero Ricardo no se daba cuenta que este distanciamiento se debía a que, conociéndolo a fondo, su amigo empezaba a perder su brillo; que, a pesar de sus mentes adolescentes, empezaba a formularse en ellos un sentido de los valores respecto a la vida, y tales valores empezaban a contrastar tanto que aun la sutileza del amigo, que tan a perfección le valían con otros, empezaban a tener poco impacto en Ricardo

—Voy a chambear con mi padre cuando termine la *high school* y me voy a hacer de mucha lana como abarrotero —dijo Ricky— El colegio es una pérdida de tiempo Algún día voy a ser dueño de una cadena de tiendas como las Azul y Blanco, y me voy a comprar un automóvil marca *Aubrun* o *Cord* que tenga instalados reflectores por todos lados y unas bocinas que paren en seco a todos los que crucen por mi camino Será el coche más flamante que jamás hayan visto tus ojos, te apuesto Yo estaré también de primera, vas a ver, como mis zapatos ¿Te has fijado en mis zapatos?

—Sí, ya me di cuenta que andas estrenando zapatos

—No, no quise decir eso; vélos de nuevo Fíjate en los tacones cubanos; todo mundo los calza ahora

—Ah—dijo Ricardo, y luego pensó, *¡qué diablos   !*, y añadió—: Se ven a todo dar

Estaban sentados en la acera esperando el autobús Ricky extendió sus piernas para mejor admirar sus zapatos; luego se arremangó los pantalones y dijo: —Ya me está saliendo vello en las piernas, ¿a ti no?

Ricardo trató de ocultar cuán incómodo se sentía ante tal

pregunta y se limitó a responder—: No, todavía no Además, a nosotros los indios no nos sale pelo como a los italianos

—Así es, ya me di cuenta que no tienes mucho alrededor de los huesos que tienes por rodillas A ver, estira la pata; a lo mejor algo te nació desde la última vez que te fijaste

—No

—¿Por qué no?

Ricardo sintió vergüenza a la vez que sentía un hormigueo por todo el cráneo—: Porque tengo las piernas sucias —dijo, más apenado aún

—¡Hombre! No te preocupes—dijo Ricky, y ambos se fijaron pero no, aún no había nada De repente Ricardo se sintió embargado de un nuevo afecto hacia Ricky, pues no había hecho comentario alguno sobre lo sucio que tenía Ricardo las piernas Hablaron luego sobre los métodos que aseguraban el crecimiento del bigote, y luego, volviendo la atención hacia el porvenir, comentó Ricky:

—En cuanto se muera mi papá, me voy a cambiar de apellido

Ricardo se sintió repentinamente deprimido

—¿Cómo puedes mencionar la muerte de tu papá así como si nada? ¿Es que no tienes sentimientos?

—Pero claro que tengo sentimientos Quiero mucho a mi papá, pero todo mundo muere tarde o temprano, y él es más viejo que yo Primero trabajaré para él, pero después el negocio será mío El mismo me ha dicho eso Pienso ponerme un apellido muy americano, porque Malatesta suena mucho a italiano Lo cambiaré a Malloy o algo parecido

—¡Por Dios, Ricky! ¡Giannini no cambió *su* apellido!

—Tienes razón, pero fíjate que sí cambió el nombre del banco Ricky se mantuvo en silencio por unos segundos, como reflexionando, y luego dijo—: He estado pensando que quizás fuera mejor cambiarlo a un apellido judío pues ellos hacen mucho dinero ¡Los muy sinvergüenzas tienen todo el dinero de los Estados Unidos bajo su control!

—¡Carajo! ¿De dónde sacas esas idioteces?

—Mi papá me ha estado hablando de todo esto

—Estás loco, Ricky. Tú crees que los judíos son sinvergüenzas porque hacen mucho dinero, y luego dices que tú mismo quieres hacer dinero Dime, ¿qué diferencia hay entre tú y un judío? Pero todo mundo miente al hablar de los judíos y sobre el control que ellos tienen en las finanzas del mundo Te apuesto a que nunca has visto un judío

—No tengo que verlos para saber de ellos ¿Y tú? Tú que te consideras muy inteligente, ¿has visto un judío?

—Veo imágenes de Jesucristo todos los días El era judío

—Ah, pero El fue uno de los buenos Por eso lo mataron los judíos, como todo mundo lo sabe; además, no friegues, ¡El es Dios!

—¡Cuidado, Ricky! Ya viene el autobús

—¡Goddamn!—gritó Ricky— ¡Nos quiere atropellar! —Ovillaron sus cuerpos y se echaron hacia atrás sobre la banqueta según se detenía el autobús justo en la parada Se levantaron y abordaron el autobús apenados, pero de todos modos le echaron una mirada al chofer al pagar el pasaje Caminaron hacia el fondo del autobús y se tiraron sobre un asiento, temblando aún; en verdad se habían asustado— ¡Se quiso hacer el muy listo! —susurró Ricky en tono audible Pasados unos minutos, preguntó—: ¿Y tú, Ricardo? ¿Tú qué vas a hacer? Supongo que tienes idea, ¿no?

—Claro que sí, y una de ellas es darle un ladrillazo al chofer

—No, me refería a cuando seas grande; a lo que estábamos hablando hace rato

—Oh, no —dijo Ricardo— Yo no voy a hacer nada —Luego se le ocurrió algo y añadió—: Ahora mismo tengo la impresión de que seré pobre toda mi vida

—No te preocupes, Ricardo; trabajarás para mí

—No pierdas el sueño preocupándote por mí

—No bromeo, Ricardo, te lo digo en serio

—Yo sé que lo dices en serio, y por lo mismo te digo que estás loco de remate

Se divirtieron mucho esa tarde Después de ir al cine, caminaron por las calles de San José, echándoles piropos a jóvenes desconocidas y armando mucho relajo durante su estancia en la ciudad De regreso a casa, Ricky le convidó a un barquillo de nieve

—¡Qué suave la pasamos!, ¿verdad, Ricardo?

—Sí; siempre nos divertimos cuando andamos juntos —contestó Ricardo, y luego añadió en forma muy natural—: y eso porque nos queremos

—¿Qué diablos dijiste? —preguntó Ricky, sospechoso

—Dije que te quiero, es todo —respondió Ricardo quien, debido a la felicidad del momento, no se daba cuenta de las sospechas que abrigaba su amigo

—Un momento   no te me estás volviendo maricón, ¿verdad? Porque si eres, yo

Pero Ricardo, súbitamente ensordecido por el clamor que aumentaba progresivamente en su corazón, ya no pudo escuchar el resto de lo que le dijo Ricky Lo había echado todo a perder En el futuro sabría ser amistoso con Ricky, pero jamás lo consideraría su amigo Y de pronto se encolerizó como nunca había estado en su vida

—¡Estúpido, imbécil! —le gritó— ¡Ah, idiota y estúpido hijo de perra! —y luego le gritó en la cara *estúpido* tres veces con la cara violentamente desfigurada—: ¡Tenías que arruinarlo, pelmazo de mierda! Y tú que te crees tan listo y en un dos por tres has deshecho algo muy valioso que teníamos tú y yo —Y diciendo esto le arrojó el barquillo de nieve en la cara

—¿Qué te pasa   qué traes? Tú fuiste el que dijiste

—Escucha lo que te voy a decir: ¿acaso nunca has oído que alguien quiera a un amigo, que sienta cariño hacia personas o incluso que sienta un fuerte apego a las cosas, sin que pienses mal?

—Ah, claro, pero eso de que dos hombres se quieran eso quiere decir sólo una cosa Quizá esté bien cuando se es un niño, pero yo ya cumplí catorce años y tú ya casi tienes mi edad

Ricardo estaba asombrado que no pudiera hacerse entender en algo tan sencillo Pensó en otro ejemplo: —Mira, te lo voy a poner más en claro, para ver si me entiendes: según tú, quieres mucho a tu papá; ¿acaso eso significa que le quieras chupar o meter esto? —y se agarró la bragueta con la mano derecha

—Oye, un momentito .

Pero Ricardo ya estaba de nuevo en pleno control de sí mismo y no quería continuar la conversación

—¿Sabes qué, Ricky? Olvídalo Vas a ser un niño toda tu vida créemelo Disculpa que te eché la nieve encima

—Oh, eso no importa, Ricardo ¿Sabes? No creas que pienso que eres un marica Lo que pasa es que eres a veces bien raro, y luego lees poesía y demás cosas

Ricardo entró en su casa Se sintió vacío y de pronto muy solo Luego pensó cómo es que por un tiempo vivió bajo el temor de que quizá Ricky decidiera un buen día ser un escritor, y se había dicho que si así lo quisiera, Ricky sería, sin duda alguna, mucho mejor de lo que Ricardo jamás pudiera ser Y con sólo pensar que había superado a Ricky, al momento se sintió de nuevo seguro de sí mismo Seguro e inesperadamente poderoso

Los amigos de Ricardo estaban embelesados con el pasatiempo erótico de toda juventud, a la vez que sentían un vago temor, como ocurre con todo adolescente Intercambiaban varias teorías tocante a lo que les podría ocurrir si se daban gusto con desenfreno El enorme almacén que se encontraba detrás de la casa de Ricardo se convirtió en el lugar de encuentros para los adolescentes de la vecindad Subían gateando hasta llegar al henil, llevados por la intención de maniobrar la liberación de sus deseos, y en ocasiones jugando entre sí mismos carreras con el fin de espolear más veloz su montura imaginaria Ricardo jamás pudo participar en estas orgías onanísticas debido a que intuía que algo había contra natura o mucho de equivocado en el acto, no en el sentido moral o corpóreo, sino en un sentido que aún no podía explicarse Su modo de pensar le decía que el sexo era algo muy personal, muy íntimo y, por lo tanto, que no debería ser disfrutado ante la presencia ajena Pero esa misma intimidad exigía que la experiencia sexual debiera ser compartida y, puesto que la masturbación era un acto privado, es decir, carente de comunión con alguien más, resultaba ser otra razón por la que Ricardo resistía el impulso

—No sabes lo que te estás perdiendo —le dijo Ricky un día— ¿Por qué no te animas?

—No te sé decir A lo mejor es porque tengo miedo, para qué te echo mentiras —contestó Ricardo— ¿Qué se siente?

—No es fácil explicarlo porque es algo que se siente adentro Es muy raro y algo pavoroso, pero a la vez se siente tan rico que te picas y lo quieres hacer y volver a hacer Creo que así ha de ser cuando uno se va al cielo; tienes que hacerlo por tu cuenta, eso es todo

Y porque Ricardo recordó haber leído en alguna parte que un escritor debe vivir una vida plena para luego escribir con conocimiento de causa; y debido a que un día el sacerdote no le quiso creer nada durante la confesión, distorsionando todas sus palabras al punto que al final terminó admitiendo que había hecho algo que en verdad nunca se había atrevido a hacer; debido a lo anterior, Ricardo encontró el valor para consumarlo Su olfato descubrió una emanación inesperada que surgía de su cuerpo según aproximaba el momento cumbre, desplomándose luego en un vértigo luminoso y, más al fondo, en una turbación de los sentidos que lo embalsamaba en su propio placer hasta que éste se concentró en una prominencia del pecho, palpitando, avanzando, ensanchándose, hasta que pareció que se le anudaría en la garganta y lo sofocaría Poco después, y en forma súbita, se apoderó de él una violenta contracción de las caderas, señalando los límites de una voluntad que de pronto se paralizaba, pues por unos largos segundos no pudo controlar un temblor muscular, como si su cuerpo le fuera ahora totalmente ajeno

—¡Ya soy padre! ¡ya soy padre! —repetía, como si estuviera loco Concentró la mirada en lo que era una porción de su más íntimo ser, algo parecido a una perla líquida como de clara de huevo, quizás aún latiendo con vida pero en vías de sumergirse en el remolino de aguas que, desde el excusado de porcelana hasta su desembocadura en algún rincón de la bahía, correría en una vertiginosa disolución y muerte

Sentado aún sobre una fría blancura ovalada y con la carne

todavía sufriendo suaves espasmos, Ricardo pensó *¡Condenado!*
¡Ricky no es tan tonto! Bien dijo que era como ir al cielo

Al igual que sus amigos, Ricardo se entregó por completo al
onanismo juvenil, una especie de esclavitud voluntaria en la que,
no obstante, Ricardo padecía momentos de pavor, especialmente cuando tenía que ir al baño, pues aunque entendía lo
suficiente sobre el fenómeno de reproducción, su aguda imaginación cancelaba lo que sabía por conducto de la razón, resultando
en horripilantes visiones de un monstruo deforme que, arras-
trando sus miembros y humeante de sus propias exhalaciones,
surgía un buen día de la cañería declarando a todo el mundo que
Ricardo era su padre También lo obsesionaba el miedo de vol-
verse loco, aunque leyera en algún libro que tal teoría carecía de
todo fundamento científico; según decires, podía uno también
enloquecer por el simple hecho de pensar mucho en el acto Al
principio se burlaba de sus amigos al escuchar estas sandeces,
pero ahora que se sentía subyugado por el mismo frenesí, ya no
sentía la misma seguridad de antes Sin embargo, nunca le preo-
cuparon cuestiones de teología, habiendo sido indoctrinado,
desde sus días de catecúmeno, que eso de jugar consigo mismo
era un mortal pecado en que no sólo la mente sino también el
alma podía perder De hecho, últimamente sentía un enorme
placer cuando estaba dentro del confesonario y se veía a sí
mismo contarle al buen padre —en forma fría y calculada, con
cierta riqueza de detalles —cómo es que abusaba de este acto en
que tanto arriesgaba su alma; y exageraba en sus confesiones
porque, a pesar de no entenderlo completamente, intuía que el
buen padre disfrutaba bastante de estas conversaciones semana-
les

—Ofendes a Dios —le decía el padre, en ocasiones con
calma, en otras, con ira— Murió por ti, sin embargo le pagas
siendo pertinaz en tu abominable pecado, ofendiéndolo una y
otra vez El sólo piensa en ti, y quiere que tengas una mente sana
en cuerpo sano Pero hay enfermedades del alma, hijo mío, que
son más nocivas que las de la carne; en tu caso estás contagiado
en cuerpo y alma, corriendo el riesgo de morir, sí, de morir y de
irte al infierno

—Sí, Padre

—Esta vez me prometes que vas a intentar con todas las fuerzas de tu alma, ¿verdad, hijo mío?

—Sí, Padre —Pero como siempre lo intentaba, le era fácil prometerlo Y luego pensó *¿Habrá cometido El también el acto cuando El era niño, siendo Jesucristo?*

—Ahora bien, hijo mío, ¿qué tienes que confesarme en cuanto a jovencitas? ¿Has cometido algún acto que haya manchado tu alma y la de alguna muchacha?

—Sólo cuando juego conmigo mismo, Padre, o sea que mis pecados son mentales

—¿Hay alguna muchacha que favorezca tu imaginación cuando lo haces?

—No, nadie en particular; a veces pienso en una muchacha por dos o tres días, pero pronto me aburro de ella y me pongo a pensar en otra Pienso en muchas muchachas —varias de ellas son estrellas de cine, y confiésome Padre que una vez intenté imaginarme cómo se vería la Hermana María José si se desnudara de toda esa ropa que trae puesta, aunque sólo fuera para ponerse ropa ordinaria —El sacerdote estaba horrorizado

—Ricardo, ¿qué ha pasado contigo? ¿Cómo es que te has hundido en tanto mal? Siempre has sido el muchacho más atento y agradable; es más, solía pensar que había cierto aire de santidad en torno a tu persona Pero me has desilusionado tanto, y lo que es peor aún, has desilusionado también a nuestro Padre que está en los cielos —Era tanta su agitación que de momento se olvidó que no debía saber la identidad del que confesaba

—Pero, Padre, usted ha de saber que todos cometen actos como el mío ¿Que acaso no le confiesan la verdad? Sé muy bien que usted no puede hablar sobre esto, pero si no se lo admiten, en tal caso hay mucha gente que no se confiesa como debe ser —No había ironía en sus palabras debido a que este punto lo veía como algo de suma seriedad

—Estamos en medio de tu confesión, hijo mío, y en estas circunstancias no podemos referirnos a las de otras personas —señaló el sacerdote, hosco en el hablar— El mal ha penetrado las raíces de tu alma, y hasta el pensamiento se te va a pudrir En verdad te digo que habrá en tu familia enfermedades y muertes si no regresas al camino del bien Es algo sumamente pernicioso para tu alma pensar en lo que tú piensas, y aun más cuando por añadidura continúas con la asquerosa costumbre de masturbarte Con el solo hecho de pensarlo haz de cuenta que has consumado tan vil acto ¡Y me horroriza el hecho de que has llegado al extremo pecaminoso de fornicar con una monja en tu pensamiento! Esa es una grave transgresión a los mandamientos de Dios, y transcurrirá un larguísimo tiempo antes de que alcances la redención de tu alma Te mando que hagas una novena; de mi parte, diré una misa para interceder por tanto pecado que ha corrompido tu alma Esto por lo general se hace cuando alguien muere, pero no sé de nadie recién muerto que necesite la misa más que tú

—Sí, Padre —Pero Ricardo ya no sentía el temor de antaño Desde hace tiempo que ya no le tenía miedo a Dios, aunque aún creía en Él

—Tendrás de penitencia cien padrenuestros y cien avemarías, pero ahora mismo debes hacer un sincero acto de contrición por haber ofendido a Dios —El sacerdote inclinó la cabeza y juntó las palmas de las manos como si orara, luego alzó una de ellas y le dio la bendición después de un breve titubeo

—¡Oh, Dios mío! Perdóname por haberte ofendido — Y las palabras salían de su boca mecánicamente mientras él pensaba ¡Ay! *Nunca saldré de aquí*

De inmediato cerraron el postigo y él se sintió muy solo en el rincón umbrío del cubículo, consciente de un murmullo próximo que originaba en los labios de otro pecador Se levantó y unió las palmas de las manos, cruzando un dedo pulgar sobre el otro; luego con los ojos cerrados como si fueran delgadas rendijas —sin cerrarlos del todo, para no tropezar— hizo a un lado una pesada cortina con su hombro izquierdo y salió de la obscuridad Sintió los ojos de todos los congregados clavados en su pecaminosa presencia. Ha de ser un gran pecador, pues duró mucho tiempo su confesión, se dijo que estarían pensando Se estaba dando la comunión Caminó hacia el altar en la forma en que había sido instruido hace años; con paso solemne, manifestando estar pleno de reverencia debido a la naturaleza del acto en el que iba a desempeñar un importantísimo papel: comulgar con Dios a través del Espíritu Santo Si en verdad lo anhelaba con toda el alma, ante su presencia podría encontrar la absolución y la gracia divinas Y mientras aún aparentaba ser uno de los bienaventurados por su mansedumbre, su pensamiento torció hacia un sinfín de abstracciones en relación con todo menos lo que importaba en el momento Cuando despertó de su ensueño, se encontró hincado y consciente que el cáliz se acercaba, fulgurante, a una distancia de tres personas, y luego frente a la persona a su derecha La hostia ahora estaba frente a su boca, prendida a unos dedos con licencia para tocar el Cuerpo Divino; en cuanto sintió la patena bajo el mentón, se puso de pie lentamente y retrocedió, fijando la mirada en la hostia —que representaba el Espíritu Santo— suspendida aún en los dedos del sacerdote Dio la media vuelta y caminó despacio, pero con resolución, por la nave central del templo, hasta llegar al umbral y luego salir a los primeros peldaños Respiró hondo, y en el acto se sintió muy feliz al pensar que al fin se había liberado

Unos días después, su padre se enfermó repentinamente Es pura coincidencia, se dijo, pero en un momento de desesperación se arrepintió de lo que había hecho y le prometió a Dios que si curaba a su padre, se abstendría de todo acto o pensamiento carnal por toda su vida Se abstuvo hasta el tercer día, justo cuando una curandera visitó su hogar y logró aliviar a su padre Esa misma noche Ricardo consumó el acto tres veces seguidas, como para compensar por lo que se había perdido

Pero nunca lo hacía dentro del grupo de sus amigos, y siempre lo mantuvo en secreto hasta que un día uno de ellos comentó: —Dicen que crece pelo en la palma de la mano si lo hace uno en forma excesiva —Sin pensarlo, Ricardo le echó una mirada discreta a la palma de la mano derecha, avergonzándose al instante ya que todos sus amigos reían a carcajada abierta

Y fue precisamente durante estos días que ocurrió lo que suele ser inevitable para la juventud Los muchachos empezaron

a ver a Zelda con nuevos ojos, a pesar que ella aún los dominaba
Ahora la muchacha se lavaba la cara y el cabello con más frecuencia, tratándose de comportar con mejores modales y consciente que su overol desteñido recién empezaba a redondearse
con la maduración de su cuerpo A pesar de los cambios en su
comportamiento, rehusaba poner en peligro su dominio sobre
los demás De no haber sentido tan a fondo algo como una
responsabilidad de retener el predominio, quizás lo que ocurrió
pudiera haber sido evitado; no obstante, según aconteció, parecería que ya estaba predeterminado que algún día se rendiría a
los que antes le temían

Una tarde lluviosa jugaban todos dentro del henil, empuján-
dose uno a otro y luchando sobre la paja, cuando de súbito se
levantó un muchacho con la boca ensangrentada

—¡Hijo de perra! —le gritó Zelda— ¡Si vuelves a meter
mano te agarro a patadas!

—Híjola, te estás volviendo muy delicada —replicó el muchacho, lloriqueando—; ¿qué te hice?

—¡Nomás te digo esto: ten cuidado con tus manos y cállate!

—Oye, Zelda —dijo Ronnie— ¿Por qué no te quitas la ropa
y nos dejas ver?

—¡Condenado! Fíjense en lo que dice el futuro ministro
—dijo Ricky

—¡Que se la quite, que se la quite!   —cantaron todos a
la vez

—¡Están zafados! —contestó Zelda

—Tiene miedo —señaló Ricardo

—¡Estás loco!

—Eres gallina —dijo Ricardo

Y en seguida se desvistió con agilidad, desnudándose primero de su overol, y luego de su blusa y ropa interior Ahora
estaba de pie ante los ojos de todos, con su cuerpo esbelto y
firme coronado de un rostro resuelto y con la frente alta Los
muchachos enmudecieron, sofocados de admiración Todo ocurrió en forma espontánea y repentina; Ricardo había sido el
único en intuir que Zelda se atrevería

—Tienes las piernas sucias —observó Ricardo, y a ella se le encendió la cara de vergüenza En el acto de recoger su ropa, Ricky le dijo:

—Oye, Zelda, ¿qué tal si nos dejas?

—¡Vete al diablo!

—Tiene miedo —volvió a decir Ricardo La lengua la tenía como inflada y seca, y le era difícil hablar Estaba en cuclillas al decir esto; en el acto Zelda se lanzó sobre él y lo agarró del cabello con ambas manos, jalándolo con violencia y forzándole a que levantara el rostro; lo miró con la cara más temible que pudo gesticular—: Tienes miedo —repitió Ricardo, temblando

—Muy bien, negro cambujo; me voy a dejar, ¡pero después te voy a patear por todas partes! —Volteó a ver a los demás y dijo—: *Okay*, todos menos el japonés

—Ellos también lo hacen —comentó Ricardo— ¿Cómo crees que él vino al mundo?

—Es cierto —dijo Thomas— ¿Cómo crees que vine al mundo?

—Zelda, no tienes por qué dejarlo —dijo Ronnie

—Claro —dijo Ricky— Andale, lárgate de aquí, Thomas

Pero Thomas no se movió del lugar —Si él no lo hace, nadie lo va a hacer —afirmó Ricardo

—Oye, ¿qué te crees? —gritó Ricky— Andas dando órdenes y haciendo y deshaciendo en todo, como si fueras el jefe Zelda tiene el primer lugar, luego yo sigo, y ya no queremos que Thomas ande entre nosotros

Zelda observaba todo como si fuera algo en que ella no tenía voz alguna Esa era la primera vez que no interfería en una discusión del grupo Ricardo dijo: —Le acabo de ganar a Zelda

Ella entendió y expresó lo siguiente: —Está bien, Thomas Después de todo, eres de la palomilla

—*Okay*, pero yo primero —dijo Ricky, desabrochándose el cinturón— Ya lo he hecho, así que sé hacerlo

¡*Jesus Christ!*, pensó Ricardo ¡Ese Ricky!

A partir de ese día, Zelda compartió poco tiempo con los muchachos Era evidente, aunque en forma tácita, que ya no pertenecía al grupo como antes, y sólo se reunía con ellos en ocasiones en que extrañaba la felicidad que antes sentía en compañía de ellos; en esas ocasiones en que buscaba la compañía de los muchachos, los procuraba en el granero de la familia Rubio y siempre bajo condiciones de que entregara su cuerpo a cambio de la compañía viril

s i e t e

Juan Rubio estacionó su automóvil al lado del camino y, cruzando un patio cenagoso, se dirigió a una casa que dormía sobre unos pilotes de casi un metro de altura Este lugar como que nunca se orea, pensó mientras ascendía la escalera que lo llevó a la puerta de entrada

—Pase, don Juan Pásele a su casa —dijo un hombre bajito y de rostro oscuro— ¡Qué milagro que viene a visitar a los pobres!

—El milagro, Cirilo, es que te encuentres en casa —contestó Juan Rubio, sonriendo El saludo amistoso era el marcado por la tradición, y se exageraba su condición humilde con la esperanza de hacer de su pobreza una cruz menos pesada

—¿Cómo estás, Macedonia? —le preguntó a la esposa de Cirilo.

—Muy bien, gracias a Dios, ¿y usté, don Juan?

Y le pasó por la mente el hecho de que, aunque amigos, estas personas siempre le hablaban de usted, mientras que él les hablaba de tú. Le pesó un poco que así fuera. Le ofrecieron una silla en el comedor y al sentarse se dio cuenta que siempre que entraba a un hogar mexicano, la mujer se encontraba junto a la estufa, amasando la masa o haciendo tortillas Ultimamente estaba muy consciente de esto *Voy a hacer que mis hijas hagan más quehacer en la casa Tienen que aprender, pues algún día tendrán hogar y esposo que cuidar* Y pensó en su esposa y al momento sintió una ternura que jamás había sentido y que, de hecho, nunca había tenido consciencia de que pudiera sentir Y se acordó que esta noche exhibían en Mountain View una película mexicana: *Esta vez la voy a invitar a que vaya conmigo*, se dijo en silencio

—Pero Cirilo —le dijo a su amigo— ¿por qué insistes en vivir aquí en Alviso? Ya se avecina la temporada de lluvias, y otra vez se te va a meter el lodo y el agua por el sieso

—Ay, don Juan —replicó Macedonia, como si le reprochara lo sugerido en su forma de hablar

—Nos vamos a ir de este lugar —dijo Cirilo— Para el invierno dejaremos esta casa, antes de que Alviso sea una vez más una extremidad de la Bahía de San Francisco Mi vieja y yo esperamos que usté y su familia vengan con nosotros

—¿Y a dónde te vas a cambiar? —preguntó Juan Rubio

—A Milpitas

—¿A Milpitas? Hombre, eso queda a escasas dos leguas de aquí ¡Y hablas de irte de este lugar!

—Pero ahí no tendremos inundaciones —contestó Cirilo— También, en Milpitas podremos tener nuestra propia tierra Cincuenta dólares por acre, y hemos ahorrado lo suficiente como para comprar cuatro, gracias a que nos hemos aguantado viviendo aquí en el lodazal Desde que me fui de mi tierra ése ha sido mi sueño: ser dueño de mi propio terrenito En México, aunque bien sabíamos que la tierra le pertenecía al patrón, según nosotros como que era nuestra, pues nos permitían que plantáramos lo que queríamos y que guardáramos uno o dos animales En este valle todo crece de tan fértil Pensamos cosechar casi todos nuestros alimentos y hasta podré tener una vaquita Construiré mi propia casa y de paso le voy a hacer un jardín a mi vieja

Juan Rubio pensó que la idea no estaba del todo mal Levantar uno su casa en terreno propio Eso podía hacerlo en Milpitas, pues era una aldea, pero era imposible en Santa Clara No El concilio municipal tenía un encargado de la Comisión Planificadora, aunque tal comisión no existiera El ingeniero municipal —según le llamaban— le informaba a uno qué y qué no se podía construir Juan pensó en los mil dólares que se había ganado esta temporada contratando trabajadores agrícolas, y pensó también en la casa ubicada en la calle Lewis, casa que podía comprar por dos mil doscientos dólares ¡Pero qué decisión tenía que hacer! Lo tocante a Milpitas le parecía algo bueno: comprar veinte acres de tierra y luego pedirle un préstamo al Banco de Italia para la compra de útiles de labranza y de un caballo para el arado Sería bueno proteger a Consuelo de influencias extranjeras, llevarse a sus hijas lejos de tentaciones, a menos que un mal día le saliera una conque está panzona, algo que significaría su vida, pues aquí en este país no se usaba que un padre defendiera el honor de su hija

—Primero tendremos un retrete, hasta que podamos instalar la cañería Claro que al principio esto será una inconveniencia, ahora que nos hemos acostumbrado a excusados que se les tira de una cadenita y como si nada; pero a gente como nosotros, quien por muchos años hizo caca en un corral, un retrete pudiera verse también como un lujo

—Sí, tienes razón —observó Juan Rubio La alusión a su vida en México le trajo recuerdos y un hondo pesar, unidos a un estado de ánimo de depresión Aunque él y Consuelo no eran de la ciudad, la vida en la hacienda era como vivir en un pueblo grande, rodeados de todos sus parientes Habían tenido fiestas y bodas, bautizos y velorios Siempre había algo que planear, algo que hacer Allá habían tenido música y muchas ocasiones para soltar la risa o la carcajada; aquí, ahora, casi no había razón para reír En la hacienda la gente era pobre pero no vivía en la miseria Tenían su casita, propiedad también del español pero, como dijo Cirilo, era considerada del labriego Y casi siempre la habían construido con sus propias manos. Pero no, no sería justo, ni para él ni para Consuelo, eso de mudarse al campo para vivir una vida aislada Por otra parte, el simple hecho de poseer tanta tierra en este país sería como segar toda ilusión de regresar a México Y anhelaba montar un buen caballo, hacerlo caraco-

lear y tirar hacia las montañas; enseñarle a su hijo lo que es
dominar un caballo a fuerza de muslo, pues para eso era Rubio y,
siéndolo, de seguro que traía un corcel corriéndole por las venas
Recordó que hace años, según entraba en una casa, escuchó con
claridad el tintineo de unas espuelas, y al instante le subió un
temblor por todo el cuerpo Todavía le pesaba profundamente,
pero ya no sentía el abatimiento de ayer Efectivamente, pensó,
toda esa gente en su pasado, incluyendo sus amigos y parientes,
habían aceptado una vida de servidumbre a cambio de una *casa*
Todos, excepto él, se habían quedado atrás, en la hacienda
Quedarse no podía, pero por otra parte era cierto que el tener
una casa era fundamental Un hombre debe tener una casa para
darle un techo a su familia, y nunca permitir que haya un espacio
dentro de ella que no esté bajo su autoridad, pues ése es el único
lugar donde un hombre puede ejercer su autoridad El quería
volver a México y lo haría algún día De seguro que en cinco
años, pero por el momento su deber era rescatar a su familia
antes de que fuera muy tarde Sus planes eran volver mucho
antes, pues a estas alturas hubiera sido tiempo de saldar una
cuenta pendiente, pero un fanático religioso lo había hecho por
él. Una sonrisa afloró en su interioridad al pensar en el hombre
que, según la opinión de los periódicos, era un "fanático", tal y
como él lo había llamado; pero sabía que tal "fanático" en verdad
había sido provocado. Seguro que habrá gritado "¡Viva Cristo
Rey!" cuando emprendió la tarea de desembarazar a México y al
mundo de un hombre como Obregón ¿Acaso hubiera sido muy
distinta su forma de gritar "¡Viva Francisco Villa!"? Pero en verdad ese hombre había sido un fanático, pues todo lo hizo fanáti-
camente, pero sólo por esa razón y no por el hecho de haber
asesinado a Obregón El acto ennobleció al asesino, pero su
estupidez en dejarse matar lo pintó tal y como era

—Cómase un bocadito con nosotros, don Juan —dijo la
esposa de Cirilo

—No, muchas gracias Acabo de hacer lo mismo Que les
haga mucho provecho

—No nos desaire —replicó Cirilo

—Bueno, está bien, pues —contestó ¡Qué raro que esta

noche todo le traiga memorias del pasado! El intercambio verbal
se regía según la tradición, particularmente en momentos como
éste en que se invitaba a un huésped a que compartiera comida
en la casa de un amigo, y, sin embargo, nunca le había parecido
extraño Era aconsejable retener estas costumbres, pensó, con-
servar la vieja cultura lo más posible, hasta que regresara

—Te ayudaré a construir tu casa, Cirilo Compra tu terreno y
la construiremos en una semana Hay otros hombres que nos
ayudarán, y todo será como si edificáramos nuestra propia casa
Haremos nuestro propio adobe, y pondremos uno arriba de otro
hasta que tu casa esté terminada

—¿Cómo supo que sería de adobe?

Juan Rubio se rió abiertamente —No me engañas, Cirilo
Estás volviendo a México al cambiarte a Milpitas

Aunque también reía con su amigo, Cirilo se puso serio al
hablar:

—Es verdad Me hace falta un hogar, pues mi mujer todavía
está joven y Dios aún no nos ha dado la bendición de los hijos
Y luego veo las cosas que pasan en el pueblo Cualquier día ella
pudiera largarse con otro hombre —póngale usté que sólo por
una de esas horas más breves que un suspiro, aunque inolvidables
en la memoria de uno— pero el hecho es que otro hombre
gozaría de sus favores Y, además, tengo una sobrina, muy joven,
que viene de México a vivir con nosotros Y solamente en mi
propio hogar puedo protegerlas a las dos

Este hombre habla con la verdad, se dijo Juan Rubio, pues él
había pensado lo mismo de sus hijas, aunque jamás había temido
esto de su esposa Y bien visto, seguro que había algo aquí. Miró
de reojo a la esposa de Cirilo mientras comía Ella lo estaba
mirando con fijeza; vio dentro de los ojos de Juan Rubio por un
momento y luego, muy callada, se mantuvo erguida con el rostro
impávido. Juan Rubio sintió que la sangre se le agolpaba entre
las piernas y pensó, ¡qué raro! que ocurriera de esta forma. La
había conocido por diez años; y en diez años había olvidado
todo lo que le habían enseñado en cuanto a ser una buena
esposa. Ocurría a veces en México que una mujer casada era
sorprendida con otro hombre, pero de ella nunca pensó eso.

Macedonia era una buena mujer, muy devota, a quien trataban con respeto Y se quitó la idea de su mente, pues él ya no acostumbraba meterse en líos de faldas Aunque si la mujer tenía ganas y nunca llegaría a oídos de nadie, entonces no importaba que el esposo fuera un amigo

Cirilo seguía perorando: —   Pero usté tiene muchos hijos, y con esa bendición tiene una familia completa Pero a mí me hace falta una casa que nos sirva de ancoraje en medio de la tempestad

—Estás en un error —contestó Juan Rubio—. A mí también me hace falta una casa Una familia grande también se puede venir abajo y hacerse pedazos También me hace falta echar anclas

—¿Quiere decir que vendrá con nosotros?

—No No pienso hacer tal cosa

—¿Pero por qué no? Tuvo una buena temporada, ¿que no?

—Sí, pero he decidido que tanto yo como Consuelo somos gente urbana Voy a comprar una casa en Santa Clara

—¿Acaso le fue *tan* bien?

Juan Rubio se rió como para restarle importancia al momento: —Tuve suerte, pero me pudo haber ido mejor si no hubiera socorrido a tantos *Awkies*

—Son gente desafortunada —dijo Cirilo—, y les hace falta ayuda —Tenía la actitud que suelen tener los pobres hacia los que viven en la miseria

—Precisamente —contestó Juan Rubio— Pero de todos modos fueron una carga Había llegado a mí noticia de esta gente de "Ooklahooma", pero no había visto ni su alma hasta que un día llegué a casa y me topé con dos de sus chifladas máquinas en mi patio Y pensé, más chicanos que andan perdidos y el comandante me los ha traído, porque siempre que llega algún mexicano buscando trabajo, me lo trae inmediatamente a casa Pero al entrar que me encuentro a Consuelo calentando tortillas mientras que una bola de rubios comían vorazmente Después que comieron, los llevé a un rancho en Evergreen, donde sabía que encontrarían trabajo pizcando chabacano; luego llevé a los hombres a Los Pericos, donde tengo una cuenta de crédito que se le extiende a cualquiera que yo recomiende, y ahí compraron una enorme cantidad de abarrotes Trabajaron tres días, y el sábado entregaron sus tarjetas y les dieron la raya No ganaron mucho porque eran nuevos, pero esa misma noche se fueron para otra parte —Y se reía a carcajadas según narraba la historia— Por supuesto, yo tuve que pagar todo lo que dejaron debiendo en Los Pericos

—Esto ocurrió dos o tres veces, y hasta Consuelo me decía, "Ay, Juan Manuel, ¿cómo es que eres tan malo para los negocios, y tan malo para catar a la gente?" Y yo le contestaba, "Yo no los juzgo Ellos son más pobres que nosotros, y eso es todo lo que importa Y, además, tú eres la que los mete en la casa y les da de comer" Y ella me decía, "Es por los niños; se ve que los pobrecitos traen tanta hambre" Así que, ¿cómo la ves?

—¿Pero acaso usté no se enojó? ¿No fue a la policía?

—No —respondió Juan Rubio muy tranquilo— No podía estar enojado sólo por unos cuantos dólares, que ultimadamente ni me hacían tanta falta entonces Creo que esa gente no es como nosotros, con la excepción de los muy ancianos, quienes han tenido toda una vida de pobreza, y, claro, los niños, quienes no entienden por qué tienen hambre No tienen la paciencia que nosotros tenemos y que exige de uno la pobreza Pero ellos sufren hambres y nosotros no; en verdad, nosotros nunca hemos sufrido hambre, pues siempre tenemos a la mano un plato de frijoles, y son tan de nuestro gusto que aunque fuéramos ricos, de todos modos comeríamos frijoles Cuando yo era todavía un chamaco y me la pasaba días en el monte, y me las veía difícil por no encontrar caza mayor o menor, me buscaba un ternero y lo convertía en un novillo castrado, pues de sus criadillas me hacía una buena merienda ¿Comiste alguna vez las glándulas asadas sobre un montón de leña?

—No, no —contestó Cirilo rápidamente.

—O víbora de cascabel, que también es muy sabrosa Pero volvamos a lo que te contaba: no, no me dio coraje, digo, tocante a los abarrotes comprados a crédito, pues a nadie causaron daño alguno y en cambio se ayudaron a sí mismos; pero hicieron otras cosas que causaron sufrimiento en otros, y eso sí me causó

una cólera que me fue difícil controlar Y eso pudo solamente
ocurrir en el valle de Santa Clara, pues tú sabes que la cosecha
de la ciruela es muy particular Algunos rancheros alcanzan a
tener tres cosechas antes de cerrar la temporada Otros tienen
hasta cuatro cosechas, y ahí estamos, esperando a que caiga del
árbol antes de pizcarla, excepto, claro, en la última pizca, pues
entonces sacudimos la fruta de los árboles En fin, bien sabes que
hay familias mexicanas que vienen año tras año a trabajar en el
mismo rancho, algunas desde hace más de quince años Este año
pagaron dos dólares por tonelada; cuando una familia de Ooklahooma llegó al rancho y dijo que pizcaría la cosecha por un
dólar cincuenta centavos, le fue fácil al dueño del rancho decirles a los mexicanos que habían trabajado para él esos quince
años, que recogieran sus cosas y que se fueran Y es tan claro
como el agua por qué lo hizo, pues al tener, digamos, una cosecha de ochenta toneladas, se ahorraría cuarenta dólares También las razones de los *Awkies* no son difíciles de entender, pues
se estaban muriendo de hambre y pensaron que no habría
trabajo para todos, así que se ofrecieron a trabajar por menos
dinero Pero había muchas familias que no tenían a dónde ir y
pronto se encontraron conque también sufrían hambres, pues se
habían gastado su dinero arreando para el norte, con planes de
gastarse lo que ganaran aquí en su viaje rumbo a otra parte Y
esto me lo sé requetebién porque hice lo mismo por algún
tiempo Para ti a lo mejor no es tan fácil de entender pues nunca
has andado como gitano, de aquí para allá y de cosecha en
cosecha Tú llegaste a este pantano y te conseguiste ese trabajito
en la fábrica de conservas, o como le llaman aquí, la *canería*, y de
ahí ni quien te saque Este año el comandante estuvo en mi casa
casi todos los días, diciéndome "Encuéntrale trabajo a éste", o
"Encuéntrale lugar dónde dormir a este otro" El es un buen
hombre Y anduve por todo el valle en mi carrito, hablando con
rancheros que conozco, y les conseguí trabajo a casi toda la
gente A algunos les permití que montaran una tienda de
campaña en mi patio, y no te imaginas qué curioso se me hacía
ver en el mismo lugar —ya sea en el patio o en el granero— a
familias *Awkie* en compañía de familias mexicanas Y luego empe-

zaron a llegar rancheros como parvadas de gorriones, rogándome que les encontrara una familia mexicana que les pizcara lo que les quedaba de ciruela, pues la gente que habían asalariado a dólar cincuenta se había marchado después de dos cosechas y en el mero día de raya Y pues no me hice de rogar y los ayudé Les conseguí trabajadores que recibieron tres dólares la tonelada, pues el trabajo más fácil, es decir, el de más provecho desde el punto de vista del trabajador, ya se había levantado

—Visto desde todos los ángulos que quieras, ésta fue una temporada ocupadísima Para el próximo año este valle tendrá la misma reputación que tiene el resto de California Se oye que al *Awkie*, a dondequiera que va, se le trata mal El próximo año aquí no van a encontrar trabajo con facilidad   Pero ya es hora que me vaya Están exhibiendo una película sobre Benito Juárez en Mountain View Tengo que ver cómo distorsionan la historia en las películas

Consuelo iba sentada junto a su esposo conforme el automóvil bajaba por el *freeway* 101 desde Mountain View La película sobre Benito Juárez no la había impresionado De alguna forma aun sentía un profundo resentimiento en contra de los héroes de México y sus guerras Se daba cuenta de la futilidad de todas esas cosas, pues tanto ideal a favor de la libertad de México y en apoyo de la libertad del humilde labriego se habían proclamado desde mucho antes que ella naciera, y además todavía se acordaba de los años de la Revolución Su esposo había estado ausente durante muchos años, corriendo el riesgo de morir en cualquier momento Se acordaba haber sido evacuada de pueblos y de trenes militares, en ocasiones por el simple hecho de ser la esposa de Juan Rubio; además, porque se rumoreaba que la gente que se aproximaba tomaría la plaza del pueblo, y que dizque eran sus enemigos y la matarían a ella y a sus hijas No, ella prefería olvidarse de todas las glorias de México Se había vertido mucha sangre mexicana sólo para alcanzar cada una de esas glorias Su hijo jamás debería saber lo que era la guerra La otra película, sin embargo, sí le había gustado Terminaba en tragedia, y las lágrimas le habían brotado como nunca Todo el auditorio había llorado, señal de que había sido una buena película; incluso había notado en su esposo que tenía una comezoncita en los ojos, pues se los frotaba a cada rato Según se deslizaba el coche por la autopista, ella pensaba en todo esto, sintiéndose aún un poco plañidera y sentimental Quizás por el desahogo, su cuerpo estaba algo relajado, como se sentía después de un buen purgante

Volteó a ver a su esposo Desde donde ella estaba, el perfil del esposo se veía trazado por la iluminación de una noche de luna Y pensó, *¡Dios mío, qué guapo está!* Siempre había sido un hombre bien parecido ¡Y qué bien se veía montado a caballo! ¡Siempre se comportaba con dignidad! Y ahora, conforme pasaban los años, ya no tenía los bríos de su juventud, y sin embargo se tornaba más y más guapo con la edad

—Oye, vieja, mañana mismo vamos a ver la casa que está en la calle Lewis; si te gusta, la compramos en cuestión de días ¿Qué te parece?

—Como tú digas, Juan Manuel —No se le ocultó que su esposo estaba consultando con ella antes de dar un gran paso adelante Estaba cambiando No hubiera hecho esto hace un año . o seis meses antes Quizás su reciente conducta empezaba a dar fruto Pero esta noche se sentía muy avergonzada por la forma en que se había comportado últimamente, pues habiendo visto películas mexicanas, había recordado cómo son las esposas mexicanas y, por una hora o dos, había convivido con ellas y, habiéndose reconocido totalmente mexicana, se daba cuenta de lo difícil que había sido con su esposo. Oh, cuánto le encantaría que lo hiciera esta noche, y de pensarlo se sonrojó bajo la luz tenue de la luna. Ellos habían cambiado tanto y seguían cambiando. Por ejemplo, ella nunca había pensado de esta manera No sabía si era un pecado el solo pensar en estas cosas, porque nadie le había hablado de sexo, jamás. El mismo día de su boda una tía le había dicho en privado que su deber como esposa sería, de esa noche en adelante, el de someterse a cualquier intimidad que se le antojara al marido. De acuerdo a la tía, eso le sería desagradable toda su vida, pues el destino de toda mujer era el de satisfacer todos los deseos de su marido, y que así era cómo se hacían los niños y pues Dios mismo había dicho cásense y multiplíquense, o algo por el estilo Y le había dolido la primera vez, y había sido un dolor terrible Era tan joven; aun no cumplía los quince años Había pensado que era el fin del mundo Y le había dolido también la segunda vez, minutos después de la primera, pero conforme pasaban los meses, ya no le era desagradable, aunque nunca le pareció algo placentero, excepto en el pensar que cumplía con sus deberes de esposa Y luego después de traer al mundo doce hijos a la edad de treinta y cuatro años (se acordaba pensando en ello con algo de locura), había sentido al fin lo que nunca le había pasado por la mente, y había echado mano a toda su voluntad para poder quedarse quieta bajo el cuerpo de su esposo, pues no quería trastornar su concentración; se acordaba que, en la oscuridad, con su rostro al lado del de su esposo, se le contorsionó la cara debido a su deseo de llegar a la culminación de un misterio que la atraía más y más, y que ella de alguna forma temía y había logrado evitar Y ahora casi no podía aguantar los deseos de que ocurriera de nuevo, aunque le temía a esa sensación extraña; pero cada vez se sentía afortunada de poder vencer la sensación, y al pensar sobre el momento anterior a la exaltación total, no se daba cuenta, hasta muy tarde, que cada arremetida del esposo era ocasión de tanto placer que le sofocaba la respiración, y que, con cada movimiento, su esposo le penetraba el alma Cumplía con sus quehaceres en ocasiones como si fuera una sonámbula, gozando en su interior un raro hormigueo localizado muy dentro de sus muslos; cuando atendía a su esposo en la tina de baño, anhelaba permanecer horas enteras frotando y restregando ese cuerpo, acariciándolo mientras lo friccionaba todo de espuma, desde la espalda hasta la entrepierna, para luego volver a enjabonarlo otra vez El esposo no se bañaba a menudo "Deberías bañarte más seguido, Juan Manuel", le sugería, sin darse cuenta que Juan Rubio sospechaba lo que merodeaba en la imaginación de su esposa "La enfermera escolar recomienda que nos bañemos todos los días por razones de higiene " Pero Juan Rubio entendía y le contestaba: "Seguro que has perdido la razón, mujer "

Y luego un día ocurrió tan repentinamente que, tomándola

de sorpresa, ya no pudo poner resistencia alguna: se le entre-
cortó la voz y dijo un par de frases incoherentes, gimiendo y
suspirando a la vez Fue tan grande la sorpresa y el desconcierto
del esposo que, al escucharla, por primera vez en su vida conyugal él también habló mientras hacían el amor; cuando ella trató
de seguir el mismo ritmo, se desacoplaron momentáneamente y,
en nervioso pánico, volvieron a unirse; presintiendo que estaba a
punto de caer a un abismo, sola y sin él, ella se prendió de su
esposo, lo anudó con las piernas y lo vació

Y fue desde la belleza inicial de ese momento de plenitud
que ella supo que se había convertido en una mujer celosa.

Ya estaban en casa y tenía impaciencia porque los niños se
fueran a acostar Lo que había pasado por su mente la había
estimulado como si hubiera ingerido un afrodisíaco Le dijo al
esposo: —Sí, me gusta lo de la casa, Juan Manuel Me encantaría
tener mi propia casa

—Es mucho mejor que depositar dinero en el banco —dijo
Juan Rubio mientras se desnudaba— Pagaremos la hipoteca
como si fuera renta y mientras tanto ahorraremos dinero
Cuando vendamos la propiedad, podré montar un buen negocito
en nuestra tierra, ¿no crees, vieja?

Juan Rubio no se imaginaba que estuviera forjando el último
eslabón que lo encadenaría a los Estados Unidos y al *American
way of life*

I I

Hasta ahora, Ricardo pensaba que algún día vivirían en México,
y se imaginaba en esa lejanía desconocida Se daba cuenta que le
sería difícil ajustarse a la vida en ese lugar extraño pues, sabiéndose el resultado del entrechoque de dos culturas, se sentía americano y le nacía un profundo amor hacia su pueblo nativo y sus
aledaños. Así que cuando intuyó que la familia echaría raíces
permanentes en los Estados Unidos, sintió tristeza y regocijo a la
vez. Se sintió feliz porque se formaría en los Estados Unidos, y

triste porque perdería la oportunidad de algo que pudo haber substituido lo que para ahora era una vida rutinaria

Gracias a sus lecturas podía de vez en cuando romper con la monotonía cotidiana, pero los ensueños que emergían de los libros ya no le satisfacían como ayer A pesar de su temprana edad, ya era un hombre, y sin embargo rehusaba conformarse con una satisfacción meramente sexual a manera de un ideal en la vida Pensaba que a la vida se le debe exigir mucho más que las necesidades del cuerpo Admitía su necesidad de estar con Zelda, pero no participaba con sus amigos en cada orgía en el granero, consciente de que una vez que satisfacía esa necesidad, volvía a sentir un vacío en su existencia; por consiguiente, optó por separarse de sus amigos y de su familia, y se buscó a sí mismo en sus momentos de soledad En su errar por su reducido mundo o por el vecino pueblo de San José, el que solía acompañarlo era Ricky Juan Rubio aun se aferraba a sus ideas tradicionales y no le daba permiso para que llegara tarde a casa Y la misma frustración que sintió debido al confinamiento impuesto por el padre —dando por resultado que decidió desafiarlo, dedicándoles más tiempo a sus amigos— ahora lo llevó al extremo de no volver a casa hasta muy entrada la noche La primera vez que esto ocurrió Juan Rubio lo estaba esperando

—Es tarde —le dijo— ¿Dónde has estado?

—Caminando, papá

—¿Caminando? Bien sabes que te tengo ordenado que llegues a casa antes de las nueve, ¿o acaso no te acuerdas?

—Sí, señor Pero también sé que debo vivir mi vida —contestó Ricardo

—¡Tu vida! Tu vida nos pertenece, y nos pertenecerá aun después de que te cases, por la sencilla razón que nosotros te la dimos cuando te trajimos al mundo No debes olvidar tus responsabilidades contraídas con la familia —Sentía amagos de cólera ahora que veía a las claras que su hijo se atrevía a cuestionar su autoridad

—Sí, papá, pero ¿es que no se da cuenta que ya no aguanto seguir viviendo como hasta ahora lo he hecho? —Sabía que lo que decía iba en contra de los valores de su padre, pero ya no podía mantenerse callado— ¡Eso de escuchar todos los días las boberías de mis hermanas es casi lo mismo que escucharlo a usted hablar de México o a mi mamá hablar de Dios! Ya estoy harto, bien harto ¿Entiende lo que le digo?

—¿Que si te entiendo? ¡Qué más quieres que te entienda aparte de que mi hijo de repente anda muy rezongón! ¿No me digas que esto es lo que has sacado en limpio de tu educación americana? ¿a ser un igualado con tu padre? Crees que me hablas como persona mayor, pero lo que te sale del hocico me dice que andas muy errado

—Usted me enseñó a comportarme como si fuera un hombre Mis primeros recuerdos son siempre aquéllos en que usted me decía que yo era un varoncito Bajo su mirada yo nunca fui un niño sino un macho, un potrillo; usted siempre me trató de hombre a hombre, y me llevó a su lado cuando iba a los campos desde que cumplí cinco años ¿Y se le hace raro que hable como hombre? He estado en compañía de hombres casi toda mi vida

—¿Acaso te pesa que te lleve conmigo a dondequiera que voy? —Al hablar, Juan Rubio no pudo ocultar el dolor que sentía

—No, papá Eso me hace muy feliz Lo que me duele es que rehuse razonar conmigo, que no quiera comprenderme a un nivel en que pudiéramos hablar como hombres, pues ahora le complace verme como un niño Pero me pongo a pensar y me doy cuenta que así ha sido siempre entre nosotros: usted y mi madre siempre aseguraron que me comportaría bien por medio del temor Si me portaba mal, usted me aseguraba que un animal monstruoso saldría de las tinieblas y me señalaría con su garra y me arrastraría a su cubil Usted jamás podrá imaginarse el pavor que yo sentía al sólo imaginar esa garra saliendo de las paredes con el propósito de agarrarme, con la sangre aun chorreándole y yo pensando que era de una víctima anterior que también se había portado mal. Y luego todos esos cuentos de aparecidos y fantasmas, sin saber que su verdadero propósito en el mundo de los adultos era el de ayudarles a los padres a disciplinar a sus hijos. No, nunca podrá usted darse cuenta de lo real que eran para mí todos esos monstruos y espíritus del mal, pues usted se reía y me decía que yo era un niño al temerle a la oscuridad, por tenerle tanto miedo, pues ni siquiera me atrevía a ir al patio de la casa a orinar

Juan Rubio alargó la mano y rozó suavemente la mejilla de su hijo Su voz se ablandeció y tembló al tratar de controlar la emoción que lo invadía inesperadamente Ahora se daba cuenta, por primera vez, que su hijo ya no era un niño, y al reconocerlo sintió a la vez que él mismo envejecía —Ahora veo que ése fue un error, hijo, pero ésas son costumbres de nuestra gente, y así ha sido siempre Y también tienes razón, hijo, al decir que eres hombre, y qué bueno, pues para un mexicano ser *eso* es lo de mayor importancia Si eres un hombre, la vida la llevas ya a medio vivir; lo que sigue después en verdad no importa

—Pero eso no me satisface a mí, papá Yo soy lo que soy no sólo por lo que traigo debajo del pantalón, ni porque lo haya usado ¡Debe haber más en eso de ser un hombre!

—Claro que hay, hijo Ya has cumplido con una parte de la deuda que tienes con tu raza, pero todavía estás joven y algún día cumplirás con el destino que te ha trazado Dios Cuando seas de edad, te casarás y tendrás tu familia Sólo entonces sabrás por qué viniste al mundo Esa es la voluntad de Dios

—No, papá Eso mismo es lo que siempre dice mi mamá; pero por lo visto eso es lo que siempre dicen todos los padres Todo parece resolverse siempre volviendo a la familia, pero si en verdad no hay nada en la vida excepto la familia, si uno debe casarse, tener hijos y vivir así como vivimos, trabajar para comer y alimentar a la familia, sin vivir en verdad o sin ningún aliciente que haga la vida más llevadera, en ese caso yo jamás me casaré —Al hablar parecía que, más que razonar, imploraba— ¡Hay algo dentro de mí, papá! ¡Hay algo que anhelo, aunque no sepa qué es!

—Vivimos de acuerdo a la voluntad de Dios Y Su voluntad es que criemos a nuestros hijos, y que ellos, cuando les llegue su turno, críen a los suyos Una familia seguirá a otra hasta el fin del mundo Así lo quiere Dios

—En tal caso hay algo errado en la voluntad de Dios —
replicó Ricardo

—Hijo mío —respondió Juan Rubio, pero ahora con los ojos
llenos de lágrimas— No deberías hablar de esa manera, pues
como te ves, yo una vez me vi, y como me ves, algún día te
verás Una de las grandes lecciones de mi vida fue saber que no
puede uno luchar en contra del destino, y al saberlo, dejé de
luchar Me rendí Entiendo que por ahora debes luchar, pero al
final comprenderás Yo sólo quiero ahorrarte el dolor que se
avecina

—¿Y es usted feliz, papá?

—Sí, hijo, soy feliz; pero no cuando me acuerdo Discúlpame que no te pueda ayudar Entiendo lo que me dices, pero no
soy un hombre con la educación necesaria para contestarte
como debiera

Ricardo sabía que a pesar de que su padre no formaba parte
del grupo de los vencidos —según él mismo aseguraba—, de
todos modos había en él poca resistencia Y sintió algo como
una gran desilusión, y esto se convirtió luego en temor, al ver
que un hombre que había gozado de una vida plena, como se
daba el caso en su padre, considerara esta existencia una felicidad Y empezó a llorar él mismo al sentir temor hacia semejante
cosa inexplicable, esa horrible, inefable, y despiadada abstracción que retenía a la humanidad en las garras de su poder; que
obligaba a hombres como su padre a que se levantaran cada
madrugada y se metieran entre los surcos a pizcar tomate, espi-
naca, chícharo, o fruta, con los dedos ateridos por el frío glacial
de la mañana, o con el cuerpo oprimido por el intenso calor de
mediodía, sólo para volver a casa con el atardecer, sentarse a una
humilde cena y después, demasiado fatigados para hacer el
amor, dormir. Y durante los meses de invierno se les veía sumi-
dos en el lodazal, descuajando árboles secos con picos y hachas,
o podándolos; y si acaso no podían encontrar trabajo, se ponían
en línea para pedir los víveres que les había dado la Administra-
ción de Beneficencia Estatal después de haber estado parados en
otra línea mientras que llovía y se empapaban esperando su

turno Y al regresar a casa con la bolsa de comida, volvían con un poco de su amor propio restablecido pues alimentarían a sus familias y sus hijos crecerían algún día y entonces ellos mismos tendrían familias que alimentar

¡A esto le llamaban felicidad!

o c h o

Según pasaban los meses, Ricardo se tornaba más callado, más triste y, en ocasiones, hasta taciturno Lo que hasta ahora había sido una asimilación gradual a esta nueva cultura, últimamente se manifestaba en forma más acentuada Como resultado de una nueva prosperidad en la familia Rubio, todos empezaban a manifestar las costumbres de la clase media, y esto le disgustaba Le entristecía ver que poco a poco las tradiciones mexicanas empezaban a desaparecer Dado el impulso que a veces toma la naturaleza humana, él también sucumbió, e inconscientemente se convirtió en un activo dirigente en la dinámica interna de estos cambios

—¡Silencio! —vociferó Juan Rubio— ¡En mi casa no se va a hablar un lenguaje que sólo los perros entienden! —Todos estaban cenando— Pero vivimos en América, papá —señaló Ricardo—; al vivir en este país, tenemos que vivir como americanos

—No dudo que luego me salgas conque lo que estás comiendo no son tortillas, sino pan blanco, y que los frijoles que te tragas son *habm an' ecks*

—No, lo que quise decir es que debe usted recordar que no estamos en México En México

—*Habm an' ecks* —interrumpió su padre— Mira, cuando llegué por primera vez a Los Angeles, antes de que tu madre me localizara, lo único que yo podía decir en inglés era *habm an' ecks*, y pues comía todas mis meriendas en un restorán ¡Que debo recordar! ¿Qué te hace pensar que debo recordar que no estoy en México? Porque

—Decía que estaba usted en un restorán, papá

—Sí, bueno   Cada mañana, cuando la mesera se acercaba a preguntarme qué iba a ordenar, yo le decía *habm an' ecks*, al mediodía *habm an' ecks*, y por la noche *habm an' ecks* Créemelo, estaba harto de jamón y huevos; pero un buen día que no me pregunta nada, sino que me sirve un caldo y un plato de carne Aún no sé si todo se debió a que tuvo compasión de tu padre, o si fue porque simplemente se agotaron los huevos ese día, pero sí te puedo asegurar que me sentí feliz con el cambio

—Nos está vacilando —dijo Ricardo— Usted mismo nos ha dicho varias veces que en Los Angeles hay muchos restoranes mexicanos

—Sí, pero en ese tiempo yo vivía en Hollywood, trabajando como extra en películas de vaqueros, o de *cowboys* para que mejor me entiendas No había en realidad mexicanos en Hollywood por aquellos tiempos —Y se reía a pesar de querer reprimir la risa, y los niños soltaban la carcajada al ver las caras que hacía su padre

—Mi maestra nos dice que todos nosotros somos americanos —comentó una de las niñas que estaba en primer año Se puso de pie y empezó a recitar el saludo a la bandera en voz monótona: —*I pledge allegiance to the flag*

—¡Usté siéntese! —gritó el padre y luego soltó una carcajada irónica— ¿Que dizque tú eres americana con esa cara bien tiznada de negro? No porque tu apellido sea Rubio te me vayas a creer muy güera

—No le hace —contestó la niña— Ella nos dijo que todos somos americanos y ella debe saber, pues es una maestra

No todas las escenas familiares concluían en risas conciliatorias La madre de Ricardo era ahora una persona totalmente cambiada e interfería constantemente cuando veía a su esposo en el acto de disciplinar a uno de sus hijos; y estas interferencias aumentaron hasta que explotaron en riñas violentas Y Ricardo no aprobaba de su propio comportamiento, pues sabía muy a fondo que en varias ocasiones él había sido el instigador de tales riñas al hostilizar al padre en contra de la madre, o viceversa, sólo para salirse con la suya Su madre se entregó a la práctica de la chismografía y a creer todo lo que le decían sus vecinas, mientras que Juan Rubio —quien desde hace mucho tiempo sólo le pedía a la vida que le permitiera ver a sus hijos crecer—notó cómo este último vestigio de felicidad se le escapaba de los dedos, y volviendo a usanza anterior, volvió a enredarse en líos de faldas. Ricardo sabía de estos amoríos y sentía vergüenza, pero no culpaba al padre y tampoco a la madre, pues todo parecía ser una gran equivocación, y a él se le podía culpar como a los demás, aunque nadie podía ya cambiar el curso que habían tomado las cosas

Y así fue que poco a poco observó los cambios en ese hombre fuerte que era su padre; vio cómo desaparecía la risa contagiosa y la carcajada aparatosa en momentos de holgorio familiar, de tal manera que casi nunca vio de nuevo su hermosa dentadura; presenció el cambio dramático en su cabello, antaño obscuro, hogaño prematuramente cano; y notó cómo un cuerpo vigoroso y firme se desplomó y convirtió en una masa de carne flácida Aunque quería mucho a su madre, Ricardo sabía que una familia no podía durar mucho cuando la mujer quería mandar en casa, y se había dado cuenta que la madre se comportaba como un niño hambriento que de repente se torna voraz al verse ante un plato de comida Había vivido tanto tiempo de acuerdo a las tradiciones de su tierra que ahora no podía resistir la tentación, de aquí que abusara del privilegio de igualdad con que se les brindaba a las mujeres que vivían en lo que era ahora su nuevo país Ya no había alegría en su rostro; tampoco había felicidad en la creencia de que su único hijo era su mundo, aunque declarara que vivía sólo para su hijo Para Consuelo ya no había corridos que la alegraran

Una mañana Juan Rubio se preparó su propio desayuno, y poco después se mudó a otra recámara Para entonces ya no había ni la apariencia de una disciplina hogareña, y hasta la criatura más pequeña se sentía con el derecho de gritarle al padre o a la madre, y de salir y regresar según la gana que le daba La casa estaba totalmente descuidada y el padre se quejaba de que todo estuviera tirado por los suelos, pero Consuelo, quien siempre se había sentido orgullosa de sus talentos domésticos, ahora blandió el hecho de tener una casa sucia como símbolo de su emancipación, y así continuaría hasta el día de su muerte

Ese día Ricardo vio con bastante lucidez las semillas de la discordia que él mismo había ayudado a sembrar, y buscó la forma de arreglar el daño, pero ya era muy tarde Lo hecho ya era algo irreparable Pero para ser justo, a nadie se le podía culpar, ya que la transición de la cultura del viejo mundo a la del nuevo no debió haberse intentado en una generación

II

Si Juan Rubio se hubiera visto bajo la necesidad de tener que explicarse qué había ocasionado la desintegración de su hogar, no hubiera podido aclarárselo El no era el tipo de hombre que culpa causas externas por todas sus desgracias El era del criterio que la vida era para vivirla de acuerdo a sus propias leyes, y si en el transcurso de los días algo se desbocaba o desbarataba, el deber de uno era levantarse y empezar de nuevo, ya que en el valle que es la vida uno tenía que hacérsela llevadera lo más posible Creía en Dios y, vagamente, en el cielo, sin embargo jamás relacionaba la licencia de entrar en los umbrales del cielo con su comportamiento aquí en la tierra Con el solo hecho de creer en Dios pensaba que ya estaba garantizada la inmortalidad de su alma; en lo que atañía a su vida temporal, le era suficiente el hecho de retener su dignidad de hombre, que fuera leal a sí mismo, que satisficiera las necesidades corpóreas y, obviamente, su cuerpo requería mucho más que meras tortillas.

Y un día aconteció que Juan Rubio, después de haber comprado una casa para su familia, y después de ser testigo de que la familia de hecho se desintegraba, fue por primera vez a la casa de adobe que él mismo había ayudado a construir en Milpitas Era cerca de mediodía y hacía mucho sol cuando tocó a la puerta; Macedonia salió, mirándolo sin sorpresa o emoción alguna

—Ya me extrañaba que tardaras tanto en venir —le dijo, y al instante él logró percibir un tono de resignación en la voz Y se dijo, *yo me encargaré de que pronto se me ponga más contenta A partir de hoy su estado de ánimo va a estar de las mil maravillas*

—¿Cuánto tiempo va a estar fuera? —le preguntó a la esposa de Cirilo, cuidándose de no aludir directamente al amigo, puesto que estaban a punto de coronarlo con unos magníficos cuernos; además, temía que la más ligera referencia al esposo pudiera hacerle reflexionar y cambiar de parecer justo cuando estaban en tan delicada coyuntura de su relación

—El tiempo necesario —contestó ella Y siguió los pasos de la mujer y se metió en otro cuarto, ciñéndola del talle

Y así fue como se consumó otra etapa en la vida de Juan Rubio Al mirar hacia el pasado inmediato, supo que jamás repetiría los actos que lo hicieron errar Ahora había vuelto a sus costumbres de antaño, y sentía en el fondo de su ser que nunca más sería débil, y que jamás habría en su vida la menor transigencia

III

Ricardo caminaba, bajando por una calle en dirección a su antiguo barrio Aunque su nuevo hogar estaba sólo a unas cuantas cuadras, ahora casi nunca frecuentaba la vecindad donde solía vivir Pero esta tarde sentía deseos de estar con Zelda, y en ningún otro lugar le era accesible su compañía Caminaba estimulado por la anticipación y tan ensimismado iba, pensando en el cuerpo de la muchacha, que se sorprendió al escuchar que alguien gritaba su nombre Levantó la mirada y descubrió que estaba en frente de la casa de la familia Madison La figura de Mary se perfilaba contra el batiente de la puerta

—Pasa, Ricardo; hay algo que te quiero decir

Abrió la puerta del jardín y caminó hacia el porche de la casa Aunque en el pasado habían gozado de largas horas de conversaciones íntimas, ésta era la primera vez, en los cuatro años que tenían de amigos, que entraba en su jardín Se sentó en las gradas de la casa y aceptó el dulce que Mary le brindaba

—Es de melcocha; yo lo hice —aclaró Mary Después añadió—: Nos vamos a mudar a Chicago Mi papá consiguió trabajo allá y nos iremos esta semana para reunirnos con él

—Tú por lo menos vas a viajar —dijo con ligereza, pero se sorprendió al notar que la idea de su partida le entristecía Ella había sido una buena amiga, la única entre sus amistades con la que podía tocar ciertos temas que le interesaban, como solía ser con Joe Pete Manõel Y esto a pesar de que ella era una mujercita y además menor que él

Mary volteó a verlo —¿Sabes qué, Ricardo? Ojalá que mi papá regresara No quiero mudarme de aquí

—¿Pero por qué? ¡No digas tonterías! Tendrás oportunidades de ver muchos lugares nuevos y de conocer a mucha gente Yo no cambiaría eso por nada del mundo —Y ésa es la mera verdad, se dijo Y sintió algo además: un poco de envidia

—No pensaba decirte lo que te voy a decir hasta que creciéramos, pero como me voy a ir de aquí, te lo diré hoy mismo —Lo miró con franqueza y sin una gota de bochorno en la seriedad con que le habló: —Me voy a casar contigo, Ricardo

—¿Andale! —exclamó sorprendido— Así nomás, de un dos por tres, ¿o no? —Y tronó los dedos en señal de rapidez

—No, no lo pensé en un dos por tres Lo he sabido desde hace mucho tiempo, desde la primera vez que fui a tu casa No te rías de mí, Ricardo, y ya te he dicho que no tienes por qué ser como los demás

—Discúlpame Se me olvidó —Se había dicho varias veces que con ella debía comportarse con más seriedad, pero era fácil olvidarse; él se sentía muchos años mayor que ella, sin embargo sabía de su carácter temperamental y de la intensidad conque ella se expresaba en relación a sus creencias o valores Mary era una persona cuyos momentos de furia tenían un extraño impacto sobre Ricardo, por lo tanto ahora decidió dirigirse a ella adoptando el tono de voz de un hermano mayor, aunque con el cuidado de no ofenderla siendo condescendiente

—Lees muchas novelas de amor, Mayrie Además, te enojaste conmigo la primera vez que te llevé a mi casa, ¿te acuerdas?

—Tú no me llevaste esa primera vez Yo fui sola Te daba vergüenza que te vieran conmigo tus amigos

—Es que sólo eras una niña

—Ya no soy una niña Tengo doce años y tú todavía no cumples los quince, así que estamos como mandados a hacer

Como era obvio que Mary ya estaba decidida, Ricardo empezó a importunarla: —Pero supongamos que te pones fea cuando crezcas, ¿entonces qué?

—Eso no va a importar. Seguiré siendo la condenada muchacha más inteligente de la región

—Oye, un momentito —dijo Ricardo, entre risas—; ¿ahora quién está diciendo malas palabras?

—Yo sólo estoy repitiendo lo que tú me llamaste —contestó ella.

—No se te olvida nada, ¿verdad? Por una parte me parece mejor que te vayas a mudar, porque de no ser así, jamás sabría cómo desenredarte de mi vida

—Nunca sabrás ni podrás —replicó la muchacha, y la seguridad con que habló convirtió su expresión en algo que parecía establecer el futuro como si ya fuera de hecho

—Te voy a escribir desde Chicago, y me vas a contestar Cuando sea tiempo, te mandaré decir que vayas por mí —Sus palabras sorprendieron tanto a Ricardo que por un momento pensó que ambos tenían treinta años de edad

—*Okay*, Mayrie Te voy a escribir —aceptó Ricardo, y se dio cuenta que empezaba a creer en lo que Mary le había dicho

—Ricardo, ¿te acuerdas del primer libro que me prestaste? Tenía que ver con un circo

—¿Sí?

—Lloré cuando le dan un balazo al changuito

—No te preocupes —comentó Ricardo— Yo también lloraba cada vez que leía el mismo pasaje —El se puso de pie— Me tengo que ir, Mayrie Estaré esperando que me escribas, y no me olvidaré —Ya empezaba a darse cuenta del vacío que su partida dejaría en él— Mayrie, te voy a extrañar

—No esperarás mucho, Ricardo —Bajó la mirada y parecía que examinaba sus zapatos— Si quieres, puedes darme un beso de despedida

El se acercó e inclinó la cabeza, besando levemente los labios de la muchacha y preguntándose cómo es que no se sentía como un imbécil al verse en tales circunstancias ¡Dios mío!, pensó, ¡una niña de su edad! Volteó a verla una vez pero ya no estaba, y empezó a caminar a paso lento, sintiendo que un calorcito le subía al pecho, dándole a entender que era un placer el hecho mismo de estar con vida Lo que había ocurrido era algo hermoso, pensó En seguida, apretó el paso y ya no volteó la cara, aunque sintió el impulso de hacerlo, hasta llegar a donde estaba un grupo de muchachos jugando a *stickinthemud* en una esquina

—Qué hubo; ¿han visto a Zelda?

—No —contestó Ricky— Ya no sale a jugar por las tardes

—¿Qué traes? ¿acaso andas con ganas? —preguntó Ronnie

Ricardo le echó una mirada de desprecio, y luego le respondió: —¿Por qué no te callas?

—Si quieres, puedes verla esta noche —intervino Thomas— Saldrá a jugar después de la cena

—En ese caso regresaré —observó Ricardo— Bueno, a ustedes los veo después

—Por qué no te quedas —dijo Ricky— Puedes comer en mi casa, para que no tengas que ir y venir de donde vives

—*Okay* —dijo Ricardo, aceptando la invitación— Pero

creo que moriré relleno de tanto espagueti que me sirven en tu casa Oye, ¿que acaso nunca comen nada más que espagueti?

—Sí, a veces le variamos —contestó Ricky, añadiendo luego con cara impasible—: Creo que esta noche comeremos unos suculentos caracoles

—No lo dudo —dijo Thomas— Ustedes los italianos comen de todo —Todos rieron al escuchar el comentario del amigo japonés

—Nos vamos a ir a Chicago —dijo Ronnie, con obvio orgullo en su semblante

—Ojalá que se te congelen las nalgas —comentó Ricardo De repente se dio cuenta de lo antipático que le era el hermano de Mary— ¿Sabes qué? Siento mucho que Mary se vaya a ir, pero no te imaginas lo feliz que me siento al saber que por fin te vas a largar de aquí

—¿Qué quieres decir con eso de que sientes mucho que Mary se vaya a ir? —preguntó Ronnie alarmado

—Ella es una buena muchacha, y me cae muy bien —contestó Ricardo

—Mira, si es que te has metido con mi hermana, te voy

—Cómo eres estúpido, la pura verdad —replicó Ricardo— No creas que ella es como tú Heredó el cerebro que a ti te faltó al nacer

—No te acerques a ella —gritó Ronnie pugnaz— Me alegro de que nos vayamos a ir de aquí, porque ya me estaba cansando de verte siempre con la baba de fuera detrás de mi hermana Que dizque "Mayrie" y no sé qué más A mi mamá tampoco le pareció bien el nombrecito, ¿sabes?

—Tu madre está repleta de lo que sirve de abono para que crezca el zacate, ¡y lo mismo ocurre contigo! —replicó Ricardo con crueldad

—¡No te refieras a mi madre con tales palabras! —gritó Ronnie— ¡Retráctate! ¡Retira lo dicho!

—¡Hazme! ¿A ver?

—¡Retráctate, ahora mismo, o te daré tanta patada que te sacaré más que las tripas!

—¿A poco muy pateador?

—¡¿Ah no?!

—¡¿A poco?!

—¡¿Ah no?!

—Oigan, ¿que se van a quedar ahí nomás gritando todo el santo día? —preguntó Thomas

—No friegues, Ronnie —intervino Ricky Desde la caída de Zelda, él era el jefe

Ronnie no quería tener problemas con Ricky, pero insistió con terquedad: —¡Dile que retire lo dicho!

—¡Oh, por qué no te callas! —dijo Ricky— Vente, Ricardo Vamos a comernos esos caracoles que te conté —Los dos muchachos se alejaron y Ronnie dijo a sus espaldas:

—Mi madre tiene razón al juzgar este pueblo piojoso No hay personas decentes, ¡sólo una bola de mexicanos y japoneses y no sé qué más mugre humana!

Al escuchar esto, Thomas le dio un puñetazo en la boca; Ronnie se tambaleó y luego se fue a sentar en la acera, donde empezó a llorar Thomas en seguida corrió y alcanzó a los muchachos, dejando a Ronnie maldiciéndolos entre lágrimas

Orgulloso de su habilidad pugilística, Thomas dijo: —¿Qué les parece si vamos al centro? Les disparo una leche malteada —Ricardo y Ricky se rieron de él, incrédulos— ¿Qué traen? Tengo dinero Tuve una pelea en Watsonville anoche —Los muchachos dieron la vuelta y caminaron en el sentido opuesto Sabían que a Thomas no le duraba el coraje por mucho tiempo Thomas caminó tras ellos

—Oye, Ricardo, ¿por qué siempre te andas metiendo con Ronnie? ¿Qué tienes en contra de él, eh?

—Me cae muy mal, es todo Sabes bien cuánto detesto pelear, pero si no fuera hermano de Mary, te aseguro que yo mismo le hubiera buscado pleito hace mucho tiempo

—Oh, es un buen cuate, sólo que trae una cabezota de tanto que se cree —dijo Ricky— ¿No has andado de bribón con la hermanita, verdad? Séme sincero

—Eso sería un deleite que, por ser también delito, te llevaría a San Quintín —comentó Thomas, satisfecho de parecer hombre de mundo por su juego de palabras

—¿Con Mary? —dijo Ricardo, y se rió, sorprendido por la pregunta de su amigo— Estás loco —Y luego, sin saber por qué, añadió—: Ella se quiere casar conmigo —A Ricardo se le oprimió el corazón y supo que se sentía incómodo

—Si llega Ronnie a saber eso, se va a orinar en los pantalones de la sorpresa —comentó Ricky, encontrando en tal posibilidad la ocasión para reír a carcajadas

Por fin llegaron a casa de Ricky y se pusieron felices cuando el padre les permitió a todos beberse un vaso de vino tinto. Salieron a pasear luego el calorcillo que les había dejado el vino en el estómago

—Vayamos al huerto del señor Bracher —sugirió Ricardo

—¡Híjola! —dijo Ricky— Si hay algo que no me gusta de ti es eso, que siempre quieres jalar para alguna parte Creo que habré caminado como cien millas a tu lado No me quejaría si por lo menos hablaras mientras caminas, pero una vez que me tiras tras ti y termino siguiéndote por marañales y brechas, enmudeces y vas como sonámbulo mientras caminas y caminas

—Tú también vienes con nosotros, ¿que no, Thomas?

—No, aquí me quedo Acuérdense que yo vivo en una parcela de fresas

—Anda, no seas miedoso Con tu suerte a lo mejor te encuentras una cerecita

Ya era de noche cuando regresaron de su caminata, y se alegraron al ver que los muchachos estaban jugando a las escondidas Era un juego que habían dejado en el olvido como si fuera un atuendo de la niñez, pero no había nada más que hacer; además, Zelda andaba entre ellos, jugando Ella había escogido para esconderse un hueco de como medio metro de profundidad que había quedado como herida sin cicatrizar después de que sacaron tronco y raíces de un viejo roble

—¡Lárgate para otra parte! —gritó Zelda— ¡Este es mi escondite!

—Me esconderé a tu lado —respondió Ricardo

—Te estoy advirtiendo: ¡vete!

Al tratar de meterse en el mismo hoyo donde estaba Zelda,

empezaron a pelear A lo largo de cinco minutos los dos lucha-
ron en su estrecha cavidad umbrosa De pronto se escuchó un
llanto de mujer Era la primera vez que la escuchaba llorar sin
que estuviera trastornada por la ira Y comprendió la razón de
sus lágrimas: formaban una leve cortinita de dolor que dividían
dos etapas, un pasado de dominio sobre los demás, y un futuro
que ella se tendría que forjar por sí sola Tenía un ojo hinchado y
de la boca le fluía sangre

—Me pegaste en la teta —lloriqueó la muchacha mientras se
sobaba el pecho izquierdo

—Deja que te lo sobe yo Si no, a lo mejor te da cáncer

—¿Quéseso?

—Es una enfermedad muy grave Si caes con eso, te lo van a
tener que cortar

—¡Dios mío! —gritó ella, asustada El le abrió la blusa y le
acarició el pecho Mientras él sentía tener en la mano un fruto
suave y lleno, ella lo miraba con los ojos muy abiertos Luego
saboreó la sangre de Zelda como si le pidiera disculpas por el
golpe y, al hundirse abrazados en lo que ahora era el escondite
de ambos, Ricardo escuchó como alguien contaba *cinco, diez,
quince, veinte*

Momentos después, ella le dijo: —Fue muy diferente, Ricardo

—Lo sé —Estaba acostado de espaldas, con la mirada en el
cielo Ella volteó el cuerpo de manera que su pecho descansó en
el de Ricardo, y empezó a acariciar la frente, sienes y cabello de
su joven amante con inesperada dulzura Estaba encantada al ver
que derivaba tanto placer con cada movimiento de sus manos
Lo besó levemente en los labios, y luego dijo:

—Tú eres el primer muchacho que beso, Ricardo, y creo que
eso significa que te quiero

Qué suerte la mía, pensó ¡Dos veces en un solo día! Se sintió soberano y capaz de todo —Ahora eres mi novia —le
dijo— Vas a tener que hacer un par de cambios en tu comportamiento En primer lugar, no quiero verte con overoles ni
sobretodos, y tampoco quiero que seas como Santoclós, que a
todos los niños les regala algo para que jueguen: de aquí en

adelante yo seré el único que juegue con lo que me has regalado ¿Entendido?

—Como tú quieras, Ricardo —Se sintió muy feliz en su nuevo papel y, por primera vez en su vida, vio con alegría el hecho de que era una mujer

—En segundo lugar, no quiero escucharte diciendo malas palabras y mucho menos verte peleando con los cuates

—Sí, Ricardo —Se estuvieron callados por un momento Luego ella preguntó:

—¿Por qué lo hiciste, Ricardo?

—¿Por qué hice qué?

—¿Por qué me hiciste hacerlo con todos los muchachos aquel día?

—No sé —respondió— Ellos no me importaban; lo que yo quería era estar contigo, y supuse que esa era la única forma de obtener lo que quería

Ella pareció reflexionar, como si entendiera algo por primera vez y le complaciera la revelación

—Creo que yo también sentía algo parecido hacia ti, pero no lo sabía; lo que sí sé es que cuando te referiste a mis piernas y dijiste que estaban sucias, yo quería insultarte a mi manera, pero fue tanta mi vergüenza que me quedé callada No supe qué responder Ricardo, perdóname que te haya dicho tantas cosas todo este tiempo

—No importa; nunca me han dolido las palabras

—Sé que no has de querer hablar sobre lo que pasó; me refiero a lo del granero y todo lo demás Sólo quiero que sepas que nunca lo hice cuando tú no estabas presente No sé por qué, pero nunca lo hice

—Ricky y Ronnie me han dicho algo muy diferente

—No me importa lo que digan, son un par de mentirosos —Contuvo su enojo en silencio, y luego sintió temor que el recuerdo de lo ocurrido en el granero pudiera distanciarlo de ella— ¿Tú me crees, verdad? Me tienes que creer porque si no, entonces no podré ser tu novia

—Claro que te creo —De alguna manera sintió que en verdad necesitaba creer en ella, y se dio cuenta que jamás había pensado reaccionar de esta forma— Están celosos, eso es todo —dijo, y supo que no mentía pues en verdad lo estaban

Zelda mantuvo su rostro de lado, reposando sobre el pecho de Ricardo mientras lo abrazaba con fuerza Su instinto le decía que ahora era el momento de confrontar cualquier posible complicación Le preguntó:

—Ricardo, ¿te gusta Mary?

—¿Qué quieres decir con eso?

Ella se sintió apenada —Bueno, lo que pasa es que la voz corre y se dice que estás a su lado con frecuencia

—Ella es una de mis mejores amistades, eso es todo Ellos se van a mudar de aquí esta semana

—Qué bueno —contestó— Le temo, Ricardo

Soltó la risa pero le complació saber que estaba celosa— Nunca tendrás por qué temerle a Mary —le dijo

El nuevo cambio que se vio en Zelda fue tan drástico que a todos los vecinos les pareció un misterio Con los cambios efectuados tanto en su manera de hablar como en su comportamiento, ella se dio cuenta que en verdad era atractiva Concentró tanto sus energías en su transformación femenina como anteriormente las había canalizado con el propósito opuesto Su cabello rubio, heredado de su nórdica madre, no se había oscurecido como ocurre con frecuencia; de su padre portugués había obtenido la tendencia corpórea a madurar precozmente y, gracias a años de vigoroso ejercicio, la hacían a los catorce años más una joven mujer hermosa que una atractiva jovencita Y como ya estaba en *high school*, se hizo de nuevas amistades y surgió a su alrededor un grupo de admiradores. Le alabaron su belleza y eso le complació a pesar de su timidez Su carácter se tornó amistoso con todos los que se le acercaban, y como estaba acostumbrada a la compañía masculina, empezó a tener problemas a raíz de que los muchachos malentendieron su actitud y su buen sentido del humor pues no conocían en verdad la otra faceta de su carácter Cuando se veía acorralada por un admirador demasiado entusiasta, revertía a sus defensas anteriores Aún le quedaba por aprender los sutiles artificios que emplean las muchachas para mantener cómodamente a cierta distancia a todo joven insistente, a la vez que los mantienen amigables Pero recurría a los puños cuando se creía en peligro, y cuando empezó a rechazar todo acercamiento amoroso con violencia, los muchachos pensaron que ella era una provocadora, y semejante idea la molestó bastante, pues, según ella, eso era lo peor que pudiera ser una mujer

Su relación con Ricardo se convirtió en un profundo amor de su parte y una de indiferencia por parte de él Se sobreentendía entre ellos que algún día se casarían, y aunque él nunca le dijo que la amaba, ella se sentía satisfecha con sólo ser su novia Ella lo complacía en su recién descubierto, y ahora continuo, predominio, y reaccionaba con simulada resistencia a sus caprichos sólo porque le complacía a él ver ocasionalmente rasgos de su anterior carácter Pero sabía muy bien que lo obedecería sin quejarse de cualquier cosa que él le pidiera Su único temor era embarazarse, porque algo le decía que, de ocurrir, él la abandonaría; él nunca estaría de acuerdo en casarse a menos de que fuera porque quería estar con esa mujer por vida Ella adoraba su sensibilidad y la gentileza con que la trataba, ya que nunca había sabido de esas atenciones ni las había alentado; sin embargo sabía que él era capaz de momentos de una profunda crueldad Y supo esto de Ricardo debido a lo próximo que se sentía ahora a él, y fue ella en verdad la primera en reconocer esta dimensión en el carácter de su joven amante De su parte, Ricardo aún no tenía la necesaria objetividad para descubrir esta falla en su carácter

La visitaba en su casa cuando los padres y hermanos salían, y en ocasiones iban a caminar a las afueras del pueblo El panteón católico se convirtió en el lugar favorito para sus citas nocturnas, pero preferían cuando él pedía prestado un coche y manejaban lo suficientemente lejos como para no temer que los descubrieran El extendía una frazada en el suelo, y se acostaban por horas bajo la luz de las estrellas Sus desnudos cuerpos contrastaban en forma pronunciada bajo la macilenta luz del cielo; la blancura de ella palidecía, mientras que la piel morena de Ricardo adquiría tintes más oscuros En momentos tales, la mente de ambos estaba libre de preocupación de que los fueran a encontrar in fraganti, y resultaba que, reposados y tranquilos, sus juegos y amor les parecían a ambos algo sumamente hermoso

Debido a que Ricardo casi nunca la llevaba al cine o a bailes, muy pocas personas sabían que Zelda era su novia Tampoco se pasaban juntos todo su tiempo libre, como suele ocurrir con frecuencia entre jóvenes que disfrutan de su noviazgo Casi siempre ella se quedaba en casa, aprendiendo cosas del hogar que antes jamás había querido aprender Ella no tenía amigas pues nunca había estado en compañía de jovencitas, y ahora las consideraba tontas y aburridas, por lo tanto concentraba su interés en las cosas que le interesaban a Ricardo Al principio pensó que la lectura era difícil y fatigosa, pero perseveró y al final encontró placer en ello Se aplicó lo más que pudo a sus estudios debido a que él la regañaba por sus calificaciones y Zelda no quería que se avergonzara de ella Y aunque siempre sabía cuando Ricardo se interesaba en otra muchacha, nunca lo acosaba con preguntas porque ella sentía muy dentro de su corazón una enorme seguridad que él la quería a ella Y así transcurría el tiempo, gozando ellos de su compañía por lo menos tres veces por semana, sin sentirse nunca cansados de la sensualidad que los llevaba una y otra vez a los brazos del otro

Dentro de esta rutina, Ricardo perdió parte de aquella inquietud espiritual que por tanto tiempo lo había torturado. Aun sentía la necesidad de moverse sobre lo desconocido para interrogarse en cuanto al fundamento de su ser; quería llegar a entender lo que había eludido a otros hombres desde el principio de la historia humana, pero intuía que por el momento todas esas inquietudes e interrogaciones tendrían que aplazarse para otro tiempo de su vida Era joven y la hora de ir en busca de lo esotérico llegaría pronto Cuando llegara el tiempo de casarse con Zelda, se vería bajo la necesidad de encontrarse a sí mismo pues sabía muy bien que su vida jamás podría girar únicamente en torno a una vida conyugal Rehusaba darle la importancia que a lo largo de los siglos esa institución había erróneamente recibido Bien visto, el matrimonio no era el fin de la vida, por lo tanto jamás podría ser el principio que la gobernara

En esto depositaba toda su fe racional

nueve

Ensimismado y errante en vagas reflexiones, Ricardo se dirigió, paso a paso, a la entrada de su casa Se sentía sosegado a pesar de que traía el cuerpo machacado y dolorido por el entrenamiento de fútbol Estaba programado un partido para el viernes, y habían entrenado todo el día; él había jugado durante el entrenamiento con la misma intensidad que los jugadores de primera línea, pese a que quizás él no lograría jugar a última hora, pues estaba en el equipo solamente en calidad de reserva Y era de' hecho con los jugadores suplentes con los que los regulares se ponían en condición y perfeccionaban su coordinación Ricardo casi rehusó entrenar cuando supo que quizás no llegara a jugar, pero después de pensarlo detenidamente se dijo a sí mismo que en verdad le gustaba el juego, y además el entrenamiento consumiría largos lapsos de su tiempo, del cual tenía bastante por el momento

La casa de la familia Rubio ostentaba un jardín bastante grande en el que el patriarca, Juan Rubio, había decidido plantar una hortaliza La casa, por lo tanto, parecía alegrarse con distintos matices: cárdeno, esmeralda oscuro, y ocre que espejeaban a lo largo de surcos de tomate y de chile La entrada a la cochera y el traspatio, donde había otra hortaliza, lucían limpios y ordenados Al fondo de la propiedad se encontraba un gallinero, recién pintado, y varias conejeras

Llegó al final del camino que llevaba a la cochera y pisó el primer peldaño del porche, y fue cuando notó que su hermana Luz estaba en frente de la casa dentro de un automóvil, platicando con un muchacho de la escuela que él apenas conocía Ya dentro de la casa, se sintió repentinamente agobiado por la tristeza que, mezclada con repugnancia, lo invadía últimamente cuando llegaba a casa En el piso había deshechos y basura; las recámaras permanecían en desorden, con las camas sin hacer En el piso de la sala, donde dormían dos de sus hermanas, estaban tiradas unas cobijas y una colchoneta, con un fuerte hedor a orín, debido a que las niñas aún se orinaban en la cama a la edad de ocho y diez años La única cama que estaba tendida era la suya, pues no cabía en su madre la idea de desatender a su hijo Su ropa estaba en su ropero, en orden y bien planchada, pero por toda la casa encontraba un fondo aquí, un sostén allá, con ropa hacinada en el suelo precisamente donde la persona había decidido despojarse de esto o aquello En la cocina, el fregadero se veía desbordante de platos grasosos, con agua sucia en ocasiones cayendo al piso, de por sí regado de basura. La estufa estaba cubierta de una capa de manteca, con sus pequeños quemadores tan obstruidos que difícilmente salía un poco de gas, aunque lo suficiente para alimentar una débil llama

Arrojó sus libros sobre la cama, luego fue a donde estaba su madre y la besó Estaba sentada y tenía una de las niñas entre las piernas, espulgándola con un peine Escuchó algo como el reventar de un piojo entre las uñas

—¡Vete! —le dijo Ricardo a su hermanita— Diles a las demás que quiero hablar con ellas, incluyendo a Luz

—Le huele la cabeza a puro petróleo, m'hijo —protestó la madre— Es mejor que no salga para que no la huelan los vecinos

Pero él estaba enojado e impaciente, por lo tanto su voz sonó áspera —¿Acaso piensa que porque nuestra casa está tan sucia, que seremos los únicos en Santa Clara que estamos empiojados? —Volteó de nuevo a ver a su hermanita y le gritó que hiciera lo que le había ordenado La niña dio el brinco y corrió fuera de la casa

Las hermanas entraron en fila india Se les vio en la cara un semblante asustadizo, y de inmediato se pusieron a recoger la casa Puesto que ésta no era la primera vez, sabían para qué las había llamado su hermano

—¿Dónde está Luz? —preguntó

—Dice que no va a venir —respondió una de las hermanas— Me dijo que te dijera que te fueras mucho al diablo

Se lanzó al coche de enfrente impulsado por una cólera que jamás había sentido No obstante, al llegar donde estaba su hermana se calmó y dirigiéndose a ella en español, le dijo: —Oye, güevona, métete y ayúdales a tus hermanas

—No me molestes

—¿Qué quiere? —preguntó el muchacho sentado al volante

—No quiere que esté aquí contigo —contestó Luz, sabiendo que mentía

—Vete a fregar a otra parte —le dijo el muchacho a Ricardo

En un segundo Ricardo abrió la portezuela del coche, jaló a su hermana del asiento y, sujetándola sobre la acera, le dio dos bofetadas seguidas y bien plantadas La hermana corrió a la casa con el grito en la boca Al momento el muchacho emergió del coche, enorme, atlético Ricardo retrocedió al verlo y, aún de espaldas, llegó a la casa vecina y agarró un ladrillo suelto que estaba cerca de un incinerador derruido

—Andale, pelmazo de mierda, ¡búscame pleito y te mato, hijo de perra! —El otro titubeó, luego hizo como que iba a echarse sobre Ricardo

—¡Eso es! —le dijo Ricardo, con la voz silbándole entre dientes— ¡Acércate, pendejo, y te resquebrajo la maldita cabeza!

El muchacho volvió a su coche, se metió y, dando un portazo, arrancó, gritándole a Ricardo, "¡Estás loco, loco de remate!"

Esa noche, por primera vez después de varios meses, todos se sentaron a la mesa y cenaron según usanza antigua Después de cenar, Juan Rubio fue a la sala y reposó en su mecedora con el fin de escuchar apaciblemente la estación de radio que transmitía a onda corta desde Piedras Negras Después de recoger la mesa, las muchachas fueron a la sala y se tiraron en el sofá, donde pronto se mostraron inquietas y aburridas; Ricardo sabía la razón: deseaban escuchar otra estación Reflexionó un momento y luego se dirigió a su padre: —Vayamos al comedor, papá; les quisiera leer a usted y a mi mamá de una novela que estoy leyendo en español

Juan Rubio y Consuelo se miraron complacidos, olvidándose al instante de las rencillas que habían minado su matrimonio hasta la fecha Ambos se levantaron y se dirigieron al comedor, caminando tras los pasos del hijo Los tres se sentaron a la mesa, y la madre dijo: —Ha pasado mucho tiempo, m'hijito, desde que nos leíste la última vez

Qué manera de fingir, o a lo mejor está ciega, pensó Ricardo. Luego dijo en voz alta: —Se titula *Crimen y Castigo*, y trata de la vida y costumbres de los rusos en otros tiempos —Leyó rápido y ellos lo escucharon con atención, sólo interrumpiendo de vez en cuando el hilo de la lectura para expresar sorpresa o admiración —como "¡Oh!" o "¡Eso es muy cierto!"— en determinados puntos de la narración. Después de dos horas sintió que la lectura no avanzaba con la rapidez que su interés exigía, y pensó que qué bueno fuera poder leerles toda la noche, porque de seguro no habría otra oportunidad de volverles a leer como ahora Jamás llegarían ellos a saber todo lo que este libro contenía, y le dolió saber que sus padres se perderían algo verdaderamente grandioso También le dolió pensar que jamás estarían tan juntos uno del otro. No se podía explicar cómo es que sabía todo esto, y eso lo mortificaba tanto como el hecho de que sus padres nunca sabrían de verdad lo que había legado a la humanidad ese escritor ruso

—Han llegado al pueblo unas familias mexicanas, papá — dijo Ricardo— Hoy en la escuela vi a dos muchachos y a una muchacha

—Sí, supe hace unos días —comentó Juan Rubio— Cada año que pasa, más y más de nuestra gente decide quedarse en este valle.

—Son raros —dijo Luz quien, en compañía de dos o tres de sus hermanas, se había acercado a la mesa durante la lectura de la novela

—Se visten de una forma muy extraña —aclaró Ricardo

—En San José, este verano —añadió Juan Rubio—, me tocó ver a estos jóvenes casi todos los sábados por las noches en su atuendo de payaso Parece que es la moda en Los Angeles

—Se ve que no son como nosotros —dijo Luz— Incluso en su apariencia son diferentes de nosotros

—Lo que pasa es que provienen de otra parte de México, eso es todo —dijo Consuelo, entendiendo de estas cosas, puesto que ella misma, con excepción del hijo, era diferente de todas sus hijas y esposo, debido a que su bisabuelo era de Yucatán

—Bueno, de cualquier manera, son gente corriente —dijo Luz

Ricardo y su padre se vieron uno al otro y soltaron la carcajada simultáneamente Luz se encendió de ira y, dirigiéndose a Ricardo, le dijo en un pésimo inglés: —Ríanse, pero ellos no tienen nada, y ni siquiera hablan buen inglés

Al escuchar esto, Ricardo se rió aun más y, viéndolo reír, su padre también continuó azotándose la rodilla de tanta risa, a pesar de no haber entendido nada de lo que dijo su hija

No fue hasta el siguiente año que Ricardo se dio cuenta que, además de su familia, su pueblo de Santa Clara también estaba cambiando Era el año de 1940 y, entre otras cosas, la Ley de Reclutamiento había contribuido a que se efectuaran parte de dichos cambios No era infrecuente ver caminar por las calles del centro a soldados, o el ver en alguna calle del pueblo a hombres

uniformados Ricardo notó que ahora la gente veía con beneplácito a estos militares, y pensaba en cuánto habían cambiado las
cosas pues no hace mucho, con el simple hecho de saber de un
destacamento de caballería acampado fuera del pueblo, o de una
columna de artillería de campaña alojada en la universidad, todo
el pueblo se inquietaba, considerando que la mayor falta que una
hija o hermana podía cometer era que la vieran en compañía de
un soldado De acuerdo a la anterior opinión de la gente de
Santa Clara, los soldados eran gente ordinaria, enviciada por el
alcohol, cuando no por el amor a lo ajeno, o, peor aún, por ser
violadores de niñas; los únicos uniformes de prestigio en el pueblo hasta ahora habían sido ya sea el de los jóvenes miembros de
la *Civilian Conservation Corps*, o el de la *American Legion*, vistos con
todas sus insignias y condecoraciones durante la celebración del
cuatro de julio o en la Semana Santa, durante la caza del tradicional huevo de Pascua. Pero ahora todo mundo celebraba la
presencia de un militar, y Ricardo se preguntaba cómo había
ocurrido tan repentino cambio

El número de soldados aumentaba continuamente, casi al
mismo ritmo que el número de mexicanos que llegaban al valle
Pero la gente mexicana que Ricardo había conocido hasta ahora
eran familias migratorias que arribaban durante los veranos y que
rara vez se quedaban más de uno o dos meses. Su existencia
hasta ahora se había limitado a una órbita que abarcaba solamente el pueblo, y en verdad a su barrio, consiguientemente
impidiéndole asociarse con la familia mexicana que vivía cruzando los rieles del ferrocarril, al otro extremo del pueblo Pero
en sus recorridos por San José, empezó a ver más y más de las
personas a quienes él conocía por el nombre de "la raza" Muchos de los trabajadores migratorios que habían llegado del sur
de California durante la primavera o a principios de verano,
ahora parecía que radicarían en el valle Habían comprado dos-
cientas libras de harina y cien de frijol, pensando que si aguanta-
ban el primer invierno, se quedarían en el valle para siempre.
Pero el invierno era la más difícil de las estaciones, pues la lluvia
y el frío impedían que los trabajadores de campo se ganaran el
sustento.

Según aumentó la población mexicana en el valle, Ricardo empezó a asistir a sus bailes y fiestas, y, por lo general, procuró su compañía lo más frecuentemente posible, pues esta gente le intrigaba a un nivel de obsesión Sentía un hondo deseo de saber más de ellos y, a la vez, de aprender de ellos Observó que sentían un fuerte desprecio hacia gente que ellos llamaban *americanos*, sintiendo a la vez una acentuada soberbia hacia todo lo asociado con México y con sus padres, mayormente por sus costumbres tradicionales de provincia Su actitud hacia los que consideraban americanos se debía a un sentido de inferioridad que es un rasgo esencial en todo mexicano nacido o radicado en el sur de California; su actitud hacia México y a sus padres era, en gran parte, una inexplicable compensación por el hecho mismo de sentirse inferiores Necesitaban sentirse superiores a algo, fenómeno en sí muy natural Al separarse de las dos culturas que eran de hecho suyas, terminaron siendo de verdad una raza errante En su desesperado anhelo por ser diferentes, adoptaron una nueva moda de vestir, un nuevo comportamiento, incluso otra forma de expresarse Hicieron uso de un lenguaje políglota compuesto de palabras, sílabas y acentos provenientes del inglés y del español, incorporando y sintetizando en frases y expresiones que sólo eran inteligibles entre ellos, pero a nadie más El resultado fue que el lenguaje de los padres se debilitó, mientras que el inglés no se asimiló Por otra parte, su atuendo era tan singular al grado de ser absurdo Predominaba el color negro Los pantalones de angostas valencianas, que repentinamente se henchían como velas de navío al llegar a las rodillas, le hacían pensar en un anacrónico bajá turco revivido de algún empolvado pretérito, mientras que el saco de traje —larguísimo, hasta la punta de los dedos— junto con los bien lustrados zapatos, creaban en la persona que los lucía la ridícula imagen de un gallo que se pavonea ante la mirada atónita de un imaginario gallinero Su cabello era largo y recogido hacia atrás, formando una cola de pato Se la pasaban horas enteras peinándose el cabello para que se condicionara de tal forma

Lo que caracterizaba a las muchachas eran sus cortísimas faldas, usadas a llegarles por arriba de la rodilla Sus chaquetas eran también largas, llegando casi a una pulgada de la bastilla de la falda Su cabello era largo, casi al margen de los hombros, peinándose la parte superior de tal forma que parecía que se coronaban con un enorme copete

El pachuco había nacido en El Paso, luego había emigrado a Los Angeles, y ahora se dirigía hacia el norte Para la sociedad estos *zootsuiters* eran algo como una amenaza, y su nombre mismo —*pachucos*— los clasificaba como indeseables Ricardo, no obstante, pronto se dio cuenta que había en ellos mucho más de lo que se entendía por medio del nombre con que se les tildaba Pronto vio que a pesar de su comportamiento, ora sensacional, ora violento, constituían un grupo aislado y confuso muy similar al resto de la humanidad, ya que para expresar su ser echaban mano de su propia segregación Y porque su manera de desquitarse era espontánea y no planeada, Ricardo lo interpretó como una vicisitud más de la sociedad, aparente sólo por su origen y carácter repentino

De las muchachas aprendió que sus costumbres y moralidad no diferían mucho de las del tipo de mujer que se consideraba de buena familia, a pesar de exhibir sus torneadas piernas gracias a lo extremadamente corto de sus faldas Pero lo que la escasa ropa protegía era tan inaccesible como si hubieran traído ropa convencional En ocasiones incluso llegó a pensar que eran más difíciles de acceso Aprendió de los muchachos que su actitud hostil y enconada contra los "blancos" no era producto de su imaginación Habían aprendido lo que es el odio directamente de experiencias personales, con todo lo que las palabras implicaban Ellos no habían sido tan afortunados como Ricardo, y tenían las heridas para comprobarlo Mucho tiempo después, Ricardo, con una mirada retrospectiva, entendería que lo que había ocurrido en la cárcel de San José se debía más al carácter de unos pocos hombres que al resto de la sociedad, pues tal y como a los pachucos se les culpaba en masa por lo que habían cometido unos pocos, de igual manera ellos culpaban a los otros haciendo uso del mismo razonamiento

Como suele ocurrir con estos grupos, surgían de vez en cuando entre ellos mismos malentendidos y desavenencias por razones triviales Los pachucos reñían entre sí casi siempre y, cuando lo hacían, peleaban con brutalidad No era extraño que una querella que irrumpiera en las calles o callejones de algún barrio de Los Angeles, se arreglara en el valle de Santa Clara Ricardo entendía su mundo y en parte compartía su punto de vista, pero su estilo de vida no alcanzaba a justificarse ante su conciencia, pues razonaba que de alguna forma estaban renunciando a los principios básicos de la vida, por lo tanto lo suyo podía considerarse una débil reacción Al igual que su padre, ellos también habían sido derrotados por la vida, aunque su derrota se perfilaba más humillante ya que en verdad jamás habían sabido lo que es vivir Sin embargo, su forma de resistir era a última hora la misma: era la apariencia lo que contaba y no la resistencia auténtica

Entre los nuevos amigos de Ricardo, los que habían nacido en San José le interesaban sólo en forma casual, ya que estaban tan americanizados como él; se apartaba de ellos como si al hacerlo se alejara de una parte trillada y rutinaria de su carácter Los recién llegados se convirtieron en el objeto de sus exploraciones. Sentía una profunda avidez por aprender los modos y modales de estos pachucos. Al principio no le fue fácil acercárseles debido a que su misma ropa lo marcó como un extraño, aparte de que le fue difícil entender su jerga. Se dijo que no haría preguntas indiscretas debido a que no quería que se molestaran con él; sus deducciones en cuanto a su carácter y valores deberían sustraerse de una convivencia frecuente e íntima. Se dijo también que no sería condescendiente con ellos ni se comportaría como su superior. Y, por último, se juró que trataría que ellos jamás sospecharan sus verdaderas intenciones. Los momentos más difíciles eran aquellos en que él hablaba, pues estaba consciente que su forma de hablar el español era mucho mejor que la de ellos. Pero aprendió bastante de su vocabulario, lo suficiente como para no dar la impresión de ser un total extraño. Si no logró aprender más fue porque siempre estaba de prisa. Pronto contó con algunos de estos muchachos como amigos, pero le fue mucho más difícil con las muchachas ya que lo veían como un traidor a su "raza". Sin pensarlo, un buen día se dio cuenta que ya no les hablaba en inglés ni defendía a los "blancos", sino que, por lo contrario, hablaba de ellos en forma denigrante cuando le era posible Para granjearse su amistad y confianza hizo algo más: se compró un traje que, aunque no a la extrema moda de los pachucos, lucía lo suficientemente alejado de un estilo conservador como para que no lo consideraran un ingenuo anticuado El primer resultado de sus esfuerzos fue el de hacerse pronto de una novia quien, no obstante, rehusó bailar con él al compás de bailables rápidos: su estilo de bailar —de agitado tambaleo— era nada menos que el *jitterbug*, moda popular entre la juventud angloamericana, por lo tanto despreciada entre los pachucos Su novia accedía a bailar piezas en las que se estrechaban suave y lentamente, al compás preferido por enamorados; y así la pasaba, besando a la novia en la semioscuridad del contorno y a sabiendas que esa pasión con que abrazaba a su novia mientras bailaban sería el único favor que obtendría de ella A veces la abrazaba por la espalda mientras ella, sentada a la barra, se tomaba un refresco *Nehi;* y era durante estos momentos que en ocasiones Ricardo se sentía extraño al pensar que ella era mexicana, y que todos los que lo rodeaban eran también mexicanos, y se sentía aun más extraño al saberse invadido por este sentido de extrañeza Al terminar el baile, tomaba caballerosamente a la muchacha del brazo y la llevaba a la mesa donde la esperaban los padres; después de las formalidades requeridas por la ocasión, le daba a toda la familia las buenas noches

Ocurría que en ocasiones inesperadas sus nuevos amigos lo sorprendían en compañía de sus amistades de escuela, saludándolo con cortesía aunque reservándose para después la oportunidad de reprehenderlo por asociarse con los que ellos tildaban de enemigo Cuando esto ocurría, Ricardo tenía momentos de aprensión porque sabía muy bien que su deseo de ser como ellos no era sincero en todo el sentido de la palabra, pero después de reflexionar sobre este tipo de amistad reconocía que en verdad gozaba de su compañía y estimaba su amistad, por lo tanto sus dudas y remordimientos desaparecían Los acompañaba en todas sus andanzas, aunque procurando no meterse en serios problemas y sin menoscabo de su prestigio dentro del grupo En dos ocasiones se adentró en el onírico mundo de la marihuana, y cuando el efecto de la droga hubo pasado, se sorprendió al notar que no la ansiaba, felicitándose que fuera de esa manera ya que no podía permitirse una adicción en su vida Según transcurría el tiempo, adquiría conciencia de que su existencia sería tan breve que de seguro nunca hallaría el tiempo suficiente para llevar a cabo todo lo que quisiera emprender en su vida Los jóvenes comprendieron y nunca más lo presionaron a que fumara con ellos

Había llegado el momento de recogerse en sí mismo, de ensimismarse y confrontarse una vez más en su soledad Sabía que iba a ser un distanciamiento doloroso, pero ellos lo estimaban y su bondad innata les haría comprender lo natural que era su comportamiento Ricardo, sabiéndose agradecido de antemano, sentía hacia ellos un gran afecto

Y al retraerse de todos, pensó: *Me siento con la facultad de pertenecer a todo y a la vez de no pertenecer a nada ni nadie, porque yo soy el único que está al frente de mi destino, dirigiéndolo, construyéndolo con cada uno de mis actos . Nunca, jamás me permitiré ser parte de un grupo, pues no quiero que me clasifiquen, que me encasillen bajo una categoría estereotipada, permitiendo que ultrajen mi individualidad Nunca seré un hombre que rastree los pasos marcados por otro, ni permitiré que me embriague la vana ambición de conducir a las masas; debo proceder según mi conciencia y de acuerdo a mis valores, sin prestar atención a lo que los demás valoran o codician . por ejemplo, un endemoniado traje cuya moda todos ponen en el cielo esta semana, o morirse por tener tacones cubanos bajo el miserable zapato como si la ética de verdad tuviera estilo o siguiera la moda. ¿Qué sugieren ustedes que hagamos para animar este invierno en que tenemos los huesos y la carne sin vida y, lo que más hiela, sin la esperanza de resurrección en este año 1940 de Nuestro Señor? ¿qué ordenan los del norte? ¿qué opinan los del sur? ¿se les ocurre acaso algo a los del oeste? ¿y qué dicen los del este? Pero si abren la boca, sean originales y por el amor de Dios, ¡hablen sin que se les trabe la lengua! ¿y si pusiéramos de moda el sacrificio de vírgenes? No, eso ya pasó de moda, es verdad ¿qué opinan del matricidio, o del matrirrapto, o del matriolvido? ¿no opinan nada? Bien, ojalá pudiéramos tratar de cosas personales, tales como la posibilidad de prolongar el período de gestación del homo sapiens; eso llevaría a los hombres casados a dar de saltos, ¿que no?*

Divagó sobre esto y otras cosas más con la vitalidad de su juventud y sintiéndose capaz de todo; no, nada es en verdad imposible, y la veracidad que fortalece este modo de pensar le añade ímpetu al impulso de reírse de vínculos abstractos. Esta noche reflexionó sobre lo anterior, y se rió de la sencillez con que se libraba de todos los obstáculos que se le interponían en su búsqueda del sentido de la vida Regresaba esta noche, por primera vez después de varias semanas, al salón de baile reservado para mexicanos, justo cuando el baile llegaba a su fin La orquesta había alegrado el final con su versión de *Home, Sweet Home*, tocando con un ánimo que recordaba ritmos del *jazz*, y ahora volvía a tocar la misma canción pero con un ritmo más lento, regalándoles a las parejas que aún se mecían en la pista una última oportunidad para los abrazos sensuales cuya memoria tenía que durarles el resto de la semana Ricardo se puso a bailar con su novia, llevándola con la pierna mientras la ceñía del angosto talle contra su cuerpo, y en esto estaba cuando uno de sus amigos le dio un golpecito de dedos en el hombro

—Necesitamos ayuda —le dijo a Ricardo— ¿Nos vemos a la puerta del salón después del baile? —La pregunta le pareció en verdad una orden, y no se sorprendió que su amigo no esperara una respuesta Terminado el baile, Ricardo besó a su novia, se despidió, y luego fue a congregarse con el grupo que se estaba reuniendo en forma conspicua mientras el público salía por la única puerta del salón

—¿Qué hubo? —le preguntó al amigo, un joven como de veinte años conocido entre todos como el Gallo

—Esta noche les vamos a dar duro a unos vatos —respondió el Gallo

El pueblo mexicano tiene una extraña pasión por los apodos En este grupo había uno que le llamaban Tuerto, a pesar de que tenía muy sanos los ojos; otro, el Cacarizo, tenía el cutis sin cicatriz alguna; al que conocían por Zurdo, en verdad era diestro; y al que habían bautizado el Galán era un chaparrito ceniciento y reticente cuya presencia casi nunca se tomaba en cuenta El único que merecía su apodo era el Chango, un joven corpulento con extremidades disparejas quien, al caminar, parecía ser el eslabón que unía al hombre con los antropoides

El Gallo continuó: —Anoche le dieron en la madre a mi carnal nomás porque andaba vacilando con una de sus chavalas Supe hace rato que vendrán esta noche por si queremos jodazos.

—Híjola —gruñó el Chango— y todavía se preguntan si queremos tirar jodazos

—¿Los conoces? —preguntó el Tuerto

—Que si no —contestó el Gallo— Son esos babosos de Ontario Ya nos hemos agarrado con ellos

—¿Dónde van a estar? —preguntó Ricardo

—Eso es lo que me cae bien suave —dijo el Gallo—; te digo que va a estar de aquéllas. Nos vamos a ver en el Huerto, y no hemos invitado a la chota, ni a nadie más Nomás nosotros

—Y el lodazal —añadió el Tuerto El Huerto era un cerezal que se extendía a lo largo de doce acres en la nueva zona industrial que se había construido en la franja norte de la ciudad

—El lodo no le tiene miedo a nadie —observó el Gallo—, pero después de esta noche los güeyes de Ontario lo van a traer entre las piernas cada vez que nos vean ¡Vámonos!

—Todos caminaron de prisa y se metieron en dos automóviles. Ocho de ellos se fueron con el Zurdo, quien manejaba un sedán, y los otros tres los siguieron en un cupé. Ricardo iba en el asiento de atrás en las rodillas del Galán. Iba en silencio, temiendo que se dieran cuenta del terror que aumentaba en él a cada minuto según se perdía el automóvil en la oscuridad El Gallo empezó a sacar varios objetos de un costal

—Orale, éste es para ti. Que no se te pierda —le dijo el Gallo a Ricardo Era una cadena de bicicleta, doblada y ajustada en una punta con correas de cuero, formando el mango de la improvisada arma.

Ricardo la sostuvo entre las manos sintiendo su frialdad y, sin saber por qué, le dio las gracias a su amigo. Y pensó: ¡*Goddamn! ¿En qué diablos me vine a meter?* Y se dijo que ojalá que llegaran pronto a su destino, antes de que su temor se convirtiera en

pánico El no tenía la menor idea con quiénes iban a pelear
¿Habría tres o treinta de ellos? Luego miró de reojo el arma que
sostenía en las manos y se pasmó al pensar que alguien pudiera
morir de un solo cadenazo

El Tuerto pasó entre ellos una botellita de whisky Ricardo le
dio un buen trago y luego le dio la botella a otro

—Oye Chango, ¿quieres un trago? —preguntó el Gallo

—Esa fregadera no es para mí, carnal; yo me aliviano con
pura yesca —contestó Luego, según aspiraba el humo, carras-
peó cuatro veces, como si tratara de retener el humo en los
pulmones con el fin de recibir, lo más pronto posible, todo el
impacto de la droga Ofreció luego el cigarro a todos, pero éstos
lo rehusaron En seguida prosiguió a apagarlo, guardando la
colilla en una cajita de cerillos

Ricardo tuvo la sensación de que habían estado en el automóvil muchas horas, cuando al fin notó que llegaban al Huerto
Se estacionaron debajo de los cerezos, con el motor en marcha
por si acaso tenían que salir de prisa del lugar Los que los habían
seguido en el cupé no aparecían, y el Gallo dijo: —¡Esos coyones tuvieron miedo! No van a ayudarnos

—Esperemos unos minutos más —sugirió el Tuerto— A lo
mejor aparecen al rato

—No, no van a venir —dijo el Gallo, pero ahora con la voz
tranquila Se subió el cierre de las piernas del pantalón y luego se
las arremangó hasta la rodilla— Cabrón lodo —dijo, en tono de
broma— ¡Vámonos! —les ordenó, y los demás lo siguieron
según el Gallo se adentraba en el Huerto Al llegar casi al centro
del terreno, se detuvieron

—Ahí vienen —dijo el Gallo en voz baja

Ricardo no escuchaba sonido alguno Sentía mucho más
miedo, pero por lo menos había cesado su temblor A pesar del
miedo, su mente estaba alerta Aguzó todos los sentidos con el
fin de que no pasara desapercibido ningún momento de esta
experiencia por la que iba a cruzar Le sorprendía la rapidez con
que el Gallo había tomado el mando al salir del salón de baile
Ricardo nunca había pensado que uno de los muchachos fuera
considerado el jefe del grupo, pero ahora todos obedecían al

Gallo y Ricardo no era excepción Se parece a un trozo de hielo, pensó *¡Como un pinche trozo de hielo!*

De repente unas sombras cobraron más relieve en la penumbra ante él

Y casi instantáneamente se sintió caer en un torbellino multicolor donde se mezclaba la luz argentada de tubos y cadenas con los manchones cárdenos que afloraban en los rostros de uno y otro bando bajo las tinieblas de la noche y entre los umbríos cerezos Sintió puñetazos en la cara y en el cuerpo, como si le llegaran desde una distancia considerable, y respondió con violentos cadenazos a diestra y siniestra Había un silencio casi de muerte en la pelea Sabía que varios de los que habían caído se quejaban, y luego escuchó: —¡El hijo de la chingada me quebró el brazo! —Y eso es todo lo que escuchó por algún tiempo, pues había caído en el suelo y tenía la cara en el lodo.

Lo jalaron y medio acarrearon hasta llegar al sedán. El automóvil se había atascado en el fango y pensaban empujarlo, pero antes acostaron a Ricardo en el asiento de atrás A lo lejos, más allá de los cerezos, se aproximaban unas luces de automóvil.

—Tenemos que irnos de este lugar —dijo el Gallo

—Les llegó ayuda ¡Empujen! ¡Empujen! —Ricardo abrió la portezuela y cayó de bruces de nuevo sobre el lodo. Intentó ponerse de pie y se tambaleó en las tinieblas Alguien lo agarró y lo arrojó dentro del sedán con violencia Se escuchaban con claridad ruidos de un numeroso grupo que se lanzaba sobre ellos desde el Huerto

—¡Es mejor que nos cortemos! —gritó el Tuerto—. Dejemos la ranfla aquí

—¡No! —respondió el Gallo—. ¡Lo van a desmantelar! —El sedán resbaló hasta llegar a la banqueta donde las llantas, gracias a la tracción obtenida, les permitió ponerse en marcha. En cuestión de segundos bajaban por un camino que se colaba entre la negrura del horizonte

Ricardo sostenía su cabeza entre las manos. —¡Por Dios! —exclamó— El cabrón me tiró con todo lo que traía.

—Fue con un bate —precisó el Gallo

—¿Con qué?

—¡Que te noqueó con un pinche bate de béisbol!

Llevaron a Ricardo a su casa y el Gallo lo ayudó a caminar hasta llegar a la puerta —Es mejor que te frotes un poco de manteca en la cabeza —le dijo

—Está bien Oye Gallo, tenías razón Los otros vatos se escamaron

—Siempre ocurre así; por lo menos unos dos o tres camaradas se rajan cuando se trata de tirar jodazos —comentó el Gallo— Pero tú te aventaste, carnal Podía jurar que iba a ser así

Ricardo observó pensativamente a su amigo por un momento En la penumbra, su cabello oscuro se encrestaba desde el cuello hasta la frente, cayéndole casi a las cejas en gruesos rizos sedosos, como si fueran serpientes nocturnas Ricardo se preguntó qué caballero andante de Castilla habrá cabalgado y navegado cuatro mil leguas con el propósito de machihembrarse con la hija de Cuauhtémoc para engendrar este linaje

—¿Cómo supiste? —le preguntó Ricardo

—Porque me di cuenta que significaba mucho para ti —respondió el Gallo

—Cuando los vi llegar, pensé que eran como cien de ellos

—Eran solamente como unos quince Eres de aquéllas, Ricardo Cuando se te ofrezca algo, nomás dímelo

Ricardo se sintió sobrecogido por la satisfacción Entendía la amistad que se le ofrecía —Te voy a decir algo, Gallo; no lo tomes a mal, pero creo que nunca he tenido tanto miedo como esta noche —Decidió hablarle con franqueza, pensando que, al saber la verdad, quizás no sentiría la misma obligación

—Ya lo sabía, pero ¿sabes qué? Todos teníamos miedo, no nomás tú

—¿Les ganamos? —preguntó Ricardo

—Pero por supuesto —contestó el Gallo— ¡Les dimos en toda la *Moder!*

Al escuchar eso, Ricardo sintió que vivía el momento más pleno de una noche gratísima

I I

Y fue por este tiempo que Ricardo tuvo problemas con la policía Lo raro de esto es que, a pesar de haber entablado una estrecha amistad con jóvenes pachucos, los problemas originaron mientras estaba en compañía de sus amigos de la niñez Ocurrió en forma tan repentina que no tuvo tiempo para prepararse mentalmente para la experiencia

Ricky era ahora dueño de su propio automóvil y sus amigos habían acordado regalarle unos aleros que le añadieran estilo a la carrocería Buscaron por todo San José hasta que encontraron un modelo con un par que se veía bien en el automóvil de Ricky No habían empezado a desmontar las piezas cotizadas cuando se les aproximaron dos celadores que se dirigían a casa después del trabajo, vieron lo que los muchachos pretendían hacer, y los detuvieron Estos hombres no tenían razón para detenerlos pues los muchachos no habían de hecho transgredido ninguna ley, sin embargo Ricardo sabía que no les hacía falta razón alguna

Los celadores los tenían en fila contra un muro de la estación de bomberos cuando llegaron dos patrullas Antes de que parara una de ellas, salió veloz un policía y, acercándosele al primero que encontró contra la pared —en este caso, Ricardo— le dio un puñetazo en la mejilla, golpeándole la cabeza contra el muro y causando que se desplomara en el acto Al ver a Ricardo inconsciente en el suelo, sus amigos se le echaron encima al policía, llorando y tirando golpes; pero esto fue contraproducente pues pronto se vieron rodeados de varios policías con macanas La golpiza que les dieron fue brutal Desmayados a golpes, tiraron sus cuerpos sin miramiento alguno en los asientos de atrás Como si fuera poco, los policías continuaron golpeándolos en las costillas y espaldas hasta llegar a la comandancia. Las patrullas bajaron por una rampa que llevaba a los sótanos de la cárcel, y llegando los empujaron o arrastraron hasta meterlos en una sala En seguida les quitaron todas sus pertenencias y las depositaron en unas bolsas de papel; luego llegó un hombre corpulento vestido de civil

Ricardo le preguntó dónde podía presentar una queja contra los policías que los habían golpeado injustamente, pero el detective nomás sonrió

—Por resistir a la ley —alguien dijo

El hombre corpulento adoptó de inmediato el papel del buen amigo quien vela por los intereses de los detenidos, y se rió como si todo fuera hecho en broma

—A ver, muchachos, ¿qué querían hacer con el automóvil? —les preguntó en tono casi jovial

Ellos se quedaron en silencio Uno de los policías fue a donde estaba Ricky y lo golpeó debajo de la oreja; al verlo caído en el suelo, le hizo sentir cuán duras eran sus botas

—¡*Goddamn Pachucos!* —dijo con gesto torvo

—Bueno —dijo el detective—, quizás uno de ustedes quiera darme la información que pido

Debido a que todos continuaron en silencio, a todos de nuevo les dieron una golpiza Ricardo empezó a sentir tal dolor en la cabeza que al momento se atemorizó Le vino a la memoria un incidente que ocurrió en su niñez; a un amigo de la familia lo habían arrestado por ebriedad, y poco después habían encontrado su cadáver en una celda Su muerte había quedado para siempre sepultada en un misterio Se dio cuenta que tenía que decir algo, cualquier cosa

—No estábamos haciendo nada —dijo— Sólo andábamos divirtiéndonos en el pueblo cuando de pronto esos celadores nos gritaron, y claro nosotros nos detuvimos para ver qué era lo que querían

—En cuanto a las muchachas, ¿qué plan tenían reservado para ellas?

—¿Cuáles muchachas?

—Las dos muchachas que andaban de paseo; no te hagas que no sabes de qué muchachas hablo ¡Cabrones, qué piensan, que pueden salirse con la suya viniendo aquí en busca de una muchacha blanca, limpia, de buena familia, para hacer con ella lo que quieran! Y a fin de cuentas, ¿de dónde son? ¿de Flats? ¿de Boyle Heights? —Pensaba que los muchachos eran de Los Angeles

—Nosotros somos de Santa Clara y no somos de los que andan violando muchachas —El detective le dio una bofetada con el dorso de la mano, luego fijó su mirada en Ricardo y le dijo:

—No me andes con pendejadas Son cabrones como ustedes los que nos dan más dolores de cabeza que todos los criminales del estado ¡Por Dios! ¡Cómo quisiera tener la libertad para limpiar nuestro pueblo de basura como ustedes! Bueno, ya estuvo con la plática, ¿ahora me vas a decir que hacían junto al carro?

Ricardo optó por quedarse callado, al igual que los demás El detective salió de la sala Luego un policía empezó a llevar uno por uno a otra sala A Ricky lo arrastraron y Ricardo empezó a darse cuenta que la situación se agravaba con cada minuto que pasaba Pensó que era raro que la policía los confundiera con pachucos ¡Qué demonios! Todos vestían pantalón *Levis* y traían el pelo corto

A Ricky lo trajeron de nuevo casi inmediatamente Ricardo se fijó en la expresión obstinada que traía en su cara y supo que no había dicho nada También se dio cuenta que Ricky estaba algo amedrentado, pero todavía tenía arrestos de sobra Luego se llevaron a otro compañero, jalándolo hacia la otra sala, pero también regresó casi inmediatamente y el policía, dirigiéndose ahora a Ricardo, le dijo que lo siguiera Al momento se dio cuenta del truco, ya que el detective sabía que los otros, puesto que se habían mantenido callados, no dirían nada, mientras que de Ricardo, quien había respondido a unas cuantas preguntas, se esperaba que dijera todo Pero a pesar de darse cuenta, no sabía qué esperar

—Siéntate, muchacho —El método usado por el detective era ahora muy distinto— Cuéntame todo —Ricardo por poco suelta la carcajada, pues no se le escapó que lo estaba timando Y al instante entendió que esto era lo último que sufrirían en este lugar y que el detective no podría detenerlos, porque no tenía nada en su contra

—No tengo nada que contarle —contestó, y el detective hizo luego una broma tocante a como era que él era el único que hablaba, y que eso era prueba de que no tenía miedo, en contraste a los demás Pero Ricardo bien sabía que el detective pensaba precisamente lo contrario Y al verlo directamente en los ojos, Ricardo supo que al detective tampoco se le escapaba este detalle, pero no le importó debido a que ya no tenía miedo, por lo tanto habló con voz tranquila, muy diferente a la voz con que había hablado minutos antes, cuando había estado a punto de perder control Al pensar cómo había hablado con la voz temblorosa de miedo, se avergonzó de sí mismo y como que sintió deseos de devolver el estómago

—Mire, señor —le dijo al detective— ¿Por qué motivo nos ha detenido? Usted quiere que admitamos haber hecho algo que en verdad no hemos cometido, y hasta el momento en verdad no sabemos de qué se nos acusa Por otra parte, nos han golpeado peor que si fuéramos criminales

—Ustedes se resistieron

—No nos resistimos al llegar aquí ¿A qué se debe que esos tipos nos han estado golpeando de esa forma? Han de ser una bola de sádicos, todos ustedes ¿Qué harían si uno de nosotros muriera, o quedara herido?

—No sé de qué hablas —respondió el detective Luego le preguntó al policía que se reclinaba de espaldas contra la puerta —: ¿Acaso viste que golpeáramos a alguien?

—No Está loco —contestó el policía

—¿Ves? —El detective pensó ser un actor de talento— Ahora bien, si tú me dices lo que andaban haciendo, yo prometo darte una oportunidad

—No andábamos haciendo nada, ya le dije

—Muy bien, como quieras, no tienes que decirme lo que hacían esta noche ¿Pero qué tal durante otras noches? ¿qué han urdido últimamente? ¿Quizás han robado algo? ¿de dónde obtienen su marihuana? ¿acaso le han brincado a alguna gringuita en

Willow Glen? ¡todavía no agarramos al animal que cometió tal violación! —Se contuvo ya que su ira empezaba a dominarlo contra su voluntad Luego habló con calma—: Sabes de este caso, ¿que no?

—No

—Pero habrás escuchado algo al respecto

—No, no he escuchado nada

—¿Que no lees el periódico?

—Sólo la sección deportiva; el resto es una bola de mentiras y no tengo tiempo para eso

El detective no le creyó una palabra —No me digas eso; todo mundo lee el periódico, aunque sea de vez en cuando

—Claro, a veces le echo una ojeada a la primera plana, pero eso no lo hago con frecuencia Me limito a la segunda sección y leo sobre deportes A lo mejor cuando pasó lo que usted dice, ese día no leí la primera plana

—¡Carajo! Y luego preguntan que por qué ustedes son unos analfabetos ¿Cómo vas a saber cómo votar cuando seas de edad?

—No me interesa votar Lo que quiero es largarme de aquí —Empezaba a sentirse mal, malísimo; le dolían los riñones tanto que pensó que de seguro orinaría sangre por una semana

—Por fuerza tienes que querer votar; es un derecho que tienes garantizado —Y pareció que le pesaba al detective ese democrático detalle

—Si lo que usted dice es cierto —dijo Ricardo—, en tal caso estoy en mi derecho en no votar si no quiero votar, ¿que no?

El detective cambió de tema: —Esta muchacha de que te hablaba   ella salía del cine y se encaminaba a su casa cuando tres mexicanos la jalaron detrás de un arbusto y ahí se divirtieron con ella

Parecía que el detective intentaba seguir con su cuento, por lo tanto Ricardo preguntó: —¿Cómo sabe usted que eran mexicanos?

—Por la sencilla razón que ella los identificó como tales

—Entiendo, pero permítame preguntarle, ¿acaso verificó sus actas de nacimiento? Porque a lo mejor eran americanos

El detective clavó los ojos en Ricardo por mucho tiempo, al

punto que Ricardo pensó que se había pasado de la raya, pero el detective ya había decidido no hacer uso de la fuerza en adelante

—Eres bien listo, cabrón —dijo por fin el detective— Además, hablas muy bien el inglés, no como la mayoría de los *chucos* —De nuevo se le subió el coraje hasta la garganta y, aunque no quería demostrar el tamaño de su ira, habló en voz alta—: Tú bien sabes a qué me refiero cuando digo mexicano, así que no te me pases de listo Según ella, los muchachos eran mexicanos, y con eso nos guiamos A lo mejor fue tu pandilla

Ricardo empezó a sentirse mejor, pues estaba seguro que el detective tendría que ponerlos en libertad, por consiguiente empezó a comportarse sagaz —No somos una pandilla —dijo con soltura— Es decir, no somos una pandilla en el sentido que usted le da al término, aunque por otra parte pudiera decirse que sí somos una pandilla, puesto que nos criamos y crecimos juntos y, en efecto, jugábamos a que éramos policías o ladrones, o sea que nos divertían juegos de niños Ahora que me acuerdo, lo que me hace reír es el hecho de que todos queríamos ser los policías porque dizque eran los buenos, pero hoy no creo que era una buena idea pelearse por ser uno de ustedes, pues les he dado un buen vistazo a los que yo creía que eran los buenos y me he desengañado —El detective hizo como si recibiera una bofetada, moviendo la cabeza abruptamente hacia atrás para luego mostrarse avergonzado

—Este es el tipo de trabajo que se nos exige —replicó a modo de explicación— Ahora bien, ¿estás seguro que ustedes no tuvieron nada que ver con ese incidente? —Lo dijo con voz irónica, como si le preparara una emboscada, y por un momento Ricardo pensó que le preguntaría que dónde había estado en esta o aquella noche, pero el detective se limitó a sonreír amistosamente

—Estoy seguro —contestó Ricardo, y le sonrió directamente, y mientras sonreía sintió que un lado de su cara estaba tan entumecido que no podía estar sonriendo como el otro— Yo soy el único mexicano —según *usted* lo pronuncia— en el grupo Los demás son españoles y hay un italiano Por último, no conozco a ningún pachuco lo suficiente como para andar en su compañía

—Déjame ver tus manos —Las inspeccionó y luego hizo un gesto de aprobación— No tienes tatuajes, pero tienes ahí una horrible verruga

—Es por andar jugando con ranas —respondió con tono sarcástico, pero el detective no se dio cuenta

—Es mejor que te lo curen —comentó con sincero interés— ¿Aún insistes en que no vienen ustedes del sur del estado?

—Hable por teléfono a la comandancia de policía de Santa Clara, y le informarán quién soy Quiénes somos todos nosotros

El detective le ordenó que fuera a la otra sala donde estaban sus amigos, y poco después vino un policía con sus pertenencias y carteras, y les dijo que se podían ir a sus casas Ya al salir, el detective detuvo a Ricardo y le dijo:

—¿Así que vas a ser un muchacho universitario?

—Creo que sí —¡Habló por teléfono!, se dijo

—Ven a verme cuando te sea conveniente Alguien como tú nos puede ser muy útil cuando crezcas Ya ha aumentado mucho el número de gente como tú, y alguien de tu calibre sería bueno tener al lado de la ley y del orden

Otro que piensa en mi futuro, se dijo Ricardo Luego respondió en voz hostil: —No, gracias No quiero tener relación de ninguna especie con ustedes

—Piénsalo Aún te faltan unos años Podrías hacer tanto por tu gente por conducto nuestro

La sinceridad con que dijo lo anterior sorprendió a Ricardo Parece que lo decía en serio —No —contestó— Yo no soy Jesucristo Dejemos que mi gente haga por sí misma lo que quiera

—Pero los defendías hace minutos

—Me estaba defendiendo a mí mismo —Estúpido, pensó

¿Y a fin de cuentas, quiénes representaban su pueblo, su gente? El siempre había pensado que todo el mundo era su gente, aunque no en el sentido ingenuo con que el hombre se trata de convencer que Dios nos ha hecho a todos iguales, pues esa idea era un engaño Lo opuesto era lo más obvio Pero este hombre, con su actitud y comportamiento, le acababa de dar un nuevo punto de vista sobre su mundo

Cruzaron el pueblo caminando con el cuerpo adolorido por tanto golpe, hasta llegar al automóvil de Ricky Y cuando llegaron todos a casa sintieron un gran alivio Pero Ricardo no podía dormir Había cosas a su alrededor que no entendía del todo Se sorprendía de su propia ingenuidad Había escuchado en ocasiones que la policía detenía a jóvenes mexicanos, llevándoselos a la comandancia de policía por cualquier razón, pero eso jamás lo había afectado en lo personal El nunca había pensado de acuerdo a grupos o categorías de personas, pero eso había cambiado esta noche, pues ahora incluso pensaba de los policías en términos muy distintos En Santa Clara conocía de nombre al mariscal y a los policías de patrulla, y siempre los había tratado como personas y nunca como meros chotas; de hecho, los trataba como vecinos Una noche había cambiado totalmente su percepción y se daba cuenta que de ahí en adelante jamás olvidaría lo que había ocurrido esta noche Esta impresión lo haría desconfiar y, de hecho, casi odiar a los policías toda su vida Esta noche, por primera vez en su vida, supo lo que era la discriminación La dolorosa experiencia que había atravesado le había abierto los ojos y, cerrándolos, lloró en silencio acostado en su cama Y entre sollozos, pensaba:

En México cuelgan al español del primer árbol que encuentran, y aquí harían lo mismo con el mexicano, y de alguna forma todo era llevado a cabo por la misma persona, en otro cuerpo, en otra parte, el mismo encono ¿Qué hace esta gente cuando no está colgando a los que odia? El detective, cuando no está bofeteando la cara humillada de alguien, o se encuentra engatusando a un supuesto criminal con falsas promesas, o rogándole que confiese haber cometido algún crimen sin resolver; ese detective, ¿qué es lo que hace cuando no está envuelto en esos horripilantes actos que él llama su trabajo? ¿acaso tiene una familia, un hogar? ¿una esposa sobre quien deposita regalos y caricias con toda la ternura que siente hacia ella, a quien abraza desnuda —el mejor de los modos—y sujeta a su propia desnudez tanto corpórea como espiritual, por lo tanto sincera? ¿acaso es en esta desnudez que alcanza su autenticidad como hombre? O, incluso, ¡pero no, no por Dios! ¡todo excepto hijos! ¡un hombre como el detective no puede tener hijos! Con sólo pensarlo se confunde la imaginación

En cuanto a los amigos: ellos no habían hecho ningún comentario, pero recordaba la forma en que lo habían mirado por haber estado largo rato con el hombre Y al referirse al detective como "hombre", se dio cuenta que el término era lo peor que por el momento le podría arrojar Con la mirada le habían dicho que sospechaban que los había traicionado en la confianza que habían depositado en él Por un momento, mientras Ricky llevaba a cada uno a casa, pensó en decirles, *Miren, imbéciles, yo no me rajé con nadie El intentó engañarme y yo terminé poniéndole una trampa, lo hice tonto y gracias a ello nos puso en libertad* Pero no dijo nada: todo le dolía y se sentía un poco resentido; además, decidió que sus amigos no valían la pena Y ahora estarían pensando que si Ricardo no los hubiera acompañado, no los hubieran culpado por asociación, por lo tanto no los hubieran golpeado Y, claro, Ricardo sabía que tenían razón al pensar de esa manera Y en cierta forma él los había traicionado, pero ellos no lo sabían Había decidido callarse no porque obedecía algún código de honor, sino porque al cooperar con la policía se hubiera en el acto implicado él mismo La lealtad de sus amigos hacia una ley no escrita, a ese código tácito entre ellos, obviamente trascendía ante sus ojos el hecho de que habían estado a punto de cometer una ofensa criminal Y ocupados con este código, se habían olvidado de lo que en verdad habían sido sus intenciones de robo Al pensar en esto supo que de ese momento en adelante las relaciones entre ellos jamás serían como antes Algo había ocurrido entre ellos esta noche, particularmente en su relación con Ricky Mucho más que en el pasado, se dio cuenta que nunca podrían ser amigos de nuevo, porque de alguna forma Ricardo representaba un obstáculo en el logro de ciertas ambiciones que Ricky se había impuesto en la vida

Reflexionando en lo anterior notó que aún lloraba y ahí mismo decidió que no valía la pena derramar lágrimas por otros Se retrajo dentro de su caparazón de cinismo, pero entendió la razón de su ensimismamiento y supo que fácilmente podría ocultarlo del mundo circundante

diez

—*Le* presento a mi sobrina, don Juan; nos visita desde Cholula —dijo Cirilo, presentándola formalmente a Juan Rubio y a Ricardo en cuanto éstos pasaron al interior de su casa

—Mucho gusto en conocerla —se adelantó a decir Juan Rubio, mientras estrechaba una mano delicada y nerviosa— Juan Rubio, a sus órdenes

—Igualmente —contestó la señorita— Pilar Ramírez, para servirle a usted

Ella volteó a ver a Ricardo e intercambiaron saludos de la misma manera Aunque no era tímida, parecía serlo por ser mujer criada en México Ricardo no recordaba haber visto una mujer que se comportara como Pilar desde que era chico, o sea desde que su familia seguía las cosechas Ante sus ojos estaba la viva imagen de su madre según la recordaba años atrás Supo que hablaría solamente si le dirigían la palabra, por lo tanto procedió a hacerlo Le dijo que ella era de Cholula, una ciudad muy antigua situada en el estado de Puebla, y que su padre había muerto recientemente, lo que explicaba su presencia al lado de su tío Ricardo observó en forma de respuesta que él nunca había conocido a nadie que viniera de una parte tan remota del sur, y ella contestó informándole que tenía dieciséis años Durante una réplica de Ricardo, ella soltó la risa y él se abochornó, pues se veía a las claras que se reía de la forma en que él hablaba el español, que era un castellano mexicoamericano de California

—Yo soy un pocho —dijo Ricardo, como si se presentara de nuevo—, y así hablamos porque aquí en California incorporamos en nuestra manera de hablar español palabras tomadas del inglés Pero sé leer y escribir en español, y yo mismo me enseñé desde que tenía ocho años

—No se preocupe —comentó la joven— Lo entiendo perfectamente

Era delgada aunque de pecho lleno y de piernas torneadas: muy morena y muy guapa, se dijo, pensando que en México la piel morena en una mujer se interpreta como símbolo de la belleza nativa

Los demás habían entrado en una amena plática, permitiendo que Ricardo y Pilar se entregaran por completo a la conversación de una nueva amistad, hasta que llegó el tiempo de partir *Volveré a verla* —pensó Ricardo—; *es interesante y agradable: me gusta mucho Podrá contarme del México de hoy, no del de hace veinte años, que es el que conozco por conducto de mis padres*

Nunca volvió a verla jamás Juan Rubio, por lo contrario, empezó a visitar a su amigo Cirilo con más frecuencia, y en ocasiones trajo noticias de que Pilar había preguntado por él Incluso le hizo un par de bromas tocante a su "admiradora" A Ricardo nunca le pasó por la mente la posibilidad de que su padre le tuviera puesto el ojo a esta señorita de Cholula, aunque debió sospecharlo, ya que a él mismo le había traído recuerdos de la madre que tuvo en su niñez

Una madrugada en que llegaba al hogar después de haber estado con Zelda, Ricardo encontró su casa toda iluminada, con su padre temblando de cólera Nunca lo había visto tan furioso

Su cara estaba lívida y al hablar arrojaba algo como una espuma salivosa que luego le escurría por las comisuras de la boca

—¡Mis hijas no se comportarán como si fueran unas pirujas! —vociferó Juan Rubio

—¡Si soy una piruja, lo soy porque traigo su sangre! —respondió Luz, en forma de rezongo

—¿Acaso crees que éstas son horas para que una muchacha decente llegue a su casa? —le preguntó— ¡Son las tres de la mañana! ¿Dónde estabas?

—¡Eso es cosa que no le importa! —replicó la hija— ¡Lo que yo haga fuera de casa es asunto mío! ¡hasta en eso soy como usted!

Las niñas estaban amedrentadas y abrazándose junto a la pared, con las más chicas llorando Consuelo estaba de pie junto a sus hijas; traía puesta una bata grasosa Con plena conciencia de lo que su esposo podía ocasionar en momentos como el presente, se mantenía en silencio, acobardada

—¡Dime dónde has estado! —insistió Juan Rubio— ¡Esta todavía es mi casa, y mientras vivas bajo su techo me darás el respeto que merezco!

—¡Por qué no despierta de su sueño! —le gritó Luz, y al decirlo su cara se le contorsionó formando una máscara de odio— ¡Que dizque *ésta* es su casa! —En seguida Luz soltó una carcajada irónica— ¡No señor, ésta es nuestra casa, y si queremos lo podemos echar a usted de aquí! Dígaselo, mamá ¡El puso las escrituras de la casa a nombre suyo, pensando que si le pasaba algo, usted no tendría problemas! ¡dígaselo, mamá! —gritaba y volvía a gritar la hija de Juan Rubio— ¡Dígale que algo le ha ocurrido a él!

Juan Rubio le dio una bofetada con el dorso de la mano izquierda, y Luz rebotó contra la pared, mareada pero logrando mantenerse de pie De nuevo empezó a gritar, pero esta vez en dirección de la madre; Consuelo, envalentonada al oír lo que ella misma les había metido en la cabeza a sus hijas, perdió la razón y confrontó a su esposo, diciéndole a gritos: —¡No te atrevas a tocarla otra vez, bruto! —Consuelo en seguida intentó agarrarlo de un brazo, pero Juan Rubio dio la media vuelta hacia ella con tal fuerza que el impacto la hizo perder el equilibrio, tambaleándose frenéticamente de espaldas y desplomándose de cara en el piso de la cocina

Ricardo estaba frente a ellos, paralizado de horror al presenciar la grotesca mascarada que se desarrollaba ante sus ojos Y en verdad parecía una mascarada pues no reconocía a ninguno de los personajes que desempeñaban su papel con tanto odio Ensimismado como estaba, pensó por un momento que el fenómeno que estaba ante su mirada carecía de toda realidad Horrorizado y agobiado por una angustia insufrible, pensó: *¡Ha de ser un mal sueño! ¡en verdad un pésimo sueño o una maldita pantomima!* Su hermana lo despertó de su conmoción

—¡Quédate ahí parado! ¡ándale, pendejo, quédate ahí como si nada y limítate a ver cómo este hijo de perra golpea a tu madre! —Luego la hermana se le echó encima a su padre, con las uñas dispuestas a arañarle la cara a Juan Rubio quien, esperándola y consciente de todo movimiento, le dio un puñetazo en la cara La hija no se volvió a levantar

Juan Rubio se lanzó fuera de la casa y bajó al sótano Tomó un hacha de un armario donde tenía guardadas sus herramientas, y empezó a usarla primero en los barriles de vino y luego en los estantes donde tenía hileras de fruta y verdura en conserva, y cuando ya había destruido todo lo que él mismo había acumulado o hecho con sus propias manos, entró de nuevo a la casa, semejante a un demonio empapado de vino, morado y ominoso Lo primero que hizo fue gritar: —¡Fuera! ¡Todos, fuera de esta casa, pues hoy mismo voy a destruir este cáncer! —Pero nadie se movió, tan grande era el temor de todos, y conforme caminaba hacia la alacena, Ricardo lo atajó por la espalda, bañado en lágrimas y suplicándole—: ¡No, papá! ¡no, papá! ¡no vale la pena, nada de esto vale! —Al resbalarse y caer al suelo, abrazó al padre de una pierna, mientras Juan Rubio pateaba para zafarse Pronto liberó la pierna de los brazos de su hijo, quien se puso inmediatamente de pie; al momento Juan Rubio le dejó caer el puño en la cara, volviendo de nuevo a lo que ahora veía como un deber personal Ricardo se levantó con un manchón de sangre en la boca y en la nariz, y esta vez se lanzó, decidido, a la espalda de Juan Rubio, pero se resbaló y al caer su cabeza golpeó el suelo, quedando inconsciente

Al ver a su hijo en el suelo, Juan Rubio se dirigió a la mesa y ahí recostó el hacha con cuidado, como si el hacha fuera su hijo Luego fue a donde estaba Ricardo y lo levantó con ambos brazos como si levantara a un niño Lo llevó a la recámara y lo acostó en la cama

—¡Ve por agua! —le dijo a su esposa; Consuelo se mesaba el cabello, gritando—: ¡Mi hijo! ¡mi hijo! —Y fue con los gritos que Ricardo abrió los ojos

Lo primero que vio fue que las paredes aún se mantenían en pie, y que los rostros de sus padres estaban sobre él, en un momento de extraña intimidad Su labio superior estaba como paralizado, pero sentía el cosquilleo de una hinchazón en aumento debajo de la nariz Intentó ponerse de pie, pero poniéndole una mano en el pecho, su padre se lo impidió

—Dame un cambio de ropa —dijo Juan Rubio a Consuelo— Y hazme una mochila con varias de mis cosas

—Está bien, Juan —fue la respuesta de Consuelo

—¿Se va entonces, papá? —preguntó Ricardo

—Sí, pero no te preocupes Pienso radicar en el valle

—Ya es tiempo —comentó Ricardo—, y no me preocupo Estoy triste, es verdad, pero por una parte me siento feliz

Juan Rubio ocultó la mirada Quizás lo hizo debido a todo lo que permanecería en silencio entre los dos Al fin levantó la mirada y la fijó en los ojos de su hijo:

—Sí, ya es tiempo, y he esperado tanto, pero después de todo ya puedo hacerlo; creo que no me equivoqué al esperar No llores, hijo —Luego enjugó una lágrima que caía por la mejilla de su hijo, frotándola cariñosamente con el pulgar de su mano derecha

Ricardo se afianzó con ambas manos de la de su padre, una mano que siempre había sido tierna y a la vez severa

—No puedo contener mis lágrimas —le susurró a su padre— Qué raro, pero siempre recuerdo lágrimas cuando pienso en esta familia Lloramos cuando estamos felices, y volvemos a llorar cuando nos sorprende alguna tragedia

Juan Rubio sonrió al oír la ocurrencia de su hijo —Eso se debe a que a fin de cuentas somos mexicanos Esa es la pura verdad Una vez conocí a alguien —y ahora sonrió al hablar, reluciendo su hermosa dentadura, sin cepillar y amarilla, como mazorca de maíz—, quien me dijo que los mexicanos somos la gente más afortunada del mundo porque comemos chile y porque lloramos Según este hombre, cuando un mexicano tiene problemas estomacales, por lo regular resulta ser un malestar delicado y pues se muere, pero, eso sí, nunca tendrá tumores en los intestinos ni nada parecido Y eso se debe a que comemos chile y porque somos una raza lacrimosa

—¿No le simpatizaba ese hombre, verdad?

—¿Por qué me preguntas eso?

—Porque se refirió a él llamándole "alguien" y "este hombre"

—Bueno, lo que pasa es que no era íntimo amigo mío Vinimos a California juntos Era medio raro; para decirte verdad, en ocasiones hasta llegué a pensar que era uno de los "otros"

—Hay lugar para ellos en el mundo —comentó Ricardo

Juan Rubio volvió a fijar su mirada en los ojos de su hijo —¿Acaso hay tanta sabiduría en ti, hijo? En ese caso te puedo ser sincero y decirte que por mucho tiempo pensé que te me volverías de esa manera La razón de mis temores es que tuviste la mala suerte de vivir en una casa llena de mujeres, y además tu madre te protegía tanto Llegué a pensar que si eso te pasaba, que trataría de ser comprensivo Pero de todos modos me pasó por la mente ahorcarte con mis propias manos, con el dolor de verte como el único varón en la familia y que no te me hubieras logrado Claro que al ahorcarte supe que sería como destruirme a mí mismo porque, aunque nunca te lo he dicho, lo que siento por ti es tan fuerte como el cariño que te da tu madre

—Lo sé

Juan Rubio no se sintió apenado Le pareció que tenía todo el tiempo del mundo por delante para hablar con su hijo, y que lo ocurrido minutos antes se había disuelto en el olvido

—Este conocido del que te hablé es un escritor

—Eso es precisamente lo que voy a ser —señaló Ricardo

—¿Anhelas eso más que nada en tu vida?

—Sí, papá Más que nada, y perdóneme que lo anteponga a usted y mi madre

—No hay nada que perdonar —observó Juan Rubio— Sólo te aconsejo que nunca permitas que algo interfiera en tu camino, ya sea mujeres, dinero, o lo que a la gente le ha dado por llamar últimamente "una posición" Sólo te pido que me prometas que siempre tratarás de ser veraz contigo mismo y que te basarás en lo que tu conciencia te dicte Y si no te es un estorbo, te pido que nunca te olvides que eres mexicano —Ahora era Juan Rubio quien tenía los ojos anegados en lágrimas

—¡De eso jamás podría olvidarme! —contestó Ricardo

—Hay algo más que quiero decirte —dijo Juan Rubio— El golpe que le di a tu madre no fue a propósito Nunca pudiera hacerte eso a ti, hijo En verdad te digo que yo mismo me sacaría el corazón con estas manos cuando te hiriera en tal forma

—Lo sé

—Ya me tengo que ir —señaló Juan Rubio— Ya está clareando; no tardará en salir el sol

—¿Va a estar bien ahora, papá?

—*Ahora* es cuando me siento bien Me siento como un hombre de nuevo

—Qué bueno —dijo Ricardo Juan Rubio llegó hasta la puerta y escuchó que su hijo le llamaba Volteó y vio que su hijo le pedía un abrazo de despedida Se dieron un abrazo al estilo mexicano Luego Juan Rubio besó a su hijo único en los labios

En ese momento Luz se levantaba del piso Se fue a su cuarto y se encerró

Ricardo se acostó y escuchó cómo se perdía en la lejanía el ronroneo de un automóvil Y pensó, *perdóneme, papá; perdóneme porque en verdad no puedo hablar con usted, y por mis transgresiones que he hecho en contra suya Me entristece saber que su vida está casi acabada* Sabía que su padre no tardaría en conseguirse otra mujer, pues le era imposible vivir su vida sin mujer alguna Y eso lo hacía feliz, aunque, pese a su entendimiento, le dolía mucho que su padre tuviera otra mujer Nunca podría entender esa parte suya, a saber: cómo es que podía sentir de dos maneras muy distintas en relación a algo, con cada manera de sentir tan fuerte como la otra Esto era ejemplo de algo que Ricardo jamás podría comentar con su padre

Las lágrimas se le estaban secando sobre las mejillas conforme caminaba fuera de su cuarto Notó que el rostro de su madre estaba sonrojado Se dio cuenta del arrepentimiento y de la aflicción que no admitiría a sí misma Caminaba dándose humos de victoria, ocupándose en nimiedades, aparentando estar muy ocupada y hacendosa Luego empezó a barrer la casa, y el simbolismo fue de tal magnitud que, entendiéndolo en toda su claridad, Ricardo se echó a correr hacia la puerta posterior de la casa; luego, abrazado al tronco de un nogal, sollozó hasta que se le acabaron las lágrimas Pasado un tiempo entró de nuevo, fue a la cocina y se sirvió un plato de frijoles y unas tortillas frías Se sentó a comer y, viéndolo, su madre le dijo:

—Yo te lo pude haber servido —De repente estaba muy solícita, consciente de su deber hacia el hombre de la casa Todo parecía recordarle Le había ido mal a él, pero estaba seguro que tenía que sobrevivir la próxima hora, porque de no ser así jamás podría vivir de nuevo con su madre La comida no tenía sabor alguno a pesar de estar colmada de chile Consuelo intentó retraer su plato —Tu comida está fría Deja que te la caliente

—No importa, mamá —replicó Ricardo— Déjela como está —No le podía decir que le era imposible aceptar que ella le hiciera nada por el momento

Ella se sentó frente a su hijo y empezó a llorar —Me duele saber que estás comiendo tu comida fría Para eso estoy aquí, para eso soy tu madre, para vigilar que se te cuide bien Ya llegará el tiempo en que te cases y tengas que cocinarte algo para ti mismo, y lavar y planchar para ti y tu esposa, aquí en este país donde todas las esposas son bien flojas

Le era difícil ser cruel con su madre, particularmente en las circunstancias presentes, sin embargo sintió que tenía que hacer algo que pudiera ponerle un alto a la tortura que era la conversación entre su madre y él Debido a su ignorancia, ella lo estaba destrozando por dentro Por fin preguntó: —¿Cómo en el caso de mi padre, que tuvo que atenderse a sí mismo?

—Estás de parte de él —balbuceó su madre— Si así es, ¿por qué no te fuiste con él? —Con su madre todo era cuestión de tomar partido, por lo tanto intentó explicarle lo que sentía Pero al pensar en lo que iba a decirle, sintió de repente compasión por su madre

—Mamá —le replicó—, eso nunca ha pasado por mi mente Si decidí no seguir a mi padre es porque supuse que usted me necesita más; créamelo Siento un gran cariño hacia ustedes dos, y sé muy bien que no quiero a uno más que al otro; sin embargo, si mi padre fuera el que me necesitara más, entonces iría a su lado Y estoy seguro que usted no aprobaría si dijera que no me importa la suerte que corre mi padre Sin embargo, no debo entremeterme en los problemas de ustedes Debo admitir, asimismo, que no me molesta el que se haya ido de la casa Claro, me duele que eso haya ocurrido, pero no me enoja, y tampoco me interesa discutir lo que haya pasado entre ustedes Lo único que me incumbe de algún modo es el hecho de que él es mi padre y usted es mi madre Aparte de eso, nada ha cambiado Yo no he cambiado pues todo lo que está en mi exterior no puede tener efecto alguno en mi vida Trataré de ser leal a ustedes dos según me lo permita mi capacidad

Consuelo cesó de llorar —Hijo, tienes razón en mucho de lo que dices Pero recuerda que él ha abandonado a su esposa y a sus hijos

—No quiero tocar ese punto, mamá Ni ahora ni después

Ella tomó de nuevo el hilo de la conversación y se cuidó de no volver a mencionar a Juan Rubio No obstante, hizo referencias a la nueva etapa que surgía en la vida familiar, observando que ahora ella tendría que aprender a vivir sin su esposo, y al decirlo pareció alegrarse Ahora que estaba segura que Ricardo se quedaría a su lado, no pensó tener que granjearse su voluntad Ricardo descubrió cuán temerosa había estado su madre al pensar en tal posibilidad

—Ricardo, ahora tú eres el jefe de la familia Tú eres el que manda en la casa —señaló Consuelo— Sé cuánto querías ir a la universidad, y quiero que sepas que siento mucha tristeza al reconocer que no podrás continuar con tus planes, pues ahora tu deber es cuidar y mantener a tu familia —A Ricardo no le importó entrever que su madre era sincera en sus palabras, ni que se había ella mismo absuelto de toda responsabilidad de lo que había ocurrido entre ella y su esposo Sin embargo, no quiso hacerla creer que él se quedaría por deber, sino que lo hacía por el simple hecho de que su voluntad era tal

—No es un deber, mamá —aclaró Ricardo— Mi decisión de quedarme a su lado se debe a que por el momento no me interesa hacer otra cosa Por favor no malinterprete mis motivos De ser así, mucho se afligiría después Ya le dije que mi vida no ha cambiado, y que los únicos cambios son entre usted y mi papá Yo ya no encajo en esta casa, mamá, ni en este pueblo; y cuando llegue la oportunidad de ir a la escuela, la aprovecharé En fin, me quedaré a su lado hasta que llegue el momento en que me sea necesario partir

Ella sonrió, y a través de su sonrisa supo Ricardo que su madre no creía en lo que había escuchado Tenía ahora tantos planes en la mente que, confundida, parecía una niña, y al verla tan distraída Ricardo se le acercó y la besó en la mejilla

—Hijo, deberíamos ir todos juntos a la iglesia —comentó Consuelo— Vamos a empezar una vida nueva y sería bueno que le pidiéramos la bendición al Señor —Ricardo sintió que lo invadía un repentino disgusto, y decidió hablar con franqueza, aunque hiriera a su madre:

—Usted recibió una bendición, sagrada y solemne, cuando contrajo matrimonio con mi padre ¿Acaso le sirvió de algo? No, mamá Si gusta, vaya usted a su iglesia y préndale a su Dios todas las velas que quiera Yo ya no estoy para esas cosas

Se puso tan pálida al escuchar esto que Ricardo pensó que se caería de la silla —¿Qué dices? ¿qué blasfemias acabo de escuchar?

—Por favor, mamá —contestó Ricardo— No quiero causarle ningún disgusto, pero no me da usted otra alternativa Me he separado de la Iglesia Desde hace mucho no he asistido a misa, aunque retenía mis creencias Pero hoy reconozco que he llegado al fin de mis creencias religiosas No pensé decírselo, temiendo que la iba a herir, como de hecho lo estoy haciendo ahora mismo

—¡Que has llegado al fin de tus creencias religiosas! ¿Qué quieres decir con eso?

—Que ya no creo en Dios —contestó Ricardo, sorprendido al notar que por fin se había atrevido a decirlo en voz alta La noción de "¿qué si estoy equivocado?" no pasó por su mente, y cesaron de agobiarlo el temor y el mareo que le subía por todo el cuerpo cuando pensaba en la eventualidad de que no existiera Dios Y fue precisamente en este momento que por fin se sintió libre

Ella empezó a llorar, y por la enormidad de su lamento parecía que sentía una gran pérdida y un enorme vacío, mucho mayor que el que había dejado en su hogar Juan Rubio Ricardo no trató de consolarla, pues se sentía completamente al margen de todo Cuando logró tranquilizarse un poco, levantó una mirada llena de lágrimas e interrogó a su hijo, como queriendo saber la razón de tamaña tragedia No parecía estar enojada, y todavía no sentía compasión por él debido a la enormidad de su propio tormento

¡Y su vida! ¿cómo es que le sería posible vivir una buena vida? Sin principios cristianos sus hijos sufrirían y, peor aún, él jamás podría inculcarles el bien sin el fundamento de una fe verdadera Encontró a la mano muchos argumentos para utilizar en contra de lo que había dicho su hijo, pero al final todo se redujo a una pregunta repetida: *¿Por qué? ¿Por qué?*

A pesar de lo que sentía, Ricardo no pudo mantenerse indiferente hacia la solicitud materna Se acercó a Consuelo y se hincó ante ella, abrazándola por la cintura y descansando su mejilla sobre el vientre de su madre, mientras le decía: —Me es muy difícil, mamá, tratar de que usted me entienda A mí mismo me fue difícil llegar a esta conclusión tocante a la religión A este punto me es imposible continuar viviendo una mentira Sin embargo, soy bueno Incluso en el sentido que usted le da a la palabra "bueno", lo soy; le aseguro que en mi manera de ser, soy un mejor cristiano que muchos cristianos que conozco Y si de mi comportamiento pudiera decirse que es cristiano, se debe a que aún creo en casi todo el decálogo, y no porque quiera regir mi vida según el modelo cristiano Para decirle la verdad, no me gusta del todo cómo se comportan muchos cristianos. Y no creo que deba temer a Dios para amar a mi prójimo Pero quizás ese es uno de mis puntos débiles —el amar a mi prójimo Tampoco creo necesitar a Dios en una hora de extrema necesidad En cambio, usted debe creer, mamá, porque para usted eso no es una mentira A usted le sería imposible vivir sin su Dios Sin El, usted se sentiría muerta antes de morir de verdad

Ella admitió su derrota, y Ricardo entendió que con tal de que su madre lo retuviera a su lado, lo demás no importaba Su amor hacia su hijo era tan grande que incluso la renunciación a la vida eterna que Ricardo había hecho no sería un fardo muy pesado para llevar al hombro Ella sabía que la pérdida de la fe no era algo sano; sin embargo, era algo tolerable, pues se daba cuenta que de todos modos poseía tan sólo una pequeña porción del alma de su hijo Había perdido a los dos hombres de su vida Y al mirar a su madre, Ricardo vio que en Consuelo había una honda mirada de luto, algo como un emblema más convincente que el simple hecho de vestirse de negro

Fuera de la casa se veía un cielo en conflicto Despuntaba el día: las sombras de la noche estaban en plena retirada y la claridad del amanecer triunfaba en el horizonte Ricardo se encerró en su recámara y fue a la ventana; se sentía feliz al saber que la noche había llegado a su término, y pensó: *cuán cierto es que los infortunios ocurren bajo la oscuridad de la noche*

once

Ese verano, Ricardo y Ricky se graduaron de *high school* y después de concluidas las labores veraniegas de la pizca frutal, empezaron a trabajar en una fábrica de acero El cambio de trabajo fue radical en muchos aspectos, incluyendo el del jornal: pronto se vieron con tan buen sueldo que amigos suyos dejaron los estudios y pidieron empleo en la misma fábrica Instigados por Ricardo, todos fueron a principios del verano a solicitar del buen padre, a cambio de la humilde gratificación de dos dólares, una declaración por escrito garantizando que todos ellos eran mayores y aptos para trabajar Los amigos de Ricardo se mostraron al principio recalcitrantes, pensando que el padre Moore respondería iracundo a tal solicitud; sin embargo, Ricardo insistió, hasta que por fin todos acordaron ir a ver al cura con tal de que Ricardo fuera el que solicitara el favor Ese día el padre Moore se ganó catorce dólares

Después de varias semanas de desempeñar el papel de sostén de la familia, Ricardo notó que empezaba a desarrollarse en él un fuerte sentido del deber. Debido a que su padre ya no vivía en casa, la responsabilidad de mantener disciplina dentro del hogar, incluyendo su mantenimiento, recayó paulatinamente sobre sus hombros Tuvo momentos en que incluso resintió el hecho de que su madre tomara tamaña ventaja de la situación, exigiendo tanto de su hijo; en ocasiones también sintió leves punzadas de remordimiento al darse cuenta que estaba tomando el lugar de autoridad que le pertenecía al padre Sin embargo, veía claramente que su situación era la única posible si es que quería que sobreviviera la familia

Y se dijo a sí mismo: *Mientras viva en casa, procederé de acuerdo con lo que considero es mi deber hacia la familia Pero así ha de ser sólo hasta el momento de mi partida Sólo hasta entonces*

Pero lo que al principio se interpretó como una situación temporal, pronto cedió a algo más estable, quizás permanente Ricardo se asustó al ver que todo se desarrollaba en forma tan repentina, al punto que ya parecía estar fuera de control; y lo peor de todo es que Ricardo sabía que en gran parte él era responsable No se le ocultaba que todo había sido prevenido por su madre La conocía tan bien que podía leer su pensamiento: *Démosle responsabilidades para que vea por sí mismo lo que será su vida de ahora en adelante* Estaba seguro de aun poder decir que no le importaba un comino lo que le pasara a su familia, ¡que cuiden de sí mismas! Pero una voz interna le decía que eso no era cierto, aunque lo gritara a los cuatro vientos. Su partida debía ser bajo motivos muy diferentes Si en verdad iba a consumarse su partida, él debería irse del hogar a pesar de su amor e interés por su bienestar, y no obstante el fuerte impulso a favor de quedarse El deseo de irse de la casa para siempre tenía que ser, por lo tanto, mucho más poderoso que su sentido del deber hacia la familia Y pensó que, al proceder según sus convicciones, su emancipación sería mucho más preciada; por lo mismo, tal emancipación sería mucho más difícil de realizar Quizás imposible

Según transcurrieron los días, éstos se convirtieron en semanas, luego en meses, y la vida de Ricardo Rubio siguió su curso: trabajaba, comía, dormía Aparte de esto, muy poco. Los sábados por la mañana, los muchachos jugaban a la pelota, o manejaban a la ciudad a ver un partido de fútbol Una película de vez en cuando, o un baile, siempre en compañía de sus amigos, exceptuando las veces que se citaba con Zelda, algo infrecuente por estos días Y llegó el día que se preguntó: *¿Qué diablos es lo que estoy haciendo con mi vida?* Y es cuando volvió a su costumbre de ir a la biblioteca, e incluso se matriculó en un colegio nocturno donde asistió a una clase diseñada para escritores en cierne

No aprendió cosa alguna tocante a cómo escribir, pero en cambio logró codearse con personas con las cuales pudo entablar pláticas de su interés Sus nuevas amistades eran mayores que él, y por lo visto lo consideraban una persona interesante A Ricardo, de su parte, le gustaba escuchar su modo de conversar debido a que eran personas educadas y de ideas liberales quienes lo iniciaron en nuevas aventuras de libros Pronto empezó a comprenderlos y a reconocer que no estaba de acuerdo con todas sus ideas, presintiendo que algunas de ellas eran una amenaza a su individualidad, la cual para ese entonces estaba en peligro Le molestaba que siempre trataran de hallar algo en su vida que lo pudiera convertir en un mártir, y detestaba cuando ellos insistían que él dedicara su vida a la causa del mexicano, pues era obvio que todo volvía siempre al mismo tema o cuento, a saber: que lo veían, no como americano, sino como mexicano Ricardo estaba seguro que él no creía que hubiese en verdad una causa mexicana, por lo menos en el mundo en que él mismo vivía Ellos, de su parte, continuaron viéndolo como un tipo interesante, y lo agasajaron y festejaron, hasta que cometieron el error de pensar que él era un ingenuo y, al final, el cuento terminó mal, porque uno de ellos, de afiliación marxista, de repente se comportó muy burgués cuando encontró a Ricardo gozando en cama los favores de su muy atractiva esposa Después estos mismos amigos rompieron lazos de amistad con Ricardo, pues descubrieron que tal esposa no era la única que lo había recibido en el lecho conyugal

El grupo de amigos estaba reunido un atardecer bebiéndose una cerveza en el billar, como si al matar el tiempo de esa forma sabrían más pronto qué aventura emprender esa noche. Ricky dijo de pronto:

—Oye Ricardo, ¿qué demonios se te ha metido últimamente? ¿es que ya no te complace nuestra compañía?

—No sé de qué hablas —contestó Ricardo

—Siempre has sido un tipo bien raro —continuó Ricky—, pero ahora que tienes esos amigos jactanciosos y engreídos consigo mismos, como que se te ha inflado el cerebro y a causa de ello crees que ya no encajas en nuestra compañía

Ricardo sonrió al ver que Ricky expresaba lo que sentía y que de hecho lo admitiera

—No, estás equivocado; lo que pasa es que he andado algo preocupado últimamente

—Parece que sí —contestó Ricky— Parece que en verdad has estado preocupado Si no fuera porque trabajamos juntos, no dudo que no te viera para nada Incluso en el trabajo ya no hablas con nadie

—¿Ya, no? ¿por qué no lo dejas en paz? —le dijo a Ricky uno de los amigos presentes— Hablas como si fueras una vieja quejumbrosa

Ricardo volteó a ver al amigo que acababa de hablar y lo miró con remozado respeto Lo había conocido toda su vida y siempre pensó que era un pequeño idiota El joven siempre había estado impresionadísimo con Ricky, y ahora parecía sobrepasarlo en entendimiento

Ricky estaba enojado y no lo ocultaba —Lo que me irrita es que éste se crea más listo que todos nosotros No hace mucho platiqué con su madre quien me dijo que Ricardo ya ni va a la iglesia; también, que ya no puede hablarle como madre, porque dizque él no necesita, ni quiere, el consejo de ella o de nadie más —Ricky fijó la mirada en Ricardo y al instante habló con tanto afecto que Ricardo supo que su amigo en verdad estaba preocupado por él Ricky puso una mano en el hombro de Ricardo, diciéndole—: Tú eres nuestro compañero, Ricardo Has sido nuestro amigazo de toda la vida ¡Qué diablos! No queremos que te vayas por mal camino

Por primera vez en su vida Ricardo descubrió lo mucho que lo quería Ricky, y no se podía imaginar la razón de este cariño Quizás incluso Ricky no podría explicárselo, pero intuitivamente

Ricardo vislumbró la posibilidad de que Ricky lo apreciaba con la misma fuerza con que también lo odiaba

—¿Qué diablos tienes? —preguntó otra vez el joven que antaño pareciera un idiota, según Ricardo— ¿Qué importa que no vaya a la iglesia? ¿a quién de nosotros le gusta ir? Además, ¿cuántas veces he andado contigo y ni siquiera nos hemos acercado a la iglesia, pero luego vas con tu mamá y le aseguras que fuiste a misa? ¿Por qué no te quitas de tonterías y lo dejas en paz?

Pero el comportamiento de Ricky había suscitado su interés y también lo había divertido, por lo tanto Ricardo le preguntó:

—¿De qué hablas, Ricky? ¿a qué te refieres con eso de que quizá me vaya por mal camino?

—Tú sabes a qué me refiero   andas siempre en compañía de gente bien extraña, como por ejemplo esos pachucos, que por lo visto son buenos amigos tuyos Has andado con suerte, pues no has terminado en la cárcel para delincuentes juveniles, o en una penitenciaría como Preston Y luego aquellos otros tipos con que te he visto Recuerdo que una vez en San José andabas en compañía de un par de tipos que a las claras se notaba que eran homosexuales Yo sé que tú no eres de ésos, pero ¡por Dios! no te trae ningún provecho que te vean con gente de esa calaña

—Mira, Ricky, no me engañas —observó Ricardo— Lo que te preocupa no es tanto lo que la gente piense de mí, sino, por lo contrario, lo que piense de ti, pues no te conviene que te vean en compañía de alguien como yo quien anda en compañía de gente que parece homosexual Especialmente porque tienes tus planes de encaramarte algún día en la alta sociedad, ser miembro de la Cámara de Comercio, o de algún maldito club que tienen reservado para gente como tú —Se mantuvo en silencio por unos segundos y luego cambió su tono de voz, pues en verdad no quería herir a Ricky— No hay nada de malo en el hecho de querer conocer diferentes tipos de personas Esos pachucos de que hablabas, créemelo que son en el fondo buena gente, y si algún día quebrantaran alguna ley, pues será asunto de ellos porque yo no tendré por qué ser parte de lo que hagan Si conozco a alguien que robó algo, ¿acaso crees que por eso ya soy un ladrón? En cuanto a los dos tipos con que me viste en San José, te admito que son homosexuales, y tienen un montón de amigos con quienes comparten ese estilo de vida Todos son muy inteligentes y son buenas personas Lo que pasa es que les tocó ser así, eso es todo, como es el caso del tipo a quien le falta una pierna, o el sordomudo, o el estafador Hacen algo que deben hacer para por fin realizarse en la vida Además, a todos ellos les gusta ser como son, y conmigo nunca tratan nada chueco, porque saben que no soy como ellos, y el hecho de que respeten mi modo de ser me hace a la vez respetarlos a ellos Los dos tipos con que me viste, viven juntos y se aman de verdad Deberías ver el afecto con que se hablan y lo bien que se tratan Si te fijas en la gente casada, verás que no se comportan tan bien

Ricky reflexionó por varios segundos y luego replicó:

—Creo que en cierta forma tienes razón, pero de todos modos insisto que si son maricas, como maricas hay que verlos, y eso en sí no está bien Me alegro que ya no andes en compañía de ellos

Ricardo sintió un gran alivio al ver que Ricky no le había prestado atención alguna a su referencia tocante a la Cámara de Comercio Pidió otra cerveza y el dueño del billar, un viejo español, se la sirvió en forma subrepticia ya que sabía que los muchachos aún no eran de edad para ingerir bebidas alcohólicas

—¡Vamos, muchachos, piensen en algo, porque ya me estoy aburriendo de no hacer nada! ¡*Goddamn*, este pueblo está muerto! —exclamó Ricky, enfadado, y Ricardo pensó cómo era que para muchas personas el sábado significa el único día de la semana en que se intenta vivir plenamente, o, mejor dicho, que vivían solamente para los sábados ¡Qué existencia tan desgraciada! A este punto habló Thomas Nakano—: Vamos a Watsonville —Ricardo pensó *¡Qué ocurrencia!*, y todos soltaron la carcajada porque todos se habían olvidado que Thomas estaba presente

Entre la risa general surgió la voz de Ricky, quien dijo:

—Como que me gusta la sugerencia; es la mejor idea que he oído en toda la noche Muchachos, vámonos para Watsonville

—¿Y para qué? —preguntó Ricardo, queriendo decir que no

valía la pena manejar tan lejos, pero Thomas malentendió lo dicho por Ricardo y replicó:

—¡Para que, quitándonos las ganas, nos quiten también los arrestos!

Todos estuvieron de acuerdo, excepto Ricardo Recordó aquella tarde en que él y Ricky, aún niños, vieron a unos muchachos que iban rumbo a un burdel, y recordó también al joven español que le había gritado cosas, y ahora se vio a sí mismo y se sintió repentinamente deprimido: ¡había caído en el mismo molde! Miró a sus amigos en el billar y pensó cuán ridículos se verían ante ojos ajenos, tal y como él juzgara a aquellos muchachos de su juventud Claro, ahora le había llegado su turno de ser uno de los hombres del barrio; al pensar en esto, vio claramente que si se dejaba llevar por la vida cotidiana de Santa Clara, cualquier día se despertaría y se daría cuenta que era uno de los hombres regulares del barrio, y luego, no mucho después, abriría los ojos por última vez y se reconocería entre las caras anónimas de los desahuciados que lo rodeaban, echando alardes en una esquina con cualquier otra alma perdida —con Ricky, probablemente—, recordando qué suave la habían pasado en los viejos tiempos

—No —respondió Ricardo— Yo no tengo que ir a un burdel para que me quiten las ganas o los arrestos Pero si alguno de ustedes no corre la misma suerte que yo, pues que le entre

—Nadie se atrevió a sugerir *¿Y por qué no nos arreglas algo con Zelda?,* porque todos suponían que ella todavía era su novia, tal y como pensaba Zelda En vez de eso, Ricky dijo:

—Oh, ¡no salgas con eso! No será divertido a menos de que vaya toda la palomilla Como en los viejos tiempos

Ricardo pensó *¿Por qué tenía que decir eso?* Luego dijo a manera de respuesta:

—No veo chiste alguno en pagar dos dólares por dos minutos de placer; y no dudo que ahora cueste cinco debido a tanta clientela que tienen con los soldados de Fort Ord

—Nosotros pasaremos el cesto de la limosna entre nosotros y pagaremos tus dos minutos de placer —dijo Ricky, con tono socarrón Luego añadió, pero ahora con tono distinto—: No creas que no sabemos lo difícil que te ha sido mantener a la familia después que tu papá se fue de casa

—*Okay* —contestó Ricardo— ¿A última hora, qué importa? Pero yo manejo, y de paso nos llevamos una botella; no quiero cubrir tanta distancia sólo por el gusto de manejar Segundo punto: guárdense el cesto y el dinero pues no serán necesarios Me limitaré a ser su chofer; seré célibe, aunque sea sólo por esta noche Tercer punto: tenemos que estar de regreso temprano; no me sorprendería que quisieran ustedes andar dando vueltas en el carro toda la santa noche

Ricky estaba tan feliz al ver que a última hora su sábado no se le iba a frustrar, que no pensó en poner reparos a las demandas de su íntimo amigo —De eso puedes estar seguro —dijo Ricky con la sonrisa iluminándole la cara— Yo también tengo que regresar temprano, porque le prometí a mi novia que mañana la llevaría a la misa de seis y media

Ricardo movió la cabeza asombrado del poco sentido que tenía su amigo Ricky, y se santiguó como si con el mero gesto se protegiera del destino de un alma verdaderamente perdida Ya en camino pisó el acelerador hasta el fondo, levantando la velocidad al máximo Cruzaron por Morgan Hill a noventa y cinco millas por hora y, al entrar por un paraje oscuro, ennegrecido por los frondosos árboles que corrían a lo largo de ambos lados de la carretera, le pasó por la mente la idea de que quizás volaba en busca de su propia muerte Empezó a frenar hasta que estacionó el automóvil a un lado de la cuneta; todos reían porque veían cómo temblaba Ricardo con los puños sobre el volante: pensaron que se había asustado a sí mismo mucho antes que hubiera podido asustar a sus compañeros

Y Ricardo reflexionaba: *¿Qué diablos es lo que en verdad quiero hacer con mi vida?* Era una mañana en Santa Clara bañada con el sol de la navidad, y Ricardo se acordaba de otras navidades y de otros amaneceres que, incluso en su temprana edad, no habían sido muy tiernos Gracias al sentido de culpabilidad que le brindaba ese vistazo retrospectivo que lo llevaba hasta su niñez, pensó que aquellos amaneceres navideños habían sido en verdad hermosos Y ahora la guerra Sentía en su pecho el fuerte deseo, casi abrumador, de ganar la guerra sin la ayuda de nadie Le horrorizaba la idea de matar a alguien, y lo que hubiera parecido romántico alguna vez a pesar de su convicción pacifista, ahora jamás pudiera adquirir un perfil romántico en su vida No obstante, buscaba la gloria, más aún ahora que se sentía como si fuera una minúscula parte dentro de una gigantesca nulidad, a saber: el obrero, el hombre de familia Incluso en cuestiones de la mente, esa dimensión donde antes solía volar por encima de la multitud, ahora había caído poco a poco en un abismo umbroso

Ricardo continuó divagando: *¿Qué debo hacer? ¿qué hago? Hasta la muerte ya no me parece tan enigmática pues puedo imaginármela Pero, no, qué digo, la muerte nunca: el fin de todo Idiotez mía Ese antiguo pavor aún lo llevo arraigado dentro de mí   Si tan sólo pudiera morir como el hombre del trapecio volador   tal muerte no sólo recibiría mi beneplácito, sino que sería para mí un verdadero privilegio morir de tal forma perfecto en mi propia condición sin vida, liberado del infierno de estar vivo, de tener que tomar decisiones cuyo único resultado sería el de tornar la vida en un peor infierno   Nirvana, o como sea que los hindúes lo llamen esa gran llamarada que calcina la carne y libera el alma, sí   condicionado para tal muerte, llegaría cargando con mis huesos hasta hacerme polvo, lamiendo mi propia angustia, pero conocería la muerte, y no en la forma en que la entiendo ahora Sin embargo, aunque sé muy bien que la muerte sería el gran alivio que curaría todos mis males, temo estar sin vida*

Llegó el mes de enero acompañado de un frío glacial Lo que tenía que hacer con su vida tendría que hacerlo pronto, pues de no proceder con resolución se vería forzado a permanecer en silencio para toda la vida Jugaban al fútbol en la cancha de la escuela primaria Las tácticas de placaje y atajo personal en el juego ya no los divertía tanto, quizás porque la guerra había estallado pocas semanas antes Como por acuerdo tácito, acordaron jugar en el suelo raso en vez del pasto convencional Querían mortificar sus cuerpos: ponerlos a prueba No importaba que vistieran ropa regular Nacía en ellos un alma conventual, de sayo y de flagelación, anhelando las contusiones y las rodillas ensangrentadas Llevados por un impulso que lindaba en el masoquismo, hablaban poco, gritaban menos, contrario a lo que solían hacer influidos por el espíritu del deporte Por lo contrario, jugaban con más intensidad, con más tenacidad y resolución, sin saber por qué procedían de tal manera En sus mentes no había nada de importancia por estos días, excepto la idea de que pronto tendrían la edad requerida para alistarse o, en caso de que sus padres no consintieran, para ser reclutados

Terminaron de jugar y hablaron sobre la posibilidad de alistarse juntos Ricardo no explayó su sentir como los demás ya que aún no estaba seguro de cómo procedería tocante a la guerra Sin embargo, notó que Ricky no mostraba el mismo entusiasmo que se veía en el grupo de amigos No tardó el resto en notar el cambio en Ricky, e inmediatamente callaron, clavando su mirada en el taciturno amigo hasta que éste, con el rostro sonrojado, empezó a hablar en voz nerviosa

—Bueno, sé que no les va a gustar lo que les voy a decir, pero recuerden que lo hago porque tengo que pensar en mi futuro; no, no pienso alistarme con ustedes, ¡pues he decidido enrolarme en la Academia Militar para Oficiales! —Todos se mantuvieron callados, y Ricky añadió—: Como les dije, ¡tengo que pensar en mi futuro! Me van a enviar a Notre Dame, o quizás a otra universidad de prestigio, por eso ya me inscribí para presentar exámenes; nuestro maestro de *high school*, Míster Dingleberries, a pesar de que ya me gradué de la escuela, me va a ayudar en el estudio de preparación

Todos estaban tan sorprendidos que no podían decir palabra También se sentían heridos, aunque tal acto de traición era de esperarse en alguien como Ricky ¡Un oficial! Recordaban que hermanos mayores escribían a casa diciendo que los oficiales eran unos presumidos buenos para nada, ¡y pensar que ahora uno de sus compañeros sería un oficial!

Ricardo se sintió de repente invadido por una envidia inusitada, no porque Ricky planeara ser un oficial militar, sino porque iría a un colegio Reconociendo que Ricky había hecho la mejor decisión posible, pues en verdad tenía que velar por sus propios intereses, Ricardo lo miró directamente a los ojos y le dijo:

—Te va a ir muy bien en la Academia, Ricky —Era un rasgo muy peculiar de Ricky pedirle a un maestro que detestaba que lo preparara para unos exámenes, ya que Ricky era lo bastante astuto como para apreciar los talentos de Míster Dingleberries Ricardo añadió—: Y si a alguno de nuestros compañeros le toca la suerte de estar bajo tus órdenes, por favor trátalo bien —Sus palabras no habían resonado con sinceridad y tampoco habían suavizado la tensión entre los amigos, pero por lo menos lo había liberado de la opresión que poco antes había sentido en el pecho

Ricky sonrió y le contestó: —Ricardo, ¿sabes qué he estado pensando? ¿por qué no vamos juntos? Pudiéramos presentar exámenes juntos, y estoy seguro que Dingleberries también te ayudaría si se lo pido

—No, Ricky No puedo, aunque créemelo que me gusta la idea No pienso enrolarme en nada La única posibilidad sería que me reclutaran, pero no creo que lo hagan debido a que aún estoy muy joven y, además, tengo muchos dependientes

Estaban todos tan atentos a la conversación entre Ricardo y Ricky que no se habían dado cuenta que Thomas Nakano estaba entre ellos hasta que habló: —Vengo a despedirme de todos ustedes —Todos lo miraron apenados Desde comienzos de la guerra, los muchachos habían evitado su compañía en forma tajante Thomas Nakano entendía la razón, y eso lo avergonzaba

—Yo no tengo nada que ver con la guerra —afirmó Thomas Nakano— Yo soy tan americano como ustedes, y creo que esto lo saben Vine solamente a despedirme porque en unos cuantos días nos van a enviar a un centro de remoción para nipón-americanos, y no sé si tendré la oportunidad de verlos de nuevo

Todos los del grupo se acercaron a despedirse de Thomas Nakano, pensando que gracias a que lo iban a remover de sus vidas, de alguna forma eso hacía más fácil un comportamiento amistoso, aunque fuera sólo por unos minutos Ricardo sintió repugnancia hacia todos sus compañeros

—Thomas, ¿qué pasará con el rancho? —preguntó Ricardo— ¿Qué piensa hacer tu papá con su propiedad?

Thomas trató de mostrarse despreocupado, pero al hablar se le alteró la voz —Después de esta semana perderemos el ran-

cho Mi padre dice que como no podremos pagar la hipoteca
puesto que no podremos cosechar nada, el banco nos va a em-
bargar todo —Thomas se puso pensativo, luego habló de
nuevo, pero ahora en pleno control de sí mismo—: ¿Sabían que
mi padre ha estado en esa misma propiedad desde mucho antes
de la guerra anterior? Y mi madre le ha ayudado a mi padre a
trabajar ese maldito terreno desde que tenía catorce años, que
fue cuando se casó con mi padre ¡Por Dios! Todos hemos nacido
en ese mismo rancho Mi madre nunca nos tuvo en un hospital
—Thomas empezó a llorar A todos les fue difícil ver el dolor de
su amigo, pero luego Thomas se repuso y añadió—: Yo no tengo
nada que ver con esta maldita guerra, pero por Dios que ojalá
pudiera alistarme con ustedes ¡Les aseguro que de poder, ma-
taría a un montón de esos malditos por haberme desgraciado la
vida! —Sus compañeros no hallaban palabras con que expresarse, pero de repente ya no fue necesario decir nada, ya que
Thomas se convirtió de nuevo ante sus ojos en el amigo de
ayer— Le han informado a mi padre que nos van a mandar a
Santa Anita, o sea al hipódromo —dijo Thomas Nakano con una
sonrisa que le cerró aun más los ojos— De ahí nos mandarán a
Wyoming o Utah, o a algún inmundo lugar como ésos Y de
seguro que va a hacer un frío del demonio En fin, trataré de
alojarme en la caballeriza de *Seabiscuit*, a lo mejor me convierto
en una persona célebre ¿Y saben en qué he estado pensando
también? Que como están enviando a muchos japoneses a estos
campos, todos serán japoneses y, por lo tanto, yo no sabré cómo
comportarme cuando esté en compañía de una muchacha *nisei* Y
pensar que nunca he estado con una *nisei* en toda mi vida Si soy
afortunado, sabré por fin si es verdad lo que dicen de ellas

Los muchachos se reían a carcajada abierta cuando Thomas
terminó de hablar, y empezaron a tirarle leves golpes de pugilista, luego le dijeron que era un loco de remate Terminaron
luchando con él en el suelo, de manera que cuando Thomas se
despidió, lo hizo sintiéndose parte de la palomilla

—Ricardo, quisiera despedirme de tu mamá, ¿te parece bien?
—preguntó Thomas

—¡Por supuesto!

Caminaron rumbo a casa de Ricardo, y cuando estaban solos, Thomas dijo: —Te diré que por una parte me alegro que nos vamos a ir, porque la situación se ha puesto difícil para los japoneses, no sólo aquí en el valle, sino en todo el país

—Eso es precisamente lo que se puede esperar de la gente, Thomas, que sean raros Pero como tú dijiste, ellos tampoco tienen nada que ver con lo que ocurrió Lo único que se nos dice sobre la guerra es que tenemos que luchar contra el enemigo La gente es bastante rara de por sí, contimás en tiempos de guerra

—Tienes razón —comentó Thomas—, pero están ocurriendo cosas

Ricardo entendió a qué se refería Thomas, pero continuó intentando explicarle cómo había pasado el suceso a que se refería

—¿Te refieres al tipo que mataron en Morgan Hill? En primer lugar, no sé si es cierto y, en segundo, si en verdad es cierto, los que se supone que lo mataron han de ser filipinos, pues reconoce que apenas acaban de llegar en su lancha y, como odian a Japón, se quieren vengar de esa manera Y luego la familia a quienes les incendiaron su casa, descubrieron quiénes fueron los causantes pero, claro, de seguro que los pondrán en libertad pues tú sabes como son los del Sur: quienquiera que no sea un hombre blanco, ¡lo tienen que poner en su lugar, conforme lo hacen en su región!

Thomas se mantuvo en silencio y Ricardo pensó que quizás había ofendido a su amigo —Oye, Thomas, ¿tú sabes que yo no pienso de esa manera, verdad?

—Yo sé, Ricardo Tú eres el único de mis amigos que no me ha hecho sentir culpable por el bombardeo de Pearl Harbor Lo que pasa es que me ocurrió algo la otra noche, y no puedo sentirme tranquilo al ver cómo se comporta la gente

—¿Qué te ocurrió?

—Fui a ver a mi novia, o mejor dicho, mi ex-novia, ya que tampoco me quiere debido a la guerra Ultimamente me había visto a escondidas de su familia y de vez en cuando, pero esa noche me dijo que ya no   y luego se me echaron encima varios tipos, y me golpearon y patearon hasta que se cansaron Y yo ni siquiera tuve la oportunidad de desquitarme con uno de ellos, pues me llegaron de sorpresa y, además, no pensé que me fueran a golpear ya que los conocía en la escuela; a un par de ellos los había visto en el club de exploradores. Me golpearon de lo lindo, pero creo que lo que más me dolió fue el hecho de que nunca me imaginé que fueran a querer causarme daño

—¿Quiénes fueron? —preguntó Ricardo, con indicios de enojo en su voz

—No que importe a estas alturas, pero te diré: fueron todos los miembros de la palomilla DeMolay

—¡Por Dios! —exclamó Ricardo, disgustado *¡Esto es el colmo!,* pensó Por fin estaba fuera de su letargo *Cuando se te ofrezca algo, nomás dímelo,* le había dicho el Gallo

El Gallo le había dicho que tomaría uno o dos días para reunir a la pandilla —Tenemos que hacerlo lo más pronto posible, porque en unos pocos días estaré en la infantería de marina, y el resto de mis cuates también se han alistado

—Házmelo saber cuando estén listos —contestó Ricardo— Esto es algo que se tiene que arreglar pronto

—He estado pensando —dijo el Gallo— que por lo visto conoces a esos vatos muy bien, ¿o no?

—No te equivocas

—En ese caso es mejor que me muestres dónde se reunen, y después de eso te recomiendo que no vayas por esos rumbos porque si te reconocen, te vas a meter en problemas

Esa eventualidad estaba lejos de la mente de Ricardo, y se lo dijo al Gallo; a fin de cuentas acordaron en lo que había propuesto el Gallo

—Te hablaré por teléfono para decirte que se ha llevado a cabo

Ricardo esperó la llamada, la cual por fin llegó el cuarto día

—Ya nos hemos encargado del asunto —dijo el Gallo

—Gracias, carnal

—Nos veremos después de la guerra, Ricardo Salgo mañana al amanecer

Y eso fue todo No le había dado detalle alguno Pero para la

siguiente mañana el periódico blasonaba el suceso en primera plana Un grupo de pachucos ataca a unos muchachos sin provocación alguna, mandándolos al hospital con huesos fracturados

Había procedido mal, pensó Ricardo Todo era una equivocación Lo que él había hecho estaba tan errado como lo que le habían hecho a Thomas Había sido como una microbatalla dentro de la gran guerra, y esa guerra también era un gran error Aun el hecho de que haya desempeñado un papel muy mínimo en todo, sabía que estaba equivocado, pero ahora tenía que alistarse también para la guerra Era su única alternativa: el único bien que derivaría de ello sería el de escapar de todo esto

Su madre y hermanas comían su merienda calladas, medio serias Ensimismado en sus reflexiones, Ricardo no lo había notado hasta que su madre dijo: —Tu padre pasó por aquí esta mañana Me pidió el divorcio

Se sorprendió y al instante se preguntó por qué este detalle lo había afectado tanto Su padre se había ido y nunca regresaría más; de eso estaba seguro Sin embargo, un divorcio significaba algo irrevocable, por lo tanto se sintió afectado por su finalidad inevitable, y se dio cuenta que no había creído en verdad que todo hubiera terminado entre sus padres Al ver que Ricardo no respondía, la madre añadió:

—Está viviendo con una mujer y por lo visto tiene intenciones de casarse con ella Un viejo como él, y ella te aseguro que es tan joven que pudiera ser tu hermana

—¿Quién es ella? —preguntó Ricardo

—No la conozco —contestó Consuelo— Pero ha de ser una cualquiera, te lo aseguro Tu padre me pidió que te dijera que se llama Pilar

¡Pilar! Ricardo soltó la carcajada

—¡La conoces! —exclamó la madre— ¿Y por qué te ríes?

—Sí, mamá, la conozco Pero no comprenderías por qué me río Está relacionado al incesto —Se puso serio de nuevo— ¿No me digas que no anticipabas algo parecido? ¡Bien sabes que no es hombre para vivir solo! Su casa se desintegró, y ahora debe construirse otra él mismo, de no ser así moriría

—Está viviendo en pecado —dijo ella— Y ahora me salen

conque van a tener un hijo, pero el niño nacerá de las entrañas de la perdición, porque yo soy su esposa y continuaré siendo su esposa hasta que me muera —Consuelo estaba bajo uno de sus arrebatos de ira mezclada con presunciones de rectitud— Y esa mujer se atreve a llamarse Rubio, cuando yo soy la única mujer de Rubio en los ojos de Dios ¡Arderán en las llamas del infierno!

Ricardo ya no pudo comer Estaba temblando en su silla, con los ojos fijos en su madre y sin creer que ella pudiera decir semejantes cosas *¡Se ha de estar volviendo loca! Dicen que cuando llegan a esa etapa de su vida, que es muy posible* Pensó en este niño por nacer y sintió celos, pues sería un varón, ya que los hilos del destino siempre se tejen de esa manera. Ya no le quedaba nada por hacer excepto partir de la tragedia insidiosa de semejante existencia Y le vino a mente que de alguna forma el hecho de pensar en sí mismo en tales circunstancias era otra equivocación Sintió que era un gran error usar el pretexto de la guerra —en la que no creía— para resolver su problema personal

Lloraba cuando empezó a hablar, pero al terminar hablaba de nuevo con voz sobria —Me voy, mamá Pienso alistarme hoy mismo, si me aceptan De cualquier forma voy ahora mismo a enrolarme en el servicio militar Mis hermanas están trabajando y de mi parte le enviaré dinero, por lo tanto ya no me necesita aquí en la casa

Consuelo no hizo la escena que Ricardo anticipaba —Me he estado preparando para cuando esto ocurriera, hijo —replicó resignada— Pero estás equivocado y lo sabes bien Te necesito más que a mi propia vida —No le importaba que las hijas la estuvieran escuchando— Tú eres mi favorito, el único, en verdad Por ti cambiaría a todas mis hijas; cada una la enviaría a la guerra si pudiera retenerte a mi lado

Debería odiarla, pensó, *pero no puedo* Volteó a ver a sus hermanas quienes regresaron la mirada sin hablar palabra —Ella no lo dice en serio, por lo menos no en el sentido que ustedes creen —les aclaró a sus hermanas en inglés Luego añadió—: Se siente muy sola, y algo desconsolada, mientras que sus celos le infunden momentos de soberbia, tanto que no quiere admitir que anhela el regreso de nuestro padre Eso es todo; traten de entenderla mientras vivan con ella —Luego sin hacer pausa alguna le dijo a su madre en español—: Ya me voy, mamá; voy a buscar a mi papá Quiero que vaya conmigo para que firme mis papeles de alistamiento Sin embargo, estaré en casa por una semana más, aunque me acepten hoy Siempre dan una semana o más a los nuevos reclutas

Pero esa misma noche en San Francisco Ricardo Rubio, en compañía de un centenar de jóvenes como él, fue juramentado en la Fuerza Naval de los Estados Unidos Cenó en el tren que lo llevaba a un campo de entrenamiento Poco después iba recostado sobre una litera superior, escuchando el parloteo de sus nuevos acompañantes, y pensando muy poco sobre la vida que dejaba sepultada en el pasado; pensaba sólo en su futuro, y repentinamente sintió un temor al pasarle por la mente la posibilidad de que muriera Si le llegaba su turno, no estaría preparado, sin embargo nunca en verdad estaría preparado para morir, aunque sabía que en esto su voluntad era inútil El regresaría, pensó, forzándose a creer en tal posibilidad aunque fuera por un momento

Pensó en tanta gente magnífica que había conocido En su padre y madre en otros tiempos; en Joe Pete Manõel y en Marla Jamison; en Thomas y en Zelda y en Mayrie, en el Gallo y en Ricky Sí, incluso Ricky había sido magnífico ¿Qué de ellos y por qué? ¿Había todo valido la pena, a fin de cuentas? Su padre había triunfado sobre su propia batalla, y debido a ello su vida había cobrado un nuevo valor, aunque nunca dudó cuál era en verdad su batalla personal *Y yo, ¿acaso sé?*, pensó Ricardo

No lo sabía y por esa razón se esforzaría por regresar con vida

Pensó en esto y se acordó, y de repente se imaginó que se sacudía el polvo del calzado en testimonio en contra de esa etapa de su vida que había caducado, y se alegró al saber que jamás habría razón para regresar

SOBRE EL AUTOR

José Antonio Villarreal nació en California, donde ha
vivido la mayor parte de su vida Durante la Segunda
Guerra Mundial luchó en el Pacífico y después ha
hecho extensos viajes por los Estados Unidos y
México Hijo de padres mexicanos, Villarreal estudió
en la Universidad de California, Berkeley, de donde se
recibió en 1950 Desde entonces ha sido maestro en
México, Colorado, California, y Texas Ha escrito
otras novelas, como *The Fifth Horseman* (1974) y *Clemente
Chacón* (1984) Actualmente está por concluir la se-
cuela a *Pocho*

SOBRE EL TRADUCTOR

Roberto Cantú nació en Guadalajara, México, y en-
seña en California State University, Los Angeles Es
profesor de Estudios Chicanos, y ha sido editor de las
revistas *Mester* (1972–1975), *Escolios* (1976–1982), y
Campo Libre (1979–1984) Actualmente escribe un libro
de crítica en inglés sobre la narrativa chicana